拾零
敝帚自珍集
Gleanings
A Collection of Goose Feathers

彭鏡禧◎著

Of making books there's no end.
Ecclesiastes 12:12

文字,文字,文字。
《哈姆雷》2, 2, 192

國家圖書館出版品預行編目資料

拾零：敝帚自珍集 / 彭鏡禧著 = Gleanings: A Collection of Goose Feathers. -- 一版. -- 臺北市：書林出版有限公司, 2024.11
面；　公分

ISBN 978-626-7193-82-2（平裝）

863.55　　　　　　　　　　113012179

拾零：敝帚自珍集
Gleanings: A Collection of Goose Feathers

作　　　者	彭鏡禧
編　　　輯	張雅雯
出　版　者	書林出版有限公司
	100臺北市羅斯福路四段60號3樓
	Tel (02) 2368-4938・2365-8617　Fax (02) 2368-8929・2363-6630
臺北書林書店	106臺北市新生南路三段88號2樓之5　Tel (02) 2365-8617
學校業務部	Tel (02) 2368-7226・(04) 2376-3799・(07) 229-0300
經銷業務部	Tel (02) 2368-4938
發　行　人	蘇正隆
郵　　　撥	15743873・書林出版有限公司
網　　　址	http://www.bookman.com.tw
經銷代理	紅螞蟻圖書有限公司
	臺北市內湖區舊宗路二段121巷19號
	Tel (02) 2795-3656（代表號）　Fax (02) 2795-4100
登　記　證	局版台業字第一八三一號
出版日期	2024年11月一版初刷
定　　　價	400元
Ｉ　Ｓ　Ｂ　Ｎ	978-626-7193-82-2

欲利用本書全部或部分內容者，須徵得書林出版有限公司同意或書面授權。
請洽書林出版部，Tel (02) 2368-4938。

目次

拾零者言 ... i

▎莎士比亞札記

1. 莎劇淺說 ... 2
2. 淺談莎士比亞的戲劇藝術 ... 4
3. 千古不息的妒火:《奧賽羅》 ... 7
4. 戲耶?真耶?——戲說《亨利四世》 ... 10
5. 為莎學研究樹立新里程碑 ... 13
6. 問世間,情為何物? ... 15
7. 戲中之戲:莎翁的《仲夏夜之夢》 ... 18
8. 再見卡丹紐 ... 21

▎動畫莎劇

1. 莎劇動畫座談:戲・動畫・莎士比亞 ... 28
2. 嘉年華之必要:《第十二夜》 ... 34
3. 關於年少輕狂和愛的甜美:《羅密歐與茱麗葉》 ... 36
4. 失色的愛情:《奧賽羅》 ... 39
5. 《馴悍記》:挑戰新女性?嘲諷大男人? ... 42
6. 悲喜人間:《冬天的故事》 ... 45
7. 哈姆雷的天人交戰 ... 47
8. 野心的報償:《馬克白》 ... 49

看戲

1. 計將安出?淺說關漢卿編劇的一項特色 　52
2. 竇娥的性格刻劃——兼論元雜劇的一項慣例 　67
3. 假戲假做跟假戲真做——兩種「戲中戲」 　81
4. 《紅鼻子》戲中戲 　86
5. 再碾一次玉：重讀姚著《碾玉觀音》 　90
6. 我看《真？理》 　94
7. 小人物・大哀愁——哈武德《服裝師》簡介 　97
8. 推陳出新：我看莎劇《錯中錯》 　102
9. 馴悍記，尋漢記，或尋憾記 　105
10. 顛倒眾生：《莎姆雷特》啟示錄 　108

讀書

1. 期待多元的世界文學經典論集（閱讀《西方正典》） 　114
2. 「演義」莎士比亞 　117
3. 莎士比亞十四行詩 　121
4. 《嘉德橋市長》 　123
5. 愛，永遠年輕——喜讀《鄉野小子》（序） 　125
6. 填補歷史的空白（《「肋」在其中》代序） 　129
7. 我詩，故我在：悅讀揭春雨 　131
8. 捧讀《雲中錦箋：中國莎學書信》 　135

學術翻譯

1. 艾德格・愛倫・坡的《怪譚奇聞故事集》 　140
2. 霍桑的《七角大廈》 　150
3. 惠特曼的〈自我之歌〉 　160

4	亨利・詹姆士的《奉使記》	174
5	論伊迪斯・華頓的主要小說	186
6	尋尋覓覓：從燕昭王的黃金臺說起	195
7	莎士比亞佚失的一齣戲	203

▎文學作品翻譯

1	叔叔的夢	210
2	爸爸・小提琴・我	222
3	富蘭克林與痛風夫人的對白	230
4	一枚胸針	237
5	正好眠	249
6	夢	252
7	一舉成名	254
8	小品斯洛伐克：十二帖	256

▎紀念

1	師恩難忘	268
2	施與受	270
3	朱老師，晚安	272
4	使命感與使命幹——一個伙計眼中的顏老闆	276
5	開風氣之先：懷念恩師顏元叔教授	280
6	懷恩師——紀念虞爾昌先生一百週年冥誕	284
7	懷念 FRANÇOISE	286
8	敬悼余光中先生	288
9	胡老師，謝謝您！	290

其他

1　請李白杜甫搭捷運　　　　　　　　　　　　　296
2　《尋找歷史場景：戲劇史學面面觀》編者前言　　298
3　跨文化作品的原創本質　　　　　　　　　　　304
4　畢業　　　　　　　　　　　　　　　　　　　308
5　寵兒的告白　　　　　　　　　　　　　　　　311

鵝毛一束

獻給

我生命中知道或不知道的貴人

本書作者,攝於 2000 年

作者三代同堂

2011年在美演出由《威尼斯商人》改編的豫劇《約／束》。演出後為觀眾簽書。

Double Jeopardy
A CRITIQUE OF SEVEN YÜAN COURTROOM DRAMAS
Ching-Hsi Perng

UNIVERSITY OF MICHIGAN
CENTER FOR CHINESE STUDIES

作者的著作由密西根大學收入電子書保存

講座海報

中華民國五十三年八月二十七日

五十三學年度專科以上學校聯合招生委員會查本學年度專科以上學校參加聯合招生考試各生，依本會議決分發辦法按甲、乙兩組評定。第一、二日為丙組，第三、四兩日為乙組。茲將乙組錄取各生，以及退伍軍人經教育部核定之從寬錄取標準錄取各生

左：

國立台灣大學

文學院

中國文學系三十二名：

李在民 柯慶明 王雪蘭 曾淑靜
呂全清 侯隆介 袞天英 黃金美 林季
趙志平 田勝海 許義平 羅秀絲 李元
　　　鍾柏生 邱清松 吳武坤 鄭三
汪其楣 黃嘉穗 周海娟 周興浦 何正
吳旗安 許清湘 溫海娟 施斯如 吳一
洪同麗 林照明

外國語文學系拾玖名：
陳文彬 許紹仁 劉淑玲 王京蘭
劉容 鄭瑞雲 梅慶祥 賴惠利 張靜二 周鈕原 劉恩凱
黃黛莉 謝君萍 王明 朱明 劉恩凱
楊寶義 張芷君 朱平 鄭碧雲 朱坤明 吳曼明 林蓮華 陳熙明 王家文 陳文芳
孫貞生 毛如瓊 陳燕慶 林培華 祝令華 梁月鈞 洪仁時 翁業明 蘇素容
方英斌 主文 李伯聰 戴芳美 顏桂雄 楊正雄 陳正雀 鄭剣闌 羅世信
陳順蘭 林凱 劉溪泉 蘇美華 賴令煌 楊培桂 林月桂 翁小玲 張素容
王美凱 蔡治 蔡金榮 宋后棚 侯蓁容
黃瑞璉 白循 彭鏡禧 胡葱
陳南賀雄 張秀鳳 黃美珠

錄取臺大外國語文學系

臺大外文系學生照

畢業同學回憶 30 多年前的謝師宴

吳卓勳

這應該是謝師宴時與彭鏡禧老師拍的合照,記得大四時修彭老師的莎士比亞,期末考試是各別口試,其中一題是:你覺得自己最像莎翁筆下的哪個人物。

許瑩月

竟然有我耶,有點驚悚,因為我很怕外文系的很多老師。其實怕的意思就是不敢親近,總覺得自己在外文系是濫竽充數,心虛的很。不過彭老師曾經稱讚過我,讓我受寵若驚。所以想起他,心裡甜滋滋地哩。

陳美慧

我們真的是同一個學校同一個系的嗎???我在這張照片上意外看到自己,可怎一點印象都不剩?我也無限心虛,因為很不用功,都在玩。

李欣穎
對喔，主科老師的列表裡我忘了「莎士比亞」了。我們那時是必修，現在已經改為選修了。應該也是分兩班吧？彭老師是我們單號組的老師，雙號組是哪位老師教的？郭博信老師嗎？

吳卓勳
我是雙號組耶，也是上彭老師的課

許瑩月
不是雙號組單號組都上他的課嗎？

溫淑真
不是吧！當年上莎士比亞好痛苦，但這幾年我又買來看，連十四行詩都慢慢讀。很享受。

吳毓瑩
哇讚啊，好問題，卓勳你的答案是甚麼，該不會記得題目，不記得答案了。
雙號組的莎士比亞老師是誰啊？請公布答案？我竟然不記得。阿，還是這是選修課？那就是我沒選啦。

吳卓勳
哈哈，毓瑩，我其實也不記得謝師宴的種種細節，只是看著照片，想像老師們會一起出現，而同學們看起來也盛裝出席，這樣的場合應該是謝師宴莫屬了吧！如果我推估錯誤，還請記得的同學指正囉！還有，真忘了當時的答案了，想必那時考試緊張，胡謅了些什麼，事後自己也記不得了。

19世紀《哈姆雷》在倫敦演出的海報

拾零者言

　　這本集子收錄了六十三篇長短不一的文字,是筆者近一甲子以來零星發表在報章雜誌或學報,但未曾結集成書的作品。整理的時候,發現從這些拾掇起來的零碎,可以拼湊出自己學術生涯的軌跡。美國詩人佛洛斯特(Robert Frost, 1874-1963)有一首膾炙人口的詩〈未擇之路〉("The Road Not Taken"),對自己的選擇似乎略有憾焉,我則慶幸自己很早就註定了這輩子要走的路:文學翻譯與莎士比亞研究。

　　本集的內容按照性質略分為八個單元。首先是「莎士比亞札記」,所收八篇多是我對莎翁劇作粗淺簡約的看法,乃日後發展為較成熟之學術論文的基石。第二個單元「動畫莎劇」八篇源於英國 BBC2 電視臺與威爾士電視臺 S4C 合製、每個劇本濃縮為三十分鐘以內的 *Shakespeare: The Animated Tales*。首篇是紀蔚然、石昌杰兩位教授與筆者的對談,綜論此一動畫系列,旁及劇本改編問題;其他則是筆者個人對其中七齣動畫的簡要觀察。第三個單元「看戲」十篇,包括劇評以及閱讀文本的心得。第四個單元「讀書」八篇,都是應邀而寫的序文或評論。第五個單元七篇,名之為「學術翻譯」,內中五篇論述美國文學,一篇記錄中國古典文學研究歷程,另一篇評介一本根據「佚失的」莎士比亞劇本《卡丹紐》新編的同名話劇。[1] 第六個單元也是翻譯作品,但內容並非學術論文,而是文學創作,有小說,有戲劇對白,有散文,有詩,因此名之曰「文學作品翻譯」,共八篇。其中有幾篇是五十多年前大學時期發表於《拾穗》的舊作。第七個單元「紀念」

---

[1] 限於篇幅,在排版之後,刪除了雷飛福(André Lefevere)的重要論文〈文學的翻譯〉(譯文載於 1971 年 11 月號《純文學》),十分可惜。

i

記錄了多位師友對我的深遠影響。最後一個單元是一些學術或非學術的雜感，無法歸入以上七類，故名為「其他」；置於卷尾的〈寵兒的告白〉，是根據在臺大《我的學思歷程》系列演講整理而成。

　　這本選集幾乎排除了個人所有詩的翻譯，也許日後可以另編一本譯詩選。英文有一句成語：All his geese are swans，嘲諷把自家的醜小鵝捧若天鵝的人。則本書的六十三篇，至多是敝帚自珍的鵝毛而已，本不值一哂，尚祈讀者諸君諒之。若干作品原本包含或多或少的註釋，如今悉數刪除，但每一篇都標明出處，以便有興趣者查考。

　　這本「鵝毛集」的出版，要特別感謝：

——當年接受或邀約稿件的刊物編者；
——張綺容教授提供我在《拾穗》發表的譯作；
——陳芳教授和她的助理蔡斯昀小姐及施之小姐把三十多萬字從剪報和雜誌中鍵入電腦，成為可以修訂的文字檔，最為辛苦；
——臺灣莎士比亞學會的理監事玉成；理事長許以心教授、邱錦榮教授、蘇子中教授親赴書林出版社商洽出版事宜；
——臺灣莎士比亞學會副理事長吳敏華教授不憚其煩，仔細為全書校對兩次，統一了標點符號和字體，尤為可感。
——書林出版公司的張雅雯編輯無可挑剔的專業與敬業，使這本書能夠順利面世。

　　以上諸位的深情厚誼，絕非感謝二字可以回報，但也只能說：

謝謝！

彭鏡禧 謹誌
中華民國 113 年 8 月

莎士比亞札記

1

莎劇淺說[*]

　　莎士比亞生於 1564 年，卒於 1616 年，得年五十二，在他那個年代已屬高壽。其中真正致力於寫作的時間只有二十多年，卻至少留下了三十七齣戲劇、兩篇長詩（合計四千餘行）兩篇短詩（合計近四百行）、十四行詩一集（一百五十四首），創作力之旺盛，固然令多數作家望而興嘆，作品的繁複美妙，更是令人讚歎。

　　莎翁的劇作可大別為喜劇、悲劇、歷史劇、傳奇劇，其實也是武斷的區分。他的喜劇裡不時包含悲劇的深沉，悲劇裡又每每摻雜喜劇的輕佻；歷史劇可以是悲劇或喜劇，傳奇劇則又名悲喜劇。這就可見莎士比亞的天縱之才不受世俗的規範。由於莎翁對劇場十分嫻熟，他的作品最能發揮戲劇效果；利用戲劇真真假假的特質，表現出世事人生的詭異複雜。

　　莎劇的成功和他的語言運用密不可分。莎士比亞在他的寫作生涯中固然不斷嘗試新的劇種，臻於完善，也努力語言的鍛鍊，以為配合。莎劇的語言主要是無韻體詩；每行五音步，每音步含先輕後重兩音節。他早期的劇作裡，詩行每每中規中矩，結束於行尾。到了後期，變化繁複，不僅行尾出現輕音（亦即所謂弱韻），而且大量出現迴行（或稱接續詩行，也就是說，詩意到了行尾不能停頓，必須接續到下面一行或數行）。此外，詩行中斷，由其他角色接續的情況也大

---

[*] 原載《聯合報》副刊（1993/2/14）。

為增加。

屬於最早期的《錯中錯》（或譯《錯誤的喜劇》），裡面迴行不到百分之十三，沒有弱韻，也找不到詩行中斷的例子。屬於最晚期的《暴風雨》有百分之四十一點五的迴行，一百個弱韻；詩行中斷，由另外角色接續的情形高達百分之八四點五。這樣一來，無韻體詩不再只是形式上或修辭上的工具，而是具備可長可短、可快可慢的彈性，能夠真正肩負對話的功能。

莎翁早在他有生之年就享有盛名。同時代的作家羅勃・谷林（Robert Green）曾經尖酸刻薄的說過：

> 有這麼一隻一夕成名的烏鴉，飾著你我的羽毛，他用演員的外皮裹著虎狼之心，自以為可以胡謅出無韻體詩，媲美諸君的最佳作品；而由於十八般武藝樣樣通，自認是舉國無雙的「莎震景」。

羅勃・谷林乃是當代所謂大學才子，對莎翁的崛起深為忌妒：引文中「莎震景」原文為 Shakescene 顯然意指莎士比亞自以為可以驚動戲劇界；而「十八般武藝樣樣通」則是暗諷莎翁一身兼為詩人、演員、劇作家，又涉入劇場事務，乃是「樣樣鬆」。羅勃・谷林後來潦倒窮困，鬱鬱而卒；莎翁則久享盛名，至今不墜。

2

淺談莎士比亞的戲劇藝術*

　　莎士比亞戲劇的藝術層面繁複多樣，無不令人嘆服；但是萬變不離其宗——這一切令人目眩的成績，都源於兼具演員、劇作家、劇院股東身分的莎翁對劇場表演特質的精準掌握。

　　跟其他藝術一樣，戲劇家的藝術也和他的時代背景有不可分離的關係。十六、十七世紀的英國倫敦，戲劇正蓬勃發展。劇院的構造和舞臺的形式確定了演員跟觀眾似分還合的微妙關係：臺上和臺下的分野有時候不是那麼清楚——戲臺上甚至設有觀眾席。這種微妙關係似乎使得劇作家特別留意到戲與人生的關連。不時親自粉墨登場的莎翁就經常利用戲劇真真假假的特質，表現出世事人生的複雜難以捉摸。

　　莎翁寫作劇本的方法，從他早期的作品《錯中錯》已經可以看出端倪。第一，他喜歡揀取現成的故事，鮮少自行創作。然而他絕不是抄襲：因為經過妙手安排組合之後，他的劇本不僅展現新貌，也產生了新義。例如《錯》劇，基本情節來自羅馬劇作家普羅塔斯，是一對雙胞胎的故事；莎士比亞把他改成兩對雙胞胎的故事，因此變得益加複雜。再加上結構、場景、人物、情節各方面的若干更動或添加，一齣鬧劇於是脫胎換骨，成為較有深度的上乘喜劇。第二，由《錯》劇可見莎翁從一出道就把握了戲劇的本質：雙胞胎真假莫辨，正是戲臺上下演員跟觀眾身份不明的最佳暗喻。

---

* 原載《中央日報》副刊（1994/2/22）。

廣義的「雙包」因此成為莎士比亞作品的商標。以國人相當熟稔的《哈姆雷》為例。劇中有一個鬼魂找上哈姆雷王子，自稱是他的父親老哈姆雷的冤魂，特來向兒子控訴自己的弟弟柯勞狄謀害親兄、篡奪王位、奸淫親嫂。他要兒子替他復仇，哈姆雷王子為了確認這些指控是否真實，決定趁戲班子來宮廷獻演的機會，指定他們演出《謀殺貢扎果》：戲碼和鬼魂所訴頗為類似。他的想法是：假如親叔果真殺了他的父親又娶了他的母親，一定會被戲中雷同的情節所動，而有不尋常的反應。他說：「利用這齣戲／我要把國王的良心獵取」。王子對自己安排的戲中戲很滿意：他甚至大膽的向柯勞狄說，戲名就叫《捕鼠器》。

　　戲中戲演到盧先納把毒藥灌進國王貢扎果耳朵時，看戲的國王柯勞狄果然臉色大變，在群臣慌亂不知所措中拂袖而去。戲院裡的觀眾想必也有同感。不過《謀殺貢扎果》的情節誠然類似柯勞狄弒君娶后的罪行，卻只有心虛的柯勞狄和心有預期的哈姆雷、何瑞修，以及劇院裡的觀眾才會注意到兩者之間的關係。但是，因為這是一場戲中戲，我們還要考慮坐在舞臺上的其他觀眾的反應。盧先納上場的時候，哈姆雷在一旁解釋：「這個人叫盧先納，是國王的侄兒。」這話聽在看戲的國王、王后、以及宮中群臣耳裡，如果他們有什麼聯想，只會把身為柯勞狄侄兒的哈姆雷聯想成盧先納——也就是說，哈姆雷安排這場戲，暗示出他弒君的意圖。他固然利用「捕鼠器」獵取到國王的良心，卻也無意間同時洩了自己的底，讓別人（特別是國王）捕獲了他的（不）良心。

　　類似這種呈現雙重意義，傳達曖昧訊息的說法，在莎劇中司空見慣。《仲夏夜之夢》演出了愛情的無法理喻，莎翁卻在臺詞裏一再提醒觀眾，說這只是一場夢。《李察二世》裏的角色口口聲聲主張君權神授，但莎翁在戲裡安排了盛大隆重的黜君典禮，讓李察王宣告退位，罷黜自己。接下來的《亨利四世上篇》裡的王子哈樂，表面上是

個跟福斯塔那伙下三爛廝混的浪蕩子,只會吃喝玩樂、胡作非為,其實他隨時等待機會,要讓世人跌破眼鏡。一般認為《馬克白》劇中主角馬克白雖然本來就有野心,卻是經不起他太太的鼓動唆使,才會成為殺人魔。然而,細看莎翁在劇中的安排,我們也可以說,馬克白夫人才是他丈夫野心的犧牲者。《量·度》裏的伊瑟貝和企圖仗勢奸淫她的安其洛應該是最不相像的人物了,可是,伊瑟貝一抓住安其洛的把柄,立刻威脅他釋放自己犯法的哥哥:兩人勒索的手段如出一轍。《暴風雨》的主題之一是寬恕與和解,但是,博思普原諒弟弟的時候,不僅口氣上很不情願,也沒有忘記提醒他新犯的過錯。

　　凡此種種,都可見莎士比亞從劇場真假曖昧的特質出發,慣用且善用雙重乃至多重的影像,表現多面而難明的人生諸相。正因為莎翁這種力求客觀的戲劇藝術,世世代代的觀眾在觀賞他的劇作時,不僅獲得娛樂(這是一定的),更能從中一再挖掘出新的意義,獲得新的啟發。

3

千古不息的妒火：《奧賽羅》[*]

　　《奧賽羅》、《哈姆雷》、《李爾王》、《馬克白》並稱莎士比亞四大悲劇。它們的共同處是對人生邪惡面的深入探討：但是相較之下，《奧》劇有多項特色。首先是結構，它的情節單純、時間濃縮，而主戲也都發生在同一個地點，相當符合所謂的三一律——在一向來去自如、無拘無束的莎劇來說，倒是少數的例外。其次，它的主角不是國王，只是個外籍（黑）將軍：劇中也沒有鬼魂靈異，沒有荒郊野莽，沒有戰爭場面。它是個典型的「家庭劇」，關注的似乎只在男女愛情的變化。

　　《奧賽羅》的劇情大約是莎劇中最簡明的了。伊牙苟是個想要升遷卻沒有成功的職業軍人。為了報復，他陰謀設計，使他的將軍奧賽羅誤以為自己新婚的嬌妻德蒙娜，跟才被自己提拔的副手卡西歐有染。奧賽羅是個老實人，又不熟悉威尼斯民情風俗，伊牙苟欺之以方，煽起他的妒火，一發不可收拾，結果奧賽羅悶死德蒙娜，接著在了解真相後舉刀自盡。

　　這裡引兩段詩，說明愛與妒的巨大力量。黑將軍奧賽羅以外國人身分應威尼斯政府之請，率領海軍前往賽普路斯迎戰來襲的土耳其艦隊。途中遭遇暴風雨，但是安然抵達。上岸時，見到後發而先至的新婚嬌妻德蒙娜，驚異之餘，他訴說出心頭的無限喜悅歡欣：

---

[*] 原載《中國時報》副刊（1992/8/16）。

> 見你先我而到，我萬分驚訝，
> 也萬分滿足。啊！我的心肝，
> 如果每次風暴後都如此寧靜，
> 就讓狂風吹呀吹，吹醒死亡，
> 讓辛苦的船兒爬上海的山丘，
> 高如奧林帕斯，再跌的低低，
> 像地獄之於天堂。假如此刻死去，
> 此刻便是幸福無涯；只怕
> 我的靈魂有了無限的滿足，
> 這般快慰的事不會再出現於
> 未卜的命運。

過不多久，在伊牙荀精心導演下，奧賽羅的愛情受到嫉妒的咬嚙；無涯的幸福化做萬般的痛苦，隨後轉成極度的頹喪：

> ……啊，現在永遠
> 告別寧靜的心情、告別滿足、
> 告別威武的軍隊和壯烈的戰爭
> （雄心本來是美德！）啊，別了，
> 告別嘶鳴的駿馬和尖銳的號音、
> 振奮的鼓聲、刺耳的軍笛、
> 莊嚴的軍旗，還有光榮戰爭的
> 一切特質、壯盛華美的行列！
> 還有奪命砲啊（你粗暴的喉嚨
> 好似永生天神懾人的雷霆）。
> 別了！奧賽羅的事業完了。

比較這兩段話，可知奧賽羅從天堂跌下地獄。他說過「假如此刻死去，便是幸福無涯」，不料一語成讖。一個人為什麼這麼容易受到擺佈？伊牙荀說的好：「輕如空氣的瑣事／嫉妒的人會當作強力的證據／確鑿如聖經。」劇終之前奧賽羅自謂是個「愛得不智，卻又太過」的人，倒是持平之論。

《奧》劇另有兩個特點值得一提。伊牙茍的種種謊言、騙術，劇中其他角色沒有一個知情；他們多半還被利用了。從頭到尾看他耍把戲的觀眾因而成了他的「共犯」，心中承受的壓力極大。據說此戲上演時，偶有觀眾會忍不住大吼，要拆穿伊牙茍的詭計。此外，透過全然無辜的純潔女子德蒙娜的悲慘命運，本戲明白顯示男人和女人互相了解之不易，以及女性如何受到男性不公平的宰制。德蒙娜和她的侍女愛彌烈（伊牙茍的妻子）在困境中互相扶持；愛彌烈了解真相後，更不顧性命，為了德蒙娜的清白而揭發自己丈夫的罪行。比起戲裡互相耍陰險的男人，這一對冤死的女子可愛多了。

4

戲耶？真耶？——戲說《亨利四世》*

　　莎士比亞的《亨利四世》上下兩篇，分別成於1596–97及1599年，前接《李察二世》（1595–96），後續《亨利五世》（1599），因為敘述的是十四、十五世紀英國相連的一段歷史，俗稱「四連劇」；又因為亨利父子在四劇中分別扮演重要角色，所以近人也名之為「亨利劇」。其實，這幾齣戲，看不出什麼特殊的預先設計；今之《上篇》原來只是《亨利四世史》，但劇中甘草人物佳客・福斯塔大受歡迎，莎翁顯然是打鐵趁熱，趕緊推出了《下篇》。《下篇》劇尾更邀請觀眾繼續期待福斯塔，但《亨利五世》裏卻不見他上場。

　　在《李察二世》中，鮑林勃篡位，取李察二世而代之，是為亨利四世。他即位後，外患內憂紛至沓來；原先扶持他登上王座的貴族，如今爾虞我詐，相互猜疑，竟成了叛軍亂黨。《亨利四世》上下篇搬演的就是這段歷史。劇中顯示莎翁對歷史演變，王權遞嬗有他獨特、曖昧的看法，對英國政治、社會也有入微的觀察和細緻的表達。戲裏創造了大大小小許多令人難忘的角色，包括渾名「霹靂火」的叛軍主將小柏西，但這兩齣戲最引人入勝之處，大概要算太子哈樂（本名亨利，一名哈利；哈樂是小名）跟他的幫閒福斯塔之間，由親而疏的複雜關係的發展。

　　正當亨利四世為國事為戰爭憂心如焚之際，哈樂和福斯塔一夥賊

---

* 原載《中央日報》副刊（1992/10/23）。

人也在忙著他們自己的竊徑計畫。如果說國王代表法治，這位太子公然不法，和叛黨又有什麼兩樣？然而哈樂的叛逆只是表面，他心裡明白自己總有一天要登上大位；目前逢場作戲，將來「改邪歸正」，恰可以讓國人一新耳目，感覺浪子回頭，更值得珍惜。他第一次出場的時候，就有一段獨白，說是「我要刻意冒犯，有技巧的冒犯，／以贖回時間，叫世人刮目相看。」

透過一場看似胡鬧實則暗潮洶湧的戲中戲，福斯塔和哈利互相傳送訊息，並了解對方的想法。從此以後，太子雖然還處處迴護舊友，兩人終於漸行漸遠。等到亨利四世病逝，哈利登基為亨利五世，終於公開斥退了執迷不悟的福斯塔：「我不認得你，老頭子。」假戲已成真。太子的「教育」過程，到此算是告一段落。

歷代觀眾跟讀者看到這篇公案，縱使理智上能夠因為「君主聖明」而慶幸，情感上很難不為莎翁筆下（以及舞臺上）最成功也最著名的喜劇人物福斯塔抱屈。身材肥胖，走起路來有如豬油抹地的他，嗜酒如命、好色貪財、偷盜打劫、欺騙吹噓——這樣一個恬不知恥的痞子，早該送上斷頭臺的，太子哈樂為什麼竟要包庇縱容，讓他長期胡作非為？

原來福斯塔有如哈樂太子的另一個父親；冷酷嚴峻的生身父王無法給予的人性、溫情、快樂，哈樂從福斯塔那裏大量支取。哈樂逃避了勾心鬥角的宮廷，來到無憂無慮的酒店，鎮日呼盧浮白；福斯塔雖然又老又胖，他的頭腦反應卻十分靈敏，機智和口才都令人拜服。他固然嘴上不饒人，卻也樂於開自己的玩笑，讓朋友高興。他和哈樂鬥嘴，互較機鋒的多場對手戲，在《上篇》最是精彩。他對自家無恥行徑的辯護，除了巧妙令人嘆服之外，也常常包含真理。例如在戰場上他對「榮譽」所作沉思的自問自答：

> 榮譽能讓斷腿復元嗎？不能，斷手呢？不能，消除傷痛？不能。這麼說，榮譽沒有醫術囉？沒有。榮譽是啥？一個詞兒。「榮譽」那詞兒有啥內

容?那個「榮譽」是啥?空氣。

　　福斯塔這種偏激論調,倒也不完全錯。因為真正打起仗來,亨利四世命許多將軍穿上他的王袍誘敵,替他喪命。叛軍那邊老柏西怯戰,託病在家,讓自己兒子「霹靂火」為爭取榮譽而送死。但是到了《下篇》,福斯塔跟太子在一起的機會越來越少,他的欺騙行為似乎也變得認真起來。比起《上篇》,雖然他的機鋒依舊,總叫人覺得多了幾分下流,少了許多趣味。福斯塔的光環逐漸黯淡。

　　前面提到過,《亨利四世下篇》本是續貂之作:它的結構和上篇也出奇的相似。王公大人跟流氓地痞輪番上場;上層階級的政爭陰謀跟下層階級的偷雞摸狗相互輝映。場景方面;除了宮廷和戰場,《上篇》有倫敦的酒肆茶樓,《下篇》則有英國的鄉下農莊;合起來,是對英國某一時代歷史、政治、社會人物的全面描繪。這種寬闊的視野,加上繁複的文體,悲喜的混雜,使得《亨利四世》不僅在莎翁自己的歷史劇中地位特殊,在英國舞臺劇史上也屬罕見。

5

為莎學研究樹立新里程碑[*]

朱立民教授近十多年來鑽研莎士比亞,每有創獲;中英文論稿散見國內重要學誌。現在他把這些篇章都為一集,命名為《愛情・仇恨・政治》,原來用英文寫的也譯成了中文,帶給學術界以及愛好莎翁的一般讀者很大的方便。

書的標題揭示書中各篇的主旨;副標題「漢姆雷特專論及其他」則透露出作者興趣最高、用力最勤的,恰是莎劇中最受矚目的作品 *Hamlet*。要在這樣熱門的領域裡著書立說,成一家之言,談何容易。但是朱教授真積力久,對許多問題慎思明辨、條分縷析;他的議論常常帶有新意,發人深省。他喜歡從小處著手,反而能夠鞭辟入裡,有助於讀者對大處的了解。

因此,前兩篇討論《漢姆雷特》劇中的鬼魂和人命,其實還關涉到人物刻劃、劇情結構、和作品主題。討論劇本與電影版本差異的兩篇,其實是透過影像認真的閱讀、檢視了原作。例如他讚歎勞倫斯・奧立弗的電影版善於運用燈光,指出其中一個鏡頭(原作第五幕第一場)說:

> 王子愈走近正在挖掘的墳墓就相當於愈接近死亡,當他停下來、站住的那一刻,鏡頭從他後面照他的背影,顯出他頭部在地面造成的陰影恰好蓋在地上一個骷髏頭上面,漢姆雷特的頭的射影與地面的骷髏頭完全吻

[*] 本文原載於《中華日報》副刊(1994/7/23)。

合,可以說象徵「死亡」已找到了對象。

這等細膩的閱讀與觀察,文中屢見不鮮。〈漢姆雷特之演出〉這一篇,由於脫胎自演講稿,其中夾帶許多有趣的軼聞。就學術論文寫作而言,淺見以為《漢姆雷特的終極靈感》一文最為謹嚴;作者綜合檢討了前人的看法,再運用一貫細密的閱讀,更佐以兩種版本的比對、參酌實際舞臺及電影演出,對劇本的結局提出精闢的見解。細讀這五篇論文,可以發現朱教授對《漢姆雷特》一劇的批評觀點是如何逐漸演進、討論視野是如何陸續開擴。

編在「其他」項下的三篇,分別討論《羅密歐與茱麗葉》、《奧賽羅》、和《李察二世》,各有各的主旨與觀照,但是跟〈漢姆雷特專論〉一樣,都具有細膩謹嚴的特色。然而這本書的謹嚴細膩,主要見於立論與說理:在通篇深刻的沉思當中,不乏輕鬆幽默的筆觸。至於驅字遣詞,也是風格別具,例如:「奧立弗演的漢姆雷特簡直是帥呆了」;「有些學者對奧賽羅這個角色甚為感冒」;有一個小標題叫做「其他演出:奇招高招」。這樣親切的文字,擺脫了一般學術論文道貌岸然的頭巾氣,恰可以印證作者對莎士比亞的熱愛與相知。

在臺灣以莎士比亞為題、用中文寫成的專書,孤陋寡聞的我,前此只見過吳青萍先生的綜合著述《莎士比亞研究》(民國五十三年由遠東書局出版)。將近三十年後的今天,朱立民教授這本專論的面世,為國內莎學研究樹立了新的里程碑。

6

問世間，情為何物？*

> 詩人的眼珠，一陣瘋狂的轉動，
> 從天上看到地下，從地下到天上；
> 一當想像力具體製造出
> 前所未有的事物，詩人的筆
> 便賦予它們形體，給虛無的事物
> 一個實際的居處和名稱。
>
> ——《仲夏夜之夢》

《仲夏夜之夢》跟國人熟知的《羅密歐與茱麗葉》同屬莎士比亞早期的作品。兩者不僅文字的風格近似，包括大量的韻文，而且在故事主題上也有相當程度的雷同——都是講年輕男女的愛情如何好事多磨，而破壞好事的也都是他們的長輩，特別是做父親的。羅密歐與茱麗葉分別來自原本就是世仇的兩個家族；替兩人祕密證婚的羅倫斯修士雖然有意解開這個死結，卻一來遭到命運的撥弄，二來因為茱麗葉父親的躁進，使他的計策失敗。這齣至少死了四名熱血青年的愛情戲因而演變為千古悲劇。

《仲夏夜之夢》裡面有兩對戀人，他們的愛情受到其中一位當事人的父親無理——更是絕情——的打壓（他甚至說出了類似「你若膽敢不要我挑選的女婿，我就要你的命！」的話）。戲中戲《皮拉木與賽施碧》演出的，也是跟《羅密歐與茱麗葉》相似的情節。然而，由

---

* 原載《聯合報》副刊（1995/3/2）及《聯合早報》（1995/4/29）。

於精靈的干涉,最後是有情人皆成眷屬的圓滿結局。悲劇威脅解除之後,故事以喜劇收場。

有人說,莎士比亞因為自己對《羅密歐與茱麗葉》感到不滿,便用同一題材寫成喜劇。這種說法當然可以彰顯莎翁橫溢的才華:不管喜劇悲劇,任他信手寫來即是好戲;這等揮灑自如的本事,多麼令人稱羨!

但是,我想更要緊的是,莎翁在舉出一個永恆的愛情故事之後,又用輕快幽默的筆觸,昭告世人愛情的另一面向:愛情不一定是堅貞的;它可能只是一場遊戲,而這場遊戲的特色是它沒有規則——也就是缺乏理性。《仲夏夜之夢》男女主角的愛情,要靠精靈的協助,才能成功美滿;人世間的曠男怨女,又可以向誰求助呢?精靈的好心幫忙在戲裡差一點幫了倒忙;這還不算,連精靈王奧本龍和精靈后泰淡雅自己的婚姻都出現了危機(為了別人的孩子,他們可以反目成仇),他們的介入真的可以確保賴散德和賀媚兒、狄迷特和何蓮娜這兩對新人愛河永浴嗎?

就像他在其它作品裡表現的一樣,莎士比亞在這裡是以一種兩可曖昧的方式——或可名之為「孿生手法」——來調侃一般人對愛情的觀念。在讚頌歌詠的同時,他不忘加以揶揄嘲諷。莎士比亞是在追究愛情的根源和本質,「問世間,情為何物?」森林中兩男兩女瘋狂追逐的一幕,為愛情的盲目提供了精確的隱喻。戲裡主角之一的賴散德在受到空戀花(love-in-idleness)汁液——相當於一種眼睛迷幻藥水——影響之下,突然向一個他原本沒有特別感情的女子何蓮娜下跪說:

> 人類的意念受到理智左右,
> 理智說你才是君子的好逑。
> 萬物的成長有一定的季節;
> 年輕的我,以前缺乏理解;

如今才算達到成熟之年，
　　理智引導著我的意念，
　　帶領我到你跟前，仔細端詳
　　愛的故事，寫在最豐美的篇章。

觀眾看到這一幕，一定會對愛情的「真諦」有所會心。誠如劇中愛胡鬧的精靈潑哥所說，「天哪，可笑世人多癡迷！」。時間上配合著日與夜、場景上配合著都市（雅典）與森林的安排，理性／非理性的主題，格外得到凸顯。

除了理念之外，莎翁在《仲夏夜之夢》裡面精彩的文字表現也備受矚目。若干臺詞早已膾炙人口，例如：「真情之路從無坦途」（The course of true love never did run smooth.）。戲裡既有真實的凡俗人間，也有虛幻的精靈世界。全劇洋溢的歡樂氣氛，奔放的浪漫活力，無限的想像空間，更使它不僅受到歷代劇場觀眾持續的愛賞，也成為眾多音樂家和舞蹈家作曲編舞的靈感泉源。

7

戲中之戲：莎翁的《仲夏夜之夢》[*]

　　莎士比亞的《仲夏夜之夢》裏面「戲劇」的份量之多，足可以使它當得起「戲中之戲」而無愧。這要分兩個方面來說：第一，這個劇本裡有個「戲中戲」；第二，這個劇本透露出莎翁對實際劇場和劇務的關懷。

一、戲中戲中戲

　　「戲中戲」的手法本身並不稀奇。就以莎翁自己的作品而言，在《夢》劇之前的《馴悍記》，在《夢》劇之後的《哈姆雷》，這些國人熟知的作品裡都有「戲中戲」。所不同的是，戲中戲在這個劇本裡和主題的密切關連。

　　《仲夏夜之夢》的主題當然是愛情和婚姻。劇中有五對男女，戲從雅典公爵西秀士（Theseus）和亞馬遜女王海波力達（Hippolyta）商定結婚日期開始，到兩人完婚，受到精靈暗中祝禱結束。其中鋪敘穿插的情節分別屬於好事多磨而意圖私奔的戀人賴散德（Lysander）和賀媚兒（Hermia）；怨偶狄迷特（Demetrius）和何蓮娜（Helena）；結婚多年而閨中起勃蹊的精靈奧本龍（Oberon）和泰淡雅（Titania）；以及雙雙殉情的皮拉木（Pyramus）和賽施碧（Thisbe）。

　　除了「戲中戲」裡的最後一對無可挽回外，其他各對情人或夫妻

---

[*] 原載《臺大外文系畢業公演特刊》（1984）。

經過一番折騰之後都有「完滿」的結局。但「戲中戲」裡皮拉木和賽施碧的故事和其他幾位的——特別是賴散德和賀媚兒的——除了結局以外都有相似之處。賴、賀兩情相悅，因賀女父親反對而決定私奔，終因精靈插手相助而得諧好事；皮、賽二人卻因陰錯陽差而糊塗殉死。莎翁的戲中戲至少表明兩點：一、在愛情的道上，我們不能指望精靈的幫助。二、情人的看法也許不同，但愛情確確實實是盲目無理智的。

但戲中戲的旨趣不僅止於此。表面上看來，這齣戲中戲是獻給西秀士和海波力達看的，座中應邀的觀眾還有賴散德和賀媚兒、狄迷特和何蓮娜。這些新婚的「幸運」兒有沒有在皮、賽二人的悲劇中看到自己的影子，我們不得而知。可以確定的是，正當臺上的演員觀眾對戲中戲的人物故事大發議論之際，臺下的真正觀眾必然也對臺上的偽觀眾品頭論足。螳螂捕蟬，黃雀在後。我們把戲中戲推而廣之，則在人生的大舞臺上，我們「欣賞」演出之際，又何嘗沒有別人正在看我們這些「觀眾」的表演呢？觀眾視演員，猶他人（觀眾）之視觀眾（演員）也。如此你看我、我看你，無論上演的是嬉笑怒罵、悲歡離合，不分臺上臺下，真個人生若戲！

二、莎翁論戲

莎士比亞不只是天才戲劇作家。身兼演員和劇團股東的他，對寫作以外的戲劇甘苦也頗有經驗，並且形成一些看法，時而透露在他的劇本中；例如《哈姆雷》、《暴風雨》等劇都有一些。但最廣泛深刻的討論，大概要算在《仲夏夜之夢》了。第三幕第一景裡困思（Quince）和霸臀（Bottom）等人討論劇情、決定角色的一段最為批評家所樂道。因為在那裡，莎翁提到關於舞臺的實際問題，例如月亮要怎麼演、道具牆怎麼辦（「你總不能把牆搬上舞臺吧！」有個聰明的演員說）、光線的問題，甚至對扮演女性的少男演員心理也有刻

劃。

更重要的是莎翁在本劇中檢討了演員與導演、導演與作家、節目製作人（劇團老闆？）與觀眾之間的關係。例如導演如何和大牌演員相處的問題。霸臀就是個大牌；他既要飾小生、也要飾武生，既要扮男角，也要扮女角，甚至恨不得把月亮、獅子的角色都攬下來，做個一枝「獨秀」！這時候，導演困思就得留神，要在既不能得罪大牌，又保持顏面的情況下，使戲能夠順利演出。

較少為人注意的是導演和作家之間的差距。第二幕裡，精靈王奧本龍眼看何蓮娜苦苦鳳求凰，而狄迷特一心只向著賀媚兒，不禁動了憐惜之心，令他的弄臣潑哥（Puck），去把情人露滴在狄迷特的眼上，好叫他一覺醒來迷上何蓮娜。不料潑哥錯將花露灑在賴散德眼上，反而使賴愛上何；兩對青年男女更加糾纏不清了。潑哥（導演）嘴裡怪奧本龍（作家）沒有交待清楚；其實，他心裡倒竊喜這一錯著帶來一場「好戲」。

莎翁也觸及到製作人和觀眾的關係。在第五幕第一景，西秀士公爵和海波力達女王嘉禮已過，距洞房花燭還有幾個小時，苦難打發，於是就找來專司娛樂的大臣費勞瘁（Philostrate）問有什麼樂子耍。費提出的前三個戲碼都被公爵否決了；有的故事他自己講過；有的戲他看過，有的劇名不順耳⋯⋯。第四齣就是困思霸臀這班玩票人演的「至為悲喜」的「冗長短劇」。沒想到公爵（觀眾）這麼喜歡，無論費勞瘁（製作人）如何堅決反對都是枉然。畢竟，觀眾的口味必須投合。（誠然，西秀士似乎是莎翁的「理想觀眾」，但這無關宏旨。）

總而言之，《仲夏夜之夢》的內涵豐富，「戲」量十足，充分表現出莎士比亞如精靈般飛揚的想像力。他在劇中迸發的無限創造活力令人目為之眩。《仲夏夜之夢》出入於幻想與現實之間，是一齣有趣討喜而又寓意深刻的戲。

8

再見卡丹紐[*]

沉寂數百年後,《卡丹紐》重現江湖!譯完這齣頗有特色的劇作,覺得它的流動有幾點值得一記。

首先是這齣戲的創作概念緣起。作者之一葛林布萊是哈佛大學講座教授,也是當今文學、文化研究方面的重量級學者。根據哈佛「卡丹紐計畫」網站的說明,他企圖藉這齣戲探討(或印證)他的「文化流動性」(cultural mobility)理論。戲劇「原作」有它創作的背景,受到原文化、劇種的種種制約;當它跨越到另外一種時空,也就是另外一種文化的時候,會產生怎樣的質變?這是有趣的研究課題。這齣戲已經在十一個國家以不同版本演出,許多相關資料也掛在前述網站上。能夠透過中文翻譯,並據以改編為傳統戲曲版,加入這一跨國實驗,應是極有意義的事。

查爾斯・密是美國當代劇作家,曾獲美國藝文學術院終身成就獎。深信「沒有所謂原創劇本」的他,設置了「(再)創造計畫」("the (re)making project)網站,免費提供許多自己的文本讓創作者自由改編——但不得僅僅是翻譯。這是文化流動的實踐,與葛林布萊的理念不謀而合。兩人合作改編《卡丹紐》這齣「莎士比亞佚失的一齣戲」,乃是順理成章的事。

粗略比較這兩齣戲,已可看到跨文化之後產生的驚人差異。「原

---

[*] 原載《跨越文化・多元想像》(輔仁大學跨文化研究所,2013/11)。

作」主角卡丹紐和盧仙妲深愛對方，歷經種種艱險劫難，終於團圓，見證了愛情的堅貞。來到二十一世紀的美國，新郎和新娘相識不久，只經過「約會一次半加上兩通電話長談，一次談的是羅斯科，另一次談的是德西達」，就結了婚。大喜之日，新郎竟要他的伴郎誘惑自己妻子，以確定她是否真心愛他。這場速食婚姻果然經不起考驗，在喜宴之後就宣告結束。新郎安塞摩和新娘卡蜜拉都沒有通過測試：男的發現自己愛的是另一個女人；新娘和伴郎也假戲真作，談起戀愛。卡蜜拉甚至鼓勵他的「前夫」追尋真愛：

> 當你找到了
> 你相信會天長地久的愛
> 我知道
> 你就不再有選擇權。

又說：

> 因為如果你不為愛賭博，
> 還要為什麼賭？

這番話正是新娘自己的心聲。因此兩人可以很快原諒對方，雙方算是頗有風度地分手，也是現代文明的「進步」現象。

在寫作技巧上，《卡丹紐》師法莎士比亞之處不少。安塞摩測試卡蜜拉，用的方法是戲中戲的演出，而戲中戲正是莎翁拿手技巧。在莎劇《哈姆雷》裡，哈姆雷王子為了捕捉叔父（國王）的良心，精心策畫了一齣戲，結果固然成功，卻也暴露了自己的意圖。《卡丹紐》的戲中戲演的不是別的，乃是莎士比亞佚失的《卡丹紐》！對比之意相當明顯；劇作家想要抓住莎劇真髓，透露的是自己這個時代的愛情觀。

阿爾巴尼亞難民如迪是戲裡一個逗趣的角色，活像《仲夏夜之夢》極端自負的匠人霸臀的翻版。如迪不滿意自己被安排的角色，又

想要搶別人的角色，害得導演連哄帶騙好不容易才搞定他。但一心想演獨角戲的他，最後還是如願以償，以戲中戲的內容，自行加演了一場戲中戲之外（應該說是另一場戲中戲）的精彩演出。光憑這一點，他就勝過霸臀不止一籌了。更何況，身為木匠的如迪，對舞臺結構還有一套理論，講究簡單、平衡、穩固。這套理論，其實也可以運用於人生——包括愛情與婚姻，間接呼應了本劇的主題。劇作家讓工匠說出簡單的大道理，明顯諷刺（美國）高級知識分子的盲與茫：戲裡除了老一輩（也比較傳統）的阿福瑞和露宜莎（安塞摩的父母），所有來自美國的年輕人不是離婚就是有外遇。

大家敬酒祝福新人的時候，如迪也要求獻上阿爾巴尼亞祝婚詞：「雖然法律有『強制勞動』的條款，所有被判刑的人都送到『死亡礦坑』，去採挖鉻和黃鐵礦，在開敞的濕地……男孩轉大人，大人俟乎早死——那些定讞自殺的」。把男女婚媾說成男人的「強制勞動」刑罰，礦坑和濕地比喻女陰，結婚成了自殺行為。相對於其他人「愛河永浴」之類的陳腔濫調，這樣的葷笑話雖然不登大雅之堂，卻可能更符合實際。聽眾聽了目瞪口呆，或許因為聽不懂阿爾巴尼亞語，也或許被內容嚇壞了。這在莎劇其實早有先例。在純情的《羅密歐與茱麗葉》裡，莎士比亞讓羅密歐的朋友開黃腔，讓茱麗葉的奶媽追憶她丈夫當年對奶娃茱麗葉說的性交指涉，無非表明劇作家認為性愛乃是婚姻不可或缺的一部分。遠從美國帶來「莎劇」《卡丹紐》的阿福瑞和露宜莎是劇中的長者，也像戲劇教授，特別對表演方法有強烈的意見。露宜莎鄙視

> 單單靠著佛洛依德心理學的老規則
> 那些個薄弱、簡化的見解
> 說明人之為人
> 好像我們
> 只是童年時期家庭動力的生物

> 而不包括
> 我們的社會
> 歷史和文化

這分明是新歷史主義宗師的化身。阿福瑞則逐字引用哈姆雷對戲班子的教訓，要求演員念臺詞要

> 在舌頭上輕輕說出：
> 如果你們扯著嗓門吼叫，像很多演員那樣，
> 我還不如讓街頭發布消息的來念我那幾行。
> 也不要用手過分地在空中揮舞，
> 如此這般；
> 一切都要中規中矩；
> 因為處在感情的洪流、暴雨、
> 乃至可以說是旋風當中，
> 必須練就並生成不慍不火的功夫，
> 顯得平順穩當。

當觀眾抱怨戲不好看的時候，阿福瑞老實不客氣地教訓他們，要大家尊重劇作家：「承認也許劇作家知道自己在幹什麼。無論你們想法如何，他可能都已經想過⋯⋯為什麼你們的看法會比他的高明？」而且，

> 說到個人喜愛
> 就像我爸爸常說的
> 「品味者，無可爭論者也。」

跟莎士比亞一樣，他們也論及戲劇與人生的關係。威威和卡蜜拉在戲中戲裡忘情深吻，冷眼旁觀的多麗指出兩人必定已經相愛才能有如此逼真的表演。阿福瑞提醒大家：「這是大家常犯的錯誤——把他們在舞臺上所見當作事實。」

露宜莎：

> 戲劇是非常逼真的藝術
> 會把我們不知不覺捲入其中。

阿福瑞：

> 然而，這是藝術。

露宜莎：

> 這不是人生。
> 但是，至少在這齣戲裡，藝術生動地反映了人生。莎士比亞的哈姆雷說過：演戲的目的……好比是舉起鏡子反映自然；顯示出美德的真貌、卑賤的原形，讓當代的人看到自己的百態。……

旨哉斯言！

　　朋友背叛，奪友之妻的故事，無論中外，自古有之。大膽把自己的女人交付朋友照顧的，不乏以悲劇收束者。《無事生非》的 Claudio 就曾慨嘆：

> 凡事都可交託你的朋友，
> 唯獨愛情必須自己保守。
> Friendship is constant in all other things
> Save in the office and affairs of love.

《卡丹紐》戲中戲裡，盧仙妲也警告卡丹紐說：

> 以前沒有朋友背叛的事嗎？
> 小心哪，卡丹紐：愛情不可代理。
> Is there no Instance of a Friend turn'd false?
> Take Heed of That: no Love by Proxy, Cardenio.

因此，戲中戲和主戲的背叛主題互相呼應。只是由於時空的移轉、文化的變遷，劇中人物的反應與命運也就截然不同。

　　說到背叛，作品的改編會不會是對原作的背叛？文學翻譯界有一

句老生常談，認為翻譯像女人：忠實的不漂亮；漂亮的不忠實。改編乃是對原作的一種演繹，廣義說來，也可算為翻譯。它的對象是當代的讀者、觀眾，而這些人，跟他們的作者（改編者）一樣，受制於自己的時空、文化。無怪乎查爾斯・密要說：「當然是文化先書寫了我們，我們才書寫自己的故事。」然則改編者改動原作，乃屬必要，不僅算不得背叛，反而要視為忠實——忠實於自己的時代、忠實於自己的文化、忠實於自己的洞見。

《卡丹紐》的故事從賽萬提斯——在他之前不知是誰——到莎士比亞和福雷徹，到奚額寶，到葛林布萊和查爾斯・密，到後者的十二種跨文化改編演繹，以及英國皇家莎士比亞劇團 2011 年的新版等，多不勝數。他們的共同點就是各個都不相同。與其說這些作品背叛原作，不如說是對「原作」的禮敬。而無論背叛或禮敬，都無關宏旨：葛林布萊深信莎士比亞不僅經常改寫他人的作品，也預期自己的作品同樣會被人改寫。今日我們再見《卡丹紐》，他日若又重逢於另一時空、場景，也無須訝異。真正重要的是：改編作品是不是一部好作品？這才是改編者必須嚴肅以對的挑戰。

動畫莎劇

1

莎劇動畫座談：戲・動畫・莎士比亞[*]

彭鏡禧（以下簡稱「彭」）：莎士比亞的戲劇演出四百多年，不僅風靡英國，也在世界各地普受歡迎。這顯然和英國的霸權和其殖民之擴張有很大的關係。但不容否認的，莎士比亞的劇作有它特殊的成分，具有普世性，老少咸宜、雅俗共賞。世界各地經常有人翻譯、改編莎士比亞的作品以演出他們自己心裡的話。下面我們先來談一談「改編」莎士比亞戲劇的現象。

紀蔚然（以下簡稱「紀」）：莎士比亞實在是太精彩了，他的作品很豐富，有如一個百寶箱一樣，需要什麼，就可以裡面挑選。不管是抽象的題目──生命、死亡、愛情，或者比較通俗的如三角戀愛、復仇、通姦、捉姦等都有。另一重要的元素就是，英文中的 Play 一字有兩個意思，一是劇本，另一是遊戲，而莎士比亞就是一個深知「戲劇就是遊戲」的作家。他的劇本很好玩，所有最通俗的戲劇噱頭，在他劇本中幾乎都被使用過了。八點檔那種兩個人在談話，另外一個人在偷聽這種已經浮濫的老套手法，又如男扮女裝、女扮男裝、認錯人等各種情境的錯誤，莎士比亞也會使用。所以莎劇提供了許多可以利用的元素。

彭：改編莎劇的最大考慮或是考驗是什麼？

紀：莎士比亞的劇本本身內容非常厚實、完整，而他自己也是一

---

[*] 原載《中國時報》副刊（1999/1/7）。

個改編大師，他大部分的作品都是改編自既有材料。他有點石成金的本事，他的改編有如清水變雞湯，但是他人改編莎士比亞卻常常是雞湯變清水。為何要改編莎劇，目的是為什麼，這是每個莎劇改編者必須思考的。

彭：改編莎劇是一個困難的工程。不知過去將莎劇改編成動畫的先例多不多？

石昌杰（以下簡稱「石」）：就我所知並不多。但如果擴大討論的範圍到童話故事、文學名著改編動畫則有較多前例。例如早期狄斯奈 1937 年的第一部劇情長片《白雪公主》即取材改編自童話故事，而到現在將童話故事及神話傳奇等改編為長片已經成為狄斯奈一種固定的製片模式。

彭：這麼說，莎劇改編為其他劇種由來已久，但改編成動畫卻是晚近的事。狄斯奈在兩、三年前推出的《獅子王》其實就是改編自莎士比亞的《哈姆雷》，製作上使用的是一般卡通動畫的方式。這次十二部莎劇改編的動畫有哪些特色？

石：這次的系列在表現素材上非常多元豐富，有偶動畫、玻璃彩畫和各種不同製作方式和風格的平面動畫，藝術成就斐然。這次的製作乃由英國國家廣播公司（BBC）和第四頻道（Channel Four）合作，其中請到來自俄國莫斯科的偶戲專家參與製作，俄國素有優良的偶動畫傳統，因此四部偶動畫相當可看。另外八部平面動畫中，有我們熟知的狄斯奈作法，如《羅密歐與茱莉葉》是以賽璐珞的動畫手法來做，還有其他十分具獨特表現的嘗試，如《李察三世》和《王子復仇記》（即《哈姆雷》）中使用玻璃彩繪，並在其下打光。即使是在賽璐珞的表現上，亦講究不同的美術風格，比如在《奧賽羅》、《馬克白》等片中，使用很多幾何式線條的塊面式構圖，在藝術上與狄斯奈式的賽璐珞卡通有很大的區別。

彭：剛才提到大家較熟悉的《哈姆雷》，從編劇上看來有什麼特

別之處？

紀：《哈姆雷》若照莎劇原劇本演出共需時四小時，如今濃縮成二十五分鐘的卡通並非易事。特別是莎士比亞的編劇手法通常是有一條主線，還有其他許多支線，但是這些支線也都很重要，因為它們將主線包紮得很渾厚。在這整個系列中，處理方式都是將主線把握住，再加上莎劇中一些較動人的、較戲劇性的元素進去，將故事講清楚，其他部分則交給藝術動畫方面來處理。

彭：也就是說因為時間的限制，改編者必須在眾多線索中抓出一個主線。恐怕大部分的改編都必須如此處理，比如說勞倫斯・奧立弗改編的電影《王子復仇記》中，他所把握的重點也和這次動畫差不多，集中在王子復仇的情節上。

石：許多好萊塢電影也常如此改編《哈姆雷》，梅爾・吉卜遜主演的《哈姆雷》即是一例。

紀：改編時的犧牲總是在所難免，有些東西還是只有在原著上才看得出來。

彭：在這次二十五分鐘的《哈姆雷》動畫中對王子憂鬱的性格表現得相當好，是如何做到的？與動作的移動、線條及色彩有關？

紀：的確，哈姆雷王子的憂鬱及深沉頗能由動畫的色調表現出來。

石：它是以殘影的效果製作的，這牽涉到一種專業攝影拍攝上的特殊技巧。由於一般好萊塢狄斯奈的製作是全動畫，要求人物栩栩如生，在拍攝《白雪公主》時，就建立了使用全動畫的傳統。他們先拍攝一個舞蹈家跳舞的姿態，再參考舞者的動作製成白雪公主的動作。但對歐洲製片而言，或許也牽涉到成本的問題，他們不一定認為卡通人物的呈現必須以栩栩如生為標準。以《哈姆雷》為例，若以狄斯奈的標準來看或許會覺得人物不夠擬真、生動，但事實上，它有自己特殊的風格，它在拍攝後又使用重複曝光，製造出兩個影像重疊在一起的效果，流露出一種憂鬱的特殊美感。

彭：這種手法似乎十分適合表現一些探討人生曖昧性的戲劇，比如《李察三世》也是用同樣的製作方式。

石：這中間還牽涉到導演的調度。《李察三世》這部動畫中常有特寫，有如演員演戲時常以特寫拉近鏡頭來表示內心深處的想法，但這要以動畫來表現並不容易，所以我非常佩服製作群以這種方式來表現李察三世的複雜、邪惡和奸詭。

比如李察三世眼珠子的轉動就顯出他思量很多心事的那種陰沉，表現得非常好。轉場也處理得很好，由於卡通人物無法如真人演員般自動產生內在的表情，必須靠轉場或是其他象徵來暗示人物的內心世界。比如說有一場戲是李察三世謀殺親信後舉紅酒慶祝，在轉場處理上就是由紅酒轉到鮮血淋漓，再轉到李察三世步上階梯登基時穿的紅色王袍，表達出李察三世為求王位不惜血流成河的事實。這是非常高明的電影蒙太奇效果，不單只是因為玻璃畫的效果。

彭：這也是文學上的意象運用。此外，關於這個系列的選劇上，莎士比亞一共寫了三十七或三十八齣劇本，包含各種劇種，這個系列選了十二齣，包括了悲劇、喜劇、歷史劇、傳奇劇，各種劇種俱全，就寫作時間而言也包括了莎士比亞早期、中期和晚期的作品。

就藝術成就看來，你最推崇那一部？

石：除了前述的《李察三世》，偶動畫上《暴風雨》表現很優異。《馴悍記》也很好。尤其是在打光的講究以及戲劇上的表現，比如以《馴悍記》來說，它的換景十分具設計性，以拉幕來作換景，好像整個《馴悍記》是發生在舞臺上。就偶動畫的製作來說，由於偶的大小不同，搭起大的場景要耗費很多的金錢和空間。有一景是《馴悍記》結束前，鏡頭由舞臺上看到舞臺下，呈現的天花板是使用假透視拍成，以強迫式的透視來凸顯空間的寬廣。特別是過場戲森林內追逐的場景，處理十分精緻。

彭：《馴悍記》使用醉漢觀看舞臺劇的方式，這種劇中劇的手法

是莎士比亞最喜歡玩弄的技巧之一,很多演出往往拿掉了這個框架,而失去了層次的美感。

紀:莎士比亞就是喜歡玩,像那麼沉重的《哈姆雷》也有戲中戲。這種戲中戲的結構有一點隱性的「後設」的味道。除了意味莎士比亞編劇時,一直把「戲劇就是遊戲」掛在心裡以外,它還點出「人生如戲,戲如人生」這個老生常談的概念。這個概念的背後有一些值得玩味的觀察。如果真的「人生如戲,戲如人生」,那麼現實和虛構的界限就很模糊了。所謂的後現代劇場很喜歡在這一點下工夫,但是莎士比亞早就玩得很過癮了。尤其是《仲夏夜之夢》裡面,現實的世界和想像的世界混在一塊,讓人有「莊周夢蝶」、似夢非夢的迷惑。使觀眾於觀戲時產生疏離的效果。此外,我思考的另一個問題,為什麼莎士比亞要被改編成動畫?是不是因為現在已經進入了 MTV 影像的年代,影像的傳播變得越來越重要,幾乎快取代文字?雖然影像不可能完全取代文字,但影像的影響力不容忽視。另一方面我想莎士比亞本身的艱澀也有關係,可能是語言上有隔閡。當年莎士比亞的觀眾,沒有受過教育的人是否也能懂?

彭:應該是看得懂的。莎士比亞以他過人的才情對英語產生重大的影響。很多他用過的語言,到如今我們仍常在使用而習焉不察,比如有一個片語形容自己年輕時做的事情稱為 my salad days,salad 是青菜沙拉,指的就是青(green),代表青澀、沒有經驗(inexperienced)的意思,my salad days 就是表示少不更事的時候。又如我們談得很多的《哈姆雷》其中的名句:"To be or not to be, that is the question"(要生存,不要生存,這是問題所在)也常被引用。我記得多年以前有一次英國在討論是否要增加兩便士的稅收,報紙標題便使用 "Two P or not two P, that is the question"。莎士比亞的英語雖然是四百多年前的語言,但仍是近代英語的開端。就算有些艱澀,現代觀眾聽來,由於戲劇語言不同於其他語言,戲劇表演時有其它的溝通方式可以彌補語言

的不足。不知道紀教授認為戲劇語言能被觀眾接受的程度和戲劇裏的其他元素還有什麼關係？

　　紀：臉部表情和肢體語言對觀眾的接受也有影響，這兩者在轉換成劇場呈現時效果很強，轉換成動畫也非常生動。

　　石：這可以藉由畫法和風格來作為溝通，其實語言應不只是唯一因素。

　　彭：的確。「莎士比亞動畫」這十二部戲都是既有教化作用，又有娛樂精神。寓娛樂於教化、寓教化於娛樂這個觀念本來就是文藝復興時期的重要文學觀念，其實至今仍通用。這一系列的莎劇動畫也正是符合這樣的觀念。

2

嘉年華之必要：《第十二夜》[*]

　　首先要解釋一下劇名。以往在基督教國家，12月25日的耶誕節之後，有一連串的假日，直到1月6日，神顯日（Epiphany，朝聖的三王見到聖嬰那天），恰是十二天，俗稱「第十二日」。「第十二夜」通常指1月6日晚上，是耶誕慶祝活動的最後一夜。要瘋狂作樂必須把握住這最後機會。所以《第十二夜》（Twelfth Night）才會有另外一個——其實比較合適的——標題：《悉聽尊便》（What You Will）；說得白一點，就是「只要你喜歡，沒什麼不可以」。有了這種理解，我們不妨用比較輕鬆的心情看待劇中一些似乎過分的惡作劇。

　　這齣戲以愛情為主軸。船難之後，薇娥樂和她的雙胞胎兄弟席巴斯卿失散了，遂假扮男裝，改名做西薩流去侍候公爵歐惜諾。歐惜諾原本正在追求女伯爵娥麗薇，屢屢吃閉門羹，因為娥麗薇悼念亡兄，誓言七年之內不見男人。不意娥麗薇竟愛上了替公爵傳達仰慕之情的西薩流，化身西薩流的薇娥樂自己則愛上了歐惜諾。後來席巴斯卿出現，替代妹妹與娥麗薇成婚；歐惜諾轉而跟薇娥樂結為連理。算是皆大歡喜。

　　劇中有「樓上／樓下」的對照。就在上層人士奮力追逐愛情之際，戲裡面另有一批人，以娥麗薇的親戚托比爵士為首，也在進行他

---

[*] 原載《中國時報》副刊（1999/1/14）。

們的愛情遊戲。他們徹夜飲酒高歌，狂歡喧鬧引來管家馬福留的嚴詞警告。托比諷刺馬福留是自以為中規中矩的清教徒，一句話頂了回去：「你以為自己有道德操守，世界上就不該有糕餅酒肉了嗎？」道出了嘉年華的必要。托比甚至串通了娥麗薇的貼身女侍及其他僕人共同惡作劇，使馬福留誤以為女主人娥麗薇對他有意，著實把這位管家戲弄了一番，製造出莎士比亞喜劇中的一樁大笑料。在原作中，這一部分情節的發展替表面光鮮的愛情主戲添加了黑色喜劇的暗流。動畫版無暇及此；全劇以笑鬧為主。

　　《第十二夜》諷刺一切過度的行為：過度迷戀愛情，如公爵歐惜諾；過度抗拒愛情，如女伯爵娥麗薇；他們信誓旦旦的結果，讓我們更清楚看出愛情的緣起緣滅，其實無法掌控。它也諷刺過分自以為是的人，如管家馬福留；他在花園讀信那一幕，不僅是巧妙的戲中戲，也凸顯出文本的曖昧與不定──書信的意義主要繫乎讀信人的詮釋。

　　莎士比亞有兩齣講雙胞胎故事的戲；另一齣是《錯中錯》或譯（《錯誤的喜劇》）。雙胞胎的故事最容易製造出身分的錯認，而錯認正是本劇的笑點。就連兩個女主角的名字，薇娥樂（Viola）和娥麗薇（Olivia），也幾乎是相同字母的不同排列組合；兩人可以說是「隱性雙胞胎」。和席巴斯卿龍鳳雙胞的薇娥樂女扮男裝，更造成性別的混淆。莎翁描寫公爵歐惜諾和西薩流（薇娥樂）之間略顯曖昧的情愫、娥麗薇對西薩流（薇娥樂）不由自主的癡迷，難免勾起觀眾對同性戀的注意，挑戰異性戀的主流觀念。在這個動畫版裡，戲中人物以偶扮之，造型扮相可愛活潑，操弄技巧更是一流，各個栩栩如生。色調的變化凸顯人物的心情。至於本戲的愛情主題，則以各種誇張的方式加以強調：例如一開始，船頭的裸身女神像、一再出現的愛神丘彼得雕像、心形的造型等。整體而言，編劇和導演成功的掌握了原作的主要趣味與精髓。

3

關於年少輕狂和愛的甜美：
《羅密歐與茱麗葉》[*]

　　一個高尚熱情的英俊少男和一個天真無邪的美麗少女，兩人都出身名門，稱得上金枝玉葉。他們在舞會中巧遇，立即相愛，迅速結婚。他們應當有什麼樣的結局？他們會有什麼樣的結局？

　　莎士比亞筆下的羅密歐和茱麗葉就是這樣的一對情人。他們本來可以有幸福美滿的未來，就像尋常童話故事裡面的公主王子一樣。可是，兩個人居然在結婚第二天就被迫分離，而在兩、三天之後就先後分別自殺殉情。他們光耀絢麗的愛情，如流星劃過漆黑的夜空，亮則亮矣，卻是一閃即逝，令人惋惜不已。

　　這究竟是怎麼回事？真的如劇中人所說，是造化弄人嗎？

　　我們追究起來，可以發現幾點原因，使他們的美麗戀情必須以悲劇結束。一是急躁。羅密歐與茱麗葉一見鍾情，馬上要結婚，並沒有徵得雙方家長的同意。不知情的莫苦修看不慣好朋友羅密歐以笑臉面對茱麗葉堂兄提寶的挑釁，魯莽地出面管閒事，除了惹來殺身之禍，也使得羅密歐因替他復仇而遭放逐。然而急躁豈是年輕人的專利？做長輩的也不遑多讓。好心的勞倫斯神父認為這個婚姻可以化冤家為親家，因而匆匆替他們證婚。茱麗葉的父親卡樸勒急著逼婚，更是造成女兒服毒詐死的直接原因。

---

[*] 載《中國時報》副刊（1999/1/21）。

動畫版的《羅》劇裡，一共出現了八次的鐘塔畫面，分別標示劇情發展的時間：第一天上午九點、晚上十一點、第二天凌晨一點、下午四點……。顯然導演有意強調「速度」在劇中的重要分量；洪鐘響起，一聲聲提醒觀眾，事件發展的迅速急切。

卡樸勒夫婦不知道自己的愛女已經是仇家之子的新娘，而羅密歐也同樣對他的父母親友保密。這是造成悲劇的第二個原因：父母和女兒之間沒有互信的基礎。婚姻是何等大事，兩個少年（茱麗葉甚至未滿十四歲！）竟然瞞著父母。

不過，比前兩項原因更重要的，是兩家的世仇。這才是鑄成悲劇的最根本原因。否則羅密歐、茱麗葉、神父都沒有躁進的理由，也沒有隱瞞的必要。蒙太鳩和卡樸勒兩大家族在這對金童玉女都死後，才領悟到仇恨的非理性；代價何等慘重！劇終之前，親王對著兩位絕嗣的哀傷老人，沉痛道出本劇最深刻的反諷：

看上天如何懲罰你們的仇恨：
殺害你們寶貝的手段是愛情；

但是愛終於化解了恨。他們決定替對方的兒女各建一座金雕像，象徵兩家的和解。

屬於莎士比亞早期作品的《羅密歐與茱麗葉》，在劇情上有諸多巧合，論者每每加以指摘。本劇的寫作年代一般斷定為 1595 年，至遲不超過 1596 年。這時莎翁的詩藝、劇藝都還在鍛鍊嘗試的階段，未臻成熟；不過，他在這兩方面的才華已經燦然展現。《羅》劇裡使用「暫死」藥方逃婚，早在西元五世紀希臘說部就有前例，戲文的大綱也不是莎翁的原創。但是他把劇情故事發生的時間加以濃縮，並且寫活了每一個人物。

這齣戲能夠膾炙人口，除了兩個年輕人的純真愛情令人動容之外，莎翁的巧思與文采也是重要因素。例如羅密歐跟茱麗葉圓房之

後,天色漸光,雲雀報曉;羅密歐必須速速離城,才能免於一死。依依不捨的茱麗葉說,鳴叫的是夜鶯;羅密歐感動之餘,索性豁出去,也改口說不是雲雀。茱麗葉這才趕緊面對事實,催促羅密歐上路。待他走後,茱麗葉呆望敞開的窗戶,嘆道:「*窗戶啊,放進來白晝,放出去生命*」:普世間的陽光照耀,對她而言卻是黑暗的開始。

　　本劇的動畫版只有二十五分鐘,自然無法完整呈現莎翁原作多采多姿的樣貌。但是改編者準確掌握了故事的主線,保留了不少精彩對白,並且以明亮鮮豔的色彩和生動活潑的畫法,表現出少年的輕狂與愛情的甜美,效果頗佳。

4

失色的愛情：《奧賽羅》[*]

在莎士比亞諸多劇本中，《奧賽羅》一劇的情節發展算是相當單純的，而它的內容就像是聳動的社會版新聞。故事敘述威尼斯一個官宦之家年輕貌美的女子德蒙娜，仰慕年紀大他許多的摩爾族黑將軍奧賽羅，進而私下以身相許。兩人的婚姻方才揚帆出港，就不幸觸礁。罪魁禍首是奧賽羅手下的掌旗官伊牙苟。他因為自己沒有被拔擢為副將而記恨在心，同時又懷疑奧賽羅跟自己妻子愛彌麗有染，決意報復。他利用奧賽羅老實可欺，不僅從旁煽風點火，更設下陷阱，誘使奧賽羅誤信新婚夫人德蒙娜跟副將卡西歐有姦情，終至使他因為嫉妒而殺妻，並且在明白真相之後羞愧自戕。

精於韜略的大將軍，怎麼會被部下耍得團團轉？和德蒙娜年齡、種族、文化的差異，使奧賽羅在伊牙苟的精心設計下，完全失去了自信。涉世未深的德蒙娜純潔無知，不知道時然後言的道理，勉強替犯過的卡西歐說項，而使伊牙苟有機可乘，固然難辭其咎，但誠如伊牙苟所說，「輕如空氣的瑣事／嫉妒的人會當作強力的證據／確鑿如聖經。」對於崇尚榮譽，「愛得不智，卻又太深」的奧賽羅，更是如此。莎士比亞刻畫嫉妒這「綠眼怪物」如何使奧賽羅喪失判斷能力，「永遠告別寧靜的心」，一步步從天堂走入地獄，相當扣人心弦。描寫他對德蒙娜的愛恨交織，入木三分，每每使讀者掩卷嘆息，觀者不

---

[*] 原載《中國時報》副刊（1999/1/28）。

勝唏噓。

伊牙苟是莎翁筆下予人印象最深的角色之一。他一路騙來，始終如一；毫無悔意的邪惡陰毒，直教人看得心驚膽戰，觀後猶有餘悸。陷阱之一是讓奧賽羅躲在一旁看他跟卡西歐談笑：兩人談的是卡西歐的情婦碧恩珂，奧賽羅卻以為是德蒙娜。這是莎士比亞慣用的戲中戲的一種，凸出了他作品裡素來關心的主題——表裡不一的世界，以及準確詮釋之不易。奧賽羅多次稱許「老實的伊牙苟」，自是極大的戲劇反諷。伊牙苟在劇中沒有共犯；眾人不是被他利用，就是被他蒙在鼓裡。由於他的各種詭計都透過獨白或旁白向觀眾訴說，觀眾乃被迫成為他的「同謀」，看戲時可能有窒息的壓迫感；據說演出時有人還會大聲警告奧賽羅不要中計。

《奧賽羅》原作的節奏本來就快，濃縮的動畫版自然有過而無不及；觀眾或可因此稍減「煎熬」。值得一提的是色彩與明暗的設計。這齣愛情悲劇的基本色調是冷峻森嚴的藍色，隨著悲劇的形成，起初飽滿溫煦的顏色逐漸變得灰暗冰涼，越來越令人不寒而慄。有極少數場景，例如德蒙娜回憶她母親的女僕戀愛的時候，顏色又陡的鮮活溫暖起來，但只是曇花一現，隨著女僕的自殺，旋即轉暗。奧賽羅這個「外族」和伊牙苟這個惡棍屬於黝暗深藍。從頭到尾，伊牙苟的臉上有一抹游移的藍色。奧賽羅的臉原本乾淨素樸；妒火勾起之後，添加上了深深淺淺各種藍色、紫色、褐色等，成了花臉，效果類似我國傳統戲劇淨角的臉譜。相較之下，威尼斯其他人物顏色比較鮮明多彩；但即使是德蒙娜，她的主色也是淡淡的慘黃，並沒有太多的活力與生氣。全戲的背景由陰暗的色塊交織構成，複雜多變，混沌朦朧，就連在室內也不例外，很能夠反映戲中主角暗昧的心理，也提示了全劇不安的氣氛。

此外，畫面的安排常有驚人的戲劇效果。幾次碎裂的畫面傳達出冷、硬、破滅的訊息。殺妻那一幕，由下向上的運鏡，讓奧賽羅的

巨大身形凸顯出德蒙娜的弱小無助。已經鐵了心腸的奧賽羅命令德蒙娜：「讓我瞧瞧妳眼睛；正眼看我。」這時候，德蒙娜背對著觀眾；我們看到的反而是奧賽羅，側弓著身子，一對黑白分明的眸子向上斜視德蒙娜。這個摩爾人若能早早正眼注視他的妻子——而不是聽信讒言——或許這齣悲劇可以避免。或許。

5

《馴悍記》：挑戰新女性？嘲諷大男人？*

悍夫悍婦古來有之，作為文學素材的，卻多半是悍婦。西方文學裡，馴悍的故事常常另有一個乖巧柔順的妹妹；悍姊沒有出閣之前，柔妹不得嫁人；悍婦的丈夫在結婚當天故意給新娘難堪，衣衫襤樓、姍姍來遲；新婦被迫順從夫意，指鹿為馬、顛倒黑白；眾人以新婦的順從服貼打賭；新婦腳踩自己帽子，證明已經是「新人」；等等。

這樣的內容，顯然是對女性的嚴重歧視；而莎士比亞的《馴悍記》包含了這些情節。它數百年來不衰的票房，似乎見證大男人主義的猖狂。晚近女性主義興起，男女平權的共識使得這齣戲的主題大受挑戰；悍婦在劇尾的「尊夫論」更是令人尷尬不已。不少導演為了「護衛」莎翁，對文本做另類的詮釋：例如說，讓男主角皮楚秋和女主角卡瑟琳有默契，兩人合作演一齣「假馴悍，真發財」的戲；或者說，讓卡瑟琳大談為婦之道的時候，充分表現出反諷。前些年臺北果陀劇場的演出，在「馴悍」之外，添加「尋悍」、「尋漢」、「馴漢」的趣味，企圖增加卡瑟琳的自主性。

其實，這齣戲跟莎士比亞其他作品一樣，可以有多種詮釋。一方面，觀眾可以把它當作一場鬧劇；另一方面，它解釋悍婦形成的原因：或許因為做父親的對兩個女兒有差別待遇，才使卡瑟琳必須凶悍以保衛自己。皮楚秋以其人之道還治其身，則讓卡瑟琳了解暴力之不

---

* 原載《中國時報》副刊（1999/2/4）。

足為訓、這齣戲也告訴我們人不可貌相：表面溫馴的妹妹，結了婚之後並不聽丈夫的指揮，害他損失了巨額的賭注。但，無論如何，《馴悍記》難脫大男人主義的罪名。皮楚秋擺明說他要娶富家千金，直截了當問巴狄斯塔嫁妝有多少；婚姻成了兩個男人之間的交易，女人則是商品。結尾時三個丈夫以自己妻子的溫順下注，明顯物化女性。難怪聽了卡瑟琳的訓話，再醮的寡婦要說：「天哪，願我一輩子不必嘆氣，／除非碰上這種荒唐事情！」妹妹碧恩珂也不服氣，說：「哼，你這算是哪門子婦道？」

　　莎士比亞慣用戲中戲的手法。《馴悍記》是所有莎劇中最大一場戲中戲：醉漢史賴被人愚弄，抬到富貴人家，誤以為自己是貴人，《馴悍記》便是演給他看的。把這齣戲變成戲中戲，可以給觀眾一種美學距離，警覺自己是在看戲。有趣的是，在現存的莎劇版本中，史賴看戲的框架只有頭，沒有尾；戲中戲演完，全劇也就結束了，而史賴下落如何，莎翁沒有交代。戲裡戲外合而為一，是莎翁太過健忘？還是他有意強調人生如戲，人生就是戲？

　　公視播出的動畫版《馴悍記》根據另一齣題目類似的戲（The Taming of a Shrew），補上框架的結尾：史賴被丟回酒店旁，醒來之後，說：「我是在作夢，還是大夢初醒？」他自認作了一場美夢，學到馴悍妙計，但他回到酒店，再度被女主人踢出來；戲又回到了原點。看來人生如夢，戲也如夢，則所謂馴悍也者，只怕也是美夢一場。導演一開始就把史賴畫喻成野豬，有意嘲諷「大男人主義的豬」。

　　動畫版以偶戲演出，生動傳神。巴狄斯塔的兩位千金造形大不相同。妹妹是標準傳統美女：金髮藍眼，白皙皮膚，著淺藍衣服，一副淑女模樣，出現的場景經常是浪漫的粉紅；姊姊卡瑟琳則是紅髮褐眼，膚色稍暗，全然剛烈型的女子，一身大紅色的穿著更凸顯她火爆潑辣的個性。在第一場，這對姊妹回房的鏡頭就有明顯的差異：妹妹是緩步消失於畫面的左方，姊姊則悍氣十足，大步走向鏡頭，把鏡頭

完全遮蓋。類似手法使用了多次，予人印象深刻。

　　皮楚秋是意志堅定的男子漢，全黑的勁裝打扮，連他的坐騎也是黑色的——迥異於傳統的白馬王子。他不僅在造形上跟卡瑟琳勢均力敵，個性上也滿匹配。兩人初遇的對手戲裡，服裝配上音樂及舞步，既有鬥牛的味道，也有點像求偶的儀式。生氣的卡瑟琳嘴裡說「那就再見了」，兩腳卻站在原地不動，似乎已經動了心。

　　為了保持舞臺劇的形式與趣味，動畫版以拉幕方式顯示場景的變化。值得注意的是，導演細心的經由拉幕的方向，指示出場景地點的相關位置。他也用種種方法凸顯馴悍的效果。原先卡瑟琳的頭髮幾乎像章魚的爪子，舞動起來咄咄逼人；馴化之後，頭髮服帖，判若兩人。婚禮完畢騎馬回家，女在前男在後；歸寧時，男在前女在後。在皮楚秋家，卡瑟琳甚至為受到委屈的家僕打抱不平——殊不知已經中了皮楚秋的圈套。這也是劇中十分動人的一刻。

6

悲喜人間:《冬天的故事》*

什麼樣的故事,適合在冬天來講?

照本劇劇中人小王子馬宓柳的看法,冬天宜講悲傷的故事。於是他就開始講個「關於鬼魂和妖怪的故事」給母后聽。「從前有個人,」他說:「住在教會墓園附近⋯⋯。」然而故事並沒有「講」下去,倒是接著「演」出來了,而那妖怪不是別的,正是他父王心中的嫉妒和猜疑。

話說西西里國王厲恩惕及波西米亞國王波力西尼是從小一起長大的至交。波力西尼來訪舊友,厲恩惕竟疑心他和自己王后荷麥妮有染,突然之間大動肝火,不僅聽不進群臣的諫言,甚至還褻瀆阿波羅的神諭。短短期間之內,他的大臣跟著國賓逃亡,王后繫獄,傳出噩耗、初生的小公主遭到拋棄、小王子思念母親而病死,成了冤魂。悔之已晚的厲恩惕竟是那住在教會墓園附近的人!

到此為止,這齣戲描述妒火之害,令人想起莎翁的另一齣戲《奧賽羅》;然而奧賽羅是受到別人的攛掇與構陷,厲恩惕卻顯然咎由自取。不過這個冬天的故事,倒有夏天的結局。被丟在波西米亞岸邊的棄嬰小公主(取名貝嫡妲,意思是「遺失者」)經牧羊人拾回收養。十六年後,亭亭玉立,而且和王子福瑞澤相愛。經過一連串不可思議的事件之後,相關角色都回到西西里,父女團圓、朋友和好、君臣重

---

* 原載《中國時報》副刊(1999/3/18)。

逢;就連原來以為死去的王后荷麥妮也奇蹟似的以活人現身。相對於前半齣的死亡悲劇,後半齣像是慶祝重生的喜劇。

莎士比亞晚期的劇本,多是這樣的「悲喜劇」(tragicomedy):除了本動畫系列另一齣《暴風雨》之外,還有《辛白林》、《泰爾王子培瑞科里》。它們又稱「傳奇劇」(romances),共同的特色是「奇」:先是主角受難,歷經滄桑終於由剝而復,最後是大團圓、大和解。怪誕的情節淡薄了寫實意味,卻厚實了戲劇成分。本劇劇尾,眾人揭視王后荷麥妮的雕像,正紛紛品頭論足之間,那看似鬼斧神工的超絕藝術作品竟然一變而為活人!這時所有觀眾——無論舞臺上或舞臺下——方知道已被朦騙了十六年。這是莎翁最令人驚嘆,也極為動人的戲法之一。

成就這些奇蹟的,是時間。莎士比亞創造了時間這個角色,讓他以劇中人物出面,連貫全劇上下兩部。這似乎意味著時間可以彌補人間的悲劇,撫平傷痕,但仔細玩味,卻又不盡然。畢竟,王子馬宓柳已死,無法復生,而默然面對著自己朝思暮想王后的「雕像」,厲恩惕說:「荷麥妮沒有這麼多皺紋,/根本不像這麼老」,沉痛地提醒觀眾,時間帶來的變化。十六年的光陰,刻劃在人身上的豈止皺紋而已,影響所及更豈止荷麥妮一人!

動畫版以偶人演出,生動活潑。冰雪籠罩、寒氣逼人的西西里之冬和花團錦簇、色彩繽紛的波西米亞之夏,形成強烈的對照。「剪羊毛節」那一段,帶來了熱鬧歡樂,喜慶氣氛極為濃郁。就連扒手俄透俚哥也載歌載舞,喜感十足——雖然新歷史主義者告訴我們,他代表莎士比亞時代變遷下失業的可憐流民。

7

哈姆雷的天人交戰[*]

　　莎士比亞眾多知名劇作中,《丹麥王子哈姆雷》當得起戲王之王的名號。從莎翁的時代開始,一直到現在,它都是最受歡迎的一齣戲,而且不只在舞臺上風光,也多次拍成電影,廣受喜愛。這也難怪,它的內容包括了鬼魂、謀殺、亂倫、奪權、瘋癲、復仇、愛情、打鬥……極盡煽色腥之能事。

　　戲中主角哈姆雷得到父王陰魂指示,獲悉叔父柯勞狄──也就是現任國王──乃是弒兄、篡位、娶嫂的凶手,便開始裝瘋賣傻,並放棄女友娥菲麗,預備伺機報仇。為了確認鬼魂的話,王子安排了一場戲中戲,情節近似鬼魂所述的遇害經過。戲還沒有演完,國王果然大驚離席。哈姆雷洋洋得意,卻更加深了柯勞狄的疑慮和戒心。哈姆雷誤殺老臣波龍尼,國王以此為藉口,把他送往英國處決。途中遇見海盜,送他返回丹麥。柯勞狄陰謀設計,使他和波龍尼之子雷厄提決鬥,結果哈姆雷受到暗算,死於毒劍之下;母后、柯勞狄、雷厄提也先後喪命。

　　莎士比亞的原作包含了三個子報父仇的故事,對照的意味十分明顯;動畫版限於時間,刪除了挪威王子符廷霸復仇的情節。相較於雷厄提的鹵莽衝動,哈姆雷的深思熟慮使許多觀眾／讀者認為他優柔寡斷、猶豫不決,而他遲遲不動手的動機,一直是歷代批評家關注揣測的焦點。其實哈姆雷或可視為文藝復興時代的代表人物,他似乎受到基督教新約的影響,質疑古代的復仇觀念,卻又為復仇的職責所苦。

---

[*] 原載《中國時報》副刊(1999/3/25)。

劇情的發展與結局則似乎暗示人命受到天意主宰；世間的一切只能順其自然，無法強求。

　　戲中戲的安排在莎士比亞並不罕見，但少有像這齣戲裡的《謀殺貢扎果》那樣出色。哈姆雷在這裡具有多重身分：他添加戲文的臺詞，成了劇作家；他指示演員表演手法，成了導演；他在場外觀察，成了觀眾；他也不時上臺解說劇情，成了演員或劇評家。透過這齣他戲稱「捕鼠器」的短劇，哈姆雷固然達到目的，成功的獵取了國王的良心，卻因為他在戲劇進行中指著戲裡的凶手，大呼「這個人叫盧先納，是國王的姪兒」，反而透露出他的弒君意圖（舞臺上下的觀眾都知道他是國王柯勞狄的姪兒），引來殺機。最重要的是，這兩種效果都很合理，都反映了事實。一刀兩刃，這是莎翁「孿生手法」的精采運用。演戲的目的，果如哈姆雷所說，是舉起鏡子反映自然，忠實顯現人生百態。

　　《哈姆雷》劇中有許多精采鮮活的文字，特別是男主角的獨白。「弱者，你的名字就叫女人」固然耳熟能詳，「要生存，或不要生存，這才是問題」那一段更是深刻的討論了生與死的種種面向，道出人對死亡的恐懼與嚮往，最為膾炙人口。就連墳場那一幕，挖墳人跟哈姆雷的對白也可圈可點，在插科打諢之餘，透露人生的無常、無奈、無意義。

　　《哈姆雷》全劇演出需要四小時以上；濃縮的動畫版把重點放在哈姆雷的復仇行動。黯淡是這齣戲的悲劇基調；靠著殘影的畫法，人物緩緩移動，彰顯王子的憂鬱和猶豫。多次竊聽的場景，顯示眾角色之間的猜忌，也添增了偵探片的趣味。哈姆雷第一次和鬼魂見面，抬頭仰望，鏡頭不斷迴旋，透露出他的驚恐惶惑，這種運鏡方式也出現在哈姆雷臨終之前，效果良好。娥菲麗發瘋溺斃那一幕，先是看到她白色身影消失在蘆葦叢生的河裡，接著是雪白的鷺鷥驚覺展翅，飛向明亮的天庭，簡潔而優雅的告訴觀眾，純潔的娥菲麗已經走了。

8

野心的報償：《馬克白》[*]

　　莎士比亞四大悲劇之一的《馬克白》據說是個倒楣的戲，演起來常會遭遇不幸。不過，劇場中多的是不信邪的人：演者照樣喜歡演，觀眾照樣喜歡看。

　　這齣戲的主角馬克白原是蘇格蘭的將軍，剛剛打完勝仗凱旋歸來，深受國王的寵信，加官晉爵。在回程中，遇見女巫，預言他將來會做國王，也預言另一位將軍班闊的子嗣會世代相襲王位。馬克白把這事告訴妻子，妻子遂說服他在國王來訪那一夜謀殺國王，篡奪王位。而為了防患於未然，他又派人刺殺班闊，但班闊的兒子得以逃脫。此後馬克白成為暴君，剷除異己，血流成河。馬克白的妻子良心難安，患了夢遊症，最後自殺身亡，而馬克白也因眾叛親離，終於死於仇家之手，人頭落地。他們夫妻兩人放縱野心，得到的報償竟是如此慘巨。

　　女巫以模稜兩可的語言，給了馬克白看似美好的預言，攪動了他原先潛藏的野心，以致走上謀殺的不歸路。雖說馬克白是受到妻子的攛掇，但若非他原來就有篡位的野心，女巫的預言不會使他立即動了謀殺之念（同樣得到預言的班闊就心胸坦蕩多了）。他寫給妻子的信，只報喜不報憂，隱瞞了部份重要的事實──班闊的後裔會稱王──已經是陷妻子於不義。他謀殺國王犯了三大不赦之罪：第一，臣弒君；第二，主殺客；第三，殘害親人。

　　《哈姆雷》劇中的國王柯勞狄既已謀害親兄、姦淫親嫂、奪取王位，便容不了知情的哈姆雷王子，必除之而後快。同樣的，馬克白一

---

[*] 原載《中國時報》副刊（1999/4/1）。

旦開了殺戒，就無法收刀。如他自己所說：「我踏入／血河這麼深，就算不再涉水，／要回頭也跟向前行一樣疲累。」於是他決定一不做二不休幹到底。問題是，「向前行」其實更疲累。聽到自己妻子的噩耗，馬克白頹然發出最深沉最絕望的喟嘆：「生命是個故事，／由白癡道來，充滿聲音與憤怒，／毫無意義。」——這當然是對他們夫婦這種野心無止境的人而言。

這齣戲的主要角色除了王公將相之外，還有超自然的女巫以及鬼魂；氣氛之詭異，在莎士比亞諸多劇作中，最為突出。馬克白即位之後邀宴群臣那一幕，班闊的鬼魂兩度出現，是一大高潮。馬克白第一次見鬼，大驚失色，說出：「你不能說，是我幹的；別對我／搖晃你血淋淋的頭髮。」第二次見鬼，又說：「走開！別給我看到！讓泥土藏起來！／你的骨髓已乾，你的血已冷；／你那兩眼茫然無神，／只乾巴巴瞪著。」劇場裡的觀眾看得見鬼魂，當然知道馬克白指的是班闊。然而舞臺上的眾賓客，甚至包括被蒙在鼓裡的馬克白之妻，都看不見鬼魂；他們如果要推測馬克白見的鬼是誰，必然只會想到被謀殺的國王，因為這時他們還不知道班闊已經喪命。也就是說，馬克白在這裡無意中同時透露出自己的弒君犯行。一石兩鳥，莎士比亞再度展現高妙筆法。

動畫版透過色彩與光影的運用，表現生動。女巫的形狀變化多端顯示他們法力高強，也配合了他們語言的曖昧。宴會上鼓手擊鼓原是為了助興，卻成為馬克白夫婦殺機的暗示，以後陸續出現了好幾次，都與謀殺有關，令人驚心動魄。弒君之前馬克白看到匕首的幻影，這時只見匕首漸大，竟成為引領他走向謀殺之路的強光，深具反諷意味；這時他的眼裡只有殺氣。馬克白妻子夢遊時，先看到巨大的影子，再出現她的渺小人身；貴為王后的她其實已經承受不住壓力。馬克白面部表情尤其豐富：嘴角肌肉抽搐、眉毛揚動、眼珠輪轉，在在都有戲劇效果。

看戲

1

計將安出？淺說關漢卿編劇的一項特色[*]

一、前言：《單刀會》與「計謀」的敘述

　　元雜劇作者關漢卿被尊為我國戲曲大家，但是歷代對關氏劇作的評論，以曲學研究居多；少數從戲劇角度切入的討論也主要局限在比較著名的《竇娥冤》、《救風塵》等劇中的主題和人物問題上。本文擬討論一個受到忽視的關劇特色——計謀的運用。

　　現存十八種可能為關漢卿所作的雜劇中，見於元刊本的《關張雙赴西蜀夢》、《閨怨佳人拜月亭》、《詐妮子調風月》三齣固然無法辨識全貌，但《拜月亭》第一折王瑞蘭和蔣世隆「不問時權做兄弟，問著後道做夫妻」，顯然是計；《詐妮子調風月》的題目也透露出用計的消息。而在其餘十五齣中，則有十三齣包含了大大小小的計謀。

　　以《關大王獨赴單刀會》為例，計謀是第一折最重要的敘述內容，在曲文和賓白裡一再重複。魯肅要替孫權向關羽索回荊州；他把已經設定的三計，告訴觀眾。喬公知道了這件事，期期以為不可；除了因為關羽的威猛之外，他還舉出「隔江鬥智」、「赤壁鏖兵」等例子，證明劉蜀方面善於計謀。

　　當魯肅說出自己的三條妙計時，喬公反問道：「大夫，你這三條計，比當日曹公在灞陵橋上三條計如何？到了出不的關雲長之手」。

---

[*] 原載《關漢卿國際學術研討會論文集》（行政院文建會，1994）。

第二折，司馬徽從他對舊交關羽的認識，表明對魯肅計策的不以為然；第三折則寫關公毫無懼怕的反應。到第四折，果然魯肅不但三條妙計全部失效，而且還險些因此陪上性命。

《單刀會》全篇以敘述為主；富於戲劇性的場景雖然不少，劇情的發展卻很有限。在其它劇本中，計謀的設定及執行（或破解），似乎是關漢卿確立戲劇主線、推動情節發展的一種重要手段。計謀的鋪排幾乎與道德完全無關；正面角色常常更擅此道。它的作用，在少數幾齣裡牽涉到劇中角色性格的刻畫，例如《哭存孝》、《單鞭奪槊》、《竇娥冤》；但多半是為了解決劇中人或事的問題，其中有些是法律方面的，例如《蝴蝶夢》、《魯齋郎》、《緋衣夢》；有些是感情或婚姻方面的，例如《救風塵》、《金線池》、《玉鏡臺》。有時計謀是全劇架構的基礎，例如《謝天香》和《裴度還帶》；有時形成全劇的母題，無所不在，例如《切鱠旦》。下文根據以上分類，就「計謀」在關氏劇作中的地位做初步的觀察與探討，特別著重於它跟戲劇編寫的關係。

二、計謀與人物刻畫：《哭存孝》、《單鞭奪槊》、《竇娥冤》

《鄧夫人苦痛哭存孝》搬演的是後唐李存信及康君立如何設計矇騙李克用，殺害李存孝，最後陰謀洩漏，兩人遭誅的故事。〈頭折〉一開場，兩人立即展開一段對話，明白說出陰謀的動機和做法：

（李存信云：）……自破黃巢之後，太平無事，阿媽〔按：意即父親〕復奪的城池地面，著俺五百義兒家將，各處鎮守。阿媽的言語：將邢州與俺兩個鎮守。那裡是朱溫家後門，他與俺父親兩個不和；他知俺在邢州鎮守，他和俺相持廝殺，俺兩個武藝不會，則會吃酒肉，倘或著他拿將去了，殺壞了俺兩個怎了？

（康君立云：）……如今我和你兩個，安排酒席，則說辭別阿媽，灌得

> 阿媽醉了，咱兩個便說：「邢州是朱溫家後門，他與阿媽不和，倘若索戰，俺兩個死不打緊，著人知道呵，不壞了阿媽的名聲！著李存孝鎮守邢州去，可不好麼？」

果然李克用醉後聽信這兩個人的話，改派李存孝去守邢州。接著在第二折裡他們又詐傳父令，要存孝「出姓」歸宗，重新使用「安敬思」原名；然後向李克用進讒調唆，說是出姓之後的安敬思率兵來攻。這個陰謀雖然因為劉夫人明察而沒有立即得逞，但是鍥而不捨的他們，再施一計支開劉夫人之後，仍然把李克用醉中說的「我五裂篋迭」〔按：意為「我醉了」〕假傳為「你著我五裂了來」，就這樣把李存孝五裂而死。第三、第四折寫劉夫人的哀痛，以及醒後的李克用又五裂了李存信和康君立，算是替冤死的存孝復仇。

就劇情發展來看，戲從兩個賊人設計構陷開始，到了存孝的冤死應該是高潮。但是兩人的手段拙劣，做法太過明顯，尤其是用大段道白敘述，不斷自我嘲諷，又經過多次的重複，陰謀成了陽謀，本來就帶有鬧劇的意味。而從另一方面看，若不是李克用昏昧無能、李存孝懦弱愚庸，李存信和康君立縱有千方百計，也施展不出。「計」在這齣戲裡的作用，除了是前兩折劇情推展的主力，更同時凸顯李存信和康君立浮淺鄙陋的奸人性格；而由於對手浮鄙，上當的所謂正面人物也顯得昏懦。相較之下，這齣戲裡的鄧夫人和劉夫人都比他們的丈夫聰明、警覺多了。尤其是原先扮演存孝妻子的正旦在第三折改扮莽古歹，細數存孝的冤死；在第四折回復鄧夫人身分，哀悼亡夫，營造出悲劇氣氛。

《哭存孝》裡的李存信和康君立都是奸佞；在其它劇本，用計鋪謀並不是反面人物的專利。《尉遲恭單鞭奪槊》裡便是正反角色互較高下，而由於邪不勝正，計謀的作用幾乎完全是為了達到喜劇效果。劇中唐元帥（李世民）採納軍師徐茂公的反間計，標得劉武周的首級，因而招降了劉手下的勇將尉遲恭（楔子）；然後擬回京城，「奏

知聖人」，將尉遲「加官賞賜」（第一折）。不料曾經受尉遲打過一鞭的三將軍李元吉為了報私仇，聽從段志賢的計，趁這個機會以尉遲有貳心為口，把他下在牢中。聞訊趕回的唐元帥夾在當中，左右為難：一個是自己用計招來、「世之罕有」的「一員虎將」，另一個則是行事並不光明磊落的弟弟。最後還是依著軍師徐茂公的建議，將計就計，由尉遲恭和李元吉兩人比武，把元吉的牛皮拆穿，破了他的計（第二折）。第三、第四兩折著重描寫尉遲萬夫不敵之勇，與計謀沒有直接關連。

　　上述這種正邪相鬥的情勢在一般元雜劇的公案劇至為明顯，計謀的使用也層出不窮。《感天動地竇娥冤》裡，先是張驢兒一心要竇娥嫁給他，軟硬兼施不成之後，接著想到的就是一條毒計：「可奈那竇娥百般的不肯隨順我；如今那老婆子害病，我討服毒藥，與他吃了，藥死那老婆子，這小妮子好歹做我老婆」。沒想到陰錯陽差，自己的老爸誤吃了有毒的羊肚湯而喪命。

　　他栽贓給竇娥，又是計。受盡種種酷刑仍然不肯屈招的竇娥，為了救婆婆的命，竟然替她去死，這也是計。她臨刑前發下的三願，使她日後平反有據，這是無可奈何的非常手段，但仍然是計。只是，正如《竇娥冤》這齣戲所顯示的，公案劇裡的好人往往鬥不過壞人。這時候，正義能否伸張不僅取決於執法人員本身的人品而已，同等重要的是他們究竟有無謀略，是不是比壞人「計」高一著。

三、計謀與正義：《緋衣夢》、《魯齋郎》、《蝴蝶夢》

　　《錢大尹智勘緋衣夢》裡的錢大尹就是一位聰明有計謀的法官。戲演到第三折，錢大尹因為屢次受到蒼蠅阻撓，無法判寫「斬」字，料想被告李慶安「必然冤枉」。他吩咐令史說：「教他〔李慶安〕去獄神廟裡歇息，著一陌黃錢，獄神廟裡祈禱，燒了紙錢，拽上廟門，你將著紙筆，聽那小廝睡中說的言語，都與我寫來。」果然令史抄得

了四句：「非衣兩把火，殺人賊是我，趕得無處藏，走在井底躲」。錢大尹從這裡判斷殺人賊「不姓炎名裴，必姓裴名炎」，而「井底」則是指「棋盤井底巷」。

錢的手下也非弱者。張千扮成貨郎，藉著擔子上的兇刀引來了拿著刀鞘要配刀的裴炎妻子。案情於是大白。這齣戲裡「計」的份量不是最重，只出現在第三折，而且殺人的裴炎和他的妻子也不是什麼奸狡之徒，很快就招認結案，因此並沒有真正鬥智的場面。但是錢大尹的計謀仍舊製造出懸疑的氣氛，是劇情趣味的所在；此外，在缺乏其他證據的情況下，計謀的成敗也直接影響到劇情的發展。

既然法官用計的目的在於斷案，為了繩治惡人，連「清官」都可以違法；似乎為了追求更大的正義，甚至做假欺騙也可以包容。《包待制智斬魯齋郎》劇裡雖然沒有真正公堂審判的場面，關漢卿卻讓包公在第四折得意地敘述他如何不惜犯欺君之罪，偽造文書，把犯人的名字從「魚齊即」改為「魯齋郎」。包公說：「聖人見了，道：『苦害良民，犯人魯齋郎，合該斬首』」。到戲將結束的時候，他又「詞云」：「則為魯齋郎苦害民生，奪妻女不顧人倫，被老夫設智斬首，方表得王法無親」。似乎只要目的正當，手段如何就不必追究了。

以上這幾齣戲裡，計謀表現了某些劇中人物的才智，並因此添加了許多的戲劇趣味，但還不是最重要的戲劇成分。到了另一齣包公戲，《包待制三勘蝴蝶夢》，情況大為改變。《蝴蝶夢》的劇情簡單：出身「權豪勢要之家」的葛彪撞上王孛老，一怒之下把他打死。王家三弟聞訊追來，拿住了葛彪，也把他打死（第一折）。案子送到開封府審理，包公從夢中大蝴蝶搭救小蝴蝶的情景，悟出王母力保王大、王二，卻寧可讓王三償命的道理（第二折）。明察秋毫的包公，最後還是「設法」用死囚趙頑驢頂替償命，赦了王三一命（第三、第四折）。

值得注意的是，從一開始，葛彪以為「這老子詐死賴我」，而王

家兄弟也以為「這凶徒妝醉不起來」。「詐死賴我」或「妝醉」都是計謀;這兩個詞的出現揭示了計謀在本戲裡的重要。第二折裡包公先是判決王大償命,王母抱怨他糊塗,因為「我孩兒孝順,不爭殺壞了他,叫誰人養活老身?」包公於是改判王二償命,王母還是抱怨他糊塗,因為「第二的小廝會營運生理,不爭著他償命,誰養活老婆子?」包公於是又改判由王三償命,這時王母不再抱怨,反而說:「是了,可不道『三人同行小的苦』,他償命的是」。包公一聽這話,大怒說道:

> 嗟聲!張千,拿回來!爭些著婆子瞞過老夫。眼前放著個前房後繼,這兩個小廝必是你親生的;這一個小廝,必是你乞養來的螟蛉之子,不著疼熱,所以著他償命。兀那婆子,說的是啊,我自有個主意;說的不是啊,我不道饒了你哩!

這一來,王母只好說出事實:老大、老二乃是他的繼子,老三才是她的親兒;為了保住繼子,她不惜犧牲親兒。換言之,王母先前講的那一套什麼老大孝順、老二會營運生理、「三人同行小的苦」,都是藉口──也就是「計」。而包公的一再改變心意,則是將計就計,以便查出實情。自以為得計的包公,「聽了這婆子之言,方信道:『良賈深藏若虛,君子盛德,容貌若愚』」。

然而,包公既已認為王母「三從四德可褒封,貞烈賢達宜請祿」,主戲差不多已經結束,為什麼他又令張千「把一干人都下在死囚牢中去!」?答案或許在於本折末了他跟張千的一段耳語對話:

> (包待制云:)張千,你近前來。可是怎的……
> (張千云:)可是中也不中?
> (包待制云:)賊禽獸,我的言語可是中也不中!

這顯示出,包公又有了計謀,一個可能「不中」──也就是不合法──的計謀。由於觀眾不知道他葫蘆裡賣的是什麼膏藥,他們會繼

續保持看戲的興趣。就是在這樣懸疑的氣氛中,包公再度經由張千確認王母的賢德,釋放王大、王二(第三折),然後才使出最後一計,盆吊死偷馬賊趙頑驢,替王三償了葛彪的命(第四折)。可以說,整齣戲的劇情都是隨著一個接一個計謀的設定而推展。如果說場上人物是被包公設計了,戲園子裡的觀眾則是被關漢卿設計了。

四、計謀與婚姻:《救風塵》、《金線池》、《玉鏡臺》

計謀不僅見於公案劇,也時時出現在牽涉到男女婚姻的風情劇。這樣的劇本至少有五種,但《切鱠旦》和《謝天香》的情況略有不同,留待下文討論。《趙盼兒風月救風塵》是這一類型中突出的例子。一個地位卑微、沒有任何社會資源的妓女,想要仗義幫助另一個從良妓女脫離痛苦的婚姻,免遭丈夫迫害,談何容易。更何況她的對手周舍也頗具戒心,多有機謀,決非易與之輩。但趙盼兒憑著她的熱誠、膽識,居然成功了。

這齣戲第一折裡,妓女宋引章一心想嫁多金的周舍;她的舊相好秀才安秀實求助於趙,央她去勸說宋。趙雖然無功而退,從她的作風已經可見她的義氣和見識。尤其是她勸說無效後的一段唱詞以及和宋的小小對話——

〔么篇〕恁時節船到江心補漏遲,煩惱怨他誰?事要前思免後悔。我也勸你不得,有朝一日,準備著搭救你塊望夫石。
(云:)妹子,久以後你受苦呵,休來告我。
(外旦云:)我便有那該死的罪,我也不來央告你。

——替後面的計謀預留了伏筆。果然,第二折宋引章婚姻不諧,捎了一封信給她母親,說是「從到他〔周舍〕家,進門打了五十殺威棒。如今朝打暮罵,看看至死,可急急央趙家姐姐來救我」。有了這前兩折的安排,第三、第四折才真正演出趙盼兒和周舍兩個人爾虞我詐、

互較機謀的經過。如同在《蝴蝶夢》一樣,「計謀」成了《救風塵》這齣戲的焦點。趙盼兒在這場競賽裡獲得大勝,在這齣戲裡光芒四射,益發凸顯出讀書人(安秀才為代表)的懦弱無用。

這種情勢在《杜蕊娘智賞金線池》和《溫太真玉鏡臺》兩齣戲裡有了大大的轉變。杜蕊娘是上廳行首,因石府尹的介紹而結識了韓輔臣,兩人相愛,論及婚嫁。奈何杜母做梗,並且以言語羞辱,使韓負氣離開。蕊娘怪他不告而別,不肯接受他的道歉。韓求助於老友石府尹。石定下一計:

> 此處有個所在,叫做金線池,是個勝景去處;我與你兩錠銀子,將著去臥番羊,窨下酒,請他一班兒姊妹來到池上賞宴,央他們替你陪禮,那其間必然收留你在家,可不好那?

然而,宴後酒醉的蕊娘依然不肯原諒韓輔臣。石府尹見軟的不成,只好來硬的。他命張千拘提蕊娘,告她「失誤官身」的罪名。蕊娘不得已,求救於韓;韓趁機提出「只要你肯嫁我,方才與你告去」的條件,蕊娘只好答應:「〔太平令〕從今後我情願實為姻眷,你只要早些兒替我周全……」。

就計謀而言,這是官(石府尹)學(韓輔臣)勾結,欺壓百姓,或說是掌權的男人欺壓無權的女人,可謂勝之不武。不過,石府尹在劇終之前的詞云做了如此解釋:

> 韓解元雲香貴客,杜蕊娘花月妖姬,
> 本一對天生連理,被虔婆故意凌欺,
> 耽擱的男游別郡,拋閃的女怨深閨,
> 若不是黃堂上聊施巧計,怎能夠青樓裡早遂佳期!

從劇情來看,畢竟,杜蕊娘是深愛韓輔臣的。她和韓兩人開彆扭是因為負氣;韓自己也說過:「莫說我的氣高,那蕊娘的氣比我還高的多

哩」。如果按照前面所述公案劇裡「只問目的,不擇手段」的行事標準,這種明明屬於威脅的「巧計」,倒也還勉強說得過去。

相較之下,《玉鏡臺》雖然也是搬演用計撮合男女婚姻的故事,卻比《金線池》更赤裸裸的刻畫官學如何勾結,欺壓女人。翰林院學士溫嶠去拜望寡居的姑姑劉夫人,愛上了「神仙中人」的表妹倩英。假意要替她「保一門親事」,介紹一位翰林院的學士,說是:

〔紅芍藥〕年紀和溫嶠不爭多,和溫嶠一樣身形;據文學比溫嶠更聰明,溫嶠怎及他豪英?

等到官媒把信物玉鏡臺送來,劉夫人才知道中了計;原來溫嶠介紹的是他自己。老人家雖然不得已把女兒送過了門,十八歲的倩英卻堅決不肯和年紀顯然比她高出一大截的溫嶠成親。

這件由計謀引發的事端,要另外乞助於計謀才能解決。出面擺平的是王府尹。他「奏過官裡,特設一宴,叫做水墨宴,又叫做鴛鴦會,專請學士同夫人赴席,筵宴中間則叫他兩口兒和會」。水墨宴的計謀是這樣的:

(府尹云:)……請學士、夫人吟詩作賦。有詩的,學士金鐘飲酒,夫人插金鳳釵,搽官定粉;無詩的,學士瓦盆裡飲水,夫人頭戴草花,墨烏面皮。

要面子的倩英只好百般央求溫嶠「著意吟詩」,溫嶠則趁機要挾倩英,逼她隨順,做為交換條件。「嬌姝」和「老丈夫」這才能夠「成就了那朝雲和暮雨」。

誠然,這齣戲是在王府尹所謂「金尊銀燭啟華筵,一派笙歌徹九天」的歡樂氣氛中結束,而且倩英也的確在暫時躲過羞辱、獲得賞賜之後歡喜的說,「學士,這多虧了你」,又說「妾身願隨學士」。但是,溫嶠和倩英之間的愛情,從頭開始就是單方面的,且不提兩人年

齡的差距，溫嶠先是對倩英毛手毛腳，然後騙得她為妻，最後再勉強她隨順——這種種都引起倩英極大的反感。所謂夫婦團圓也者，其實是倩英在官學聯手用計施壓之下，不得不接受的結局；跟韓輔臣和杜蕊娘原本就兩情相悅的情況不可同日而語。

五、計中有戲：《裴度還帶》與《謝天香》

前文討論的劇本裡，計謀的鋪設或者表現劇中人物的性格，或者跟情節發展有相當密切的關係。《山神廟裴度還帶》則是在結構上以計謀做為全劇的框架。第一折王員外決定暗中幫助窮書生裴度（他的外甥），是計謀的開始；第四折「立身榮貴」的裴度明瞭姨夫的美意恩情，是計謀的揭露。故事中還穿了其它計謀，例如裴的丈人韓廷幹故意試探裴度是否真心對待他的女兒（第四折）。所以可謂「計中有戲」。但是此劇中的「戲」，主要在於裴度歸還玉帶，善有善報；做為全篇框架的計謀，反而只是陪襯，在劇中沒有什麼發展。

一樣是以計謀做為劇情主要架構的戲，《錢大尹智寵謝天香》跟《裴度還帶》很不相同；計謀在本劇中的重要性大大的增加。《謝天香》裡的柳耆卿自命「老天生我多才思，風月場中肯讓人？」，耽溺花酒，與上廳行首謝天香相愛。他要上京應舉，卻難以割捨所愛，三番四次史求他的好友錢大尹「好覷謝氏」。錢被他惹煩了，發起脾氣數落他一頓（第一折）：

……（詩云：）則你那渾身多錦繡，滿腹富文章；不學王內翰，只說謝天香。張千，你近前來！（做耳暗科，云：）只恁的便了。
（張千云：）理會的。

錢大尹設下一計，想讓謝天香唱出他的名諱，以便責打謝氏，使她成為「典刑過罪」的人，則柳耆卿不便再跟她來往。沒想到聰明的謝天香並不上當，巧妙的避開了陷阱。愛才的錢大尹「不由得也動情」，

當即改變計策,把謝氏從樂籍裡除了名,並娶她為小夫人(第二折)。

但是,此後三年,天香住在錢家,卻有如打入「無底磨牢籠內」(第三折)。另外一個侍妾問她:「姐姐,你在宅中三年,相公曾親近你麼?」天香答道(唱):

〔倘秀才〕俺若是曾宿睡呵,則除是天知地知,相公那鋪蓋兒他是橫的豎的!比我那初使喚,如今越更稀,想是我出身處本低微,則怕玷了相公貴體。

錢大尹究竟安的什麼心?這個謎題一直要到第四折,柳耆卿中了狀元回來,才獲得答案。原來錢一則擔心天香被別人娶走(「怕好花輸與富家郎」),二則擔心天香的身份配不上得志後的柳耆卿(「歌妓女怎做得大臣姬妾?」):「因此上三年培養牡丹花,專待你〔耆卿〕一舉首登龍虎榜」。

經過錢大尹百般解釋,柳耆卿表面上已經釋懷,實際上卻是將信將疑。畢竟,他不能只聽片面之詞,還要當事人天香出面證實:

(柳云:)嗨,多謝老兄肯為小弟這等留心!大姊,我去之後,你怎生到得相公府中,試說一遍與我聽者。

「試說一遍與我聽者。」這種重複敘述的使用在雜劇中司空見慣,但在此處應是出於柳耆卿的計謀。於是天香再唱四支曲,把事情始末從頭道來,包括〔耍孩兒〕裡面的一段:

……三年甚時曾占著鋪蓋,千日何曾靠著枕頭?相公意,難參透。我本是沾泥飛絮,倒做了不纜孤舟!

柳耆卿這才同天香一起拜謝錢大尹,「深感相公大恩」。

《謝天香》整齣戲的安排,是以計謀為結構的支架,搬演出男女情和朋友情。跟《裴度還帶》不同的是,計謀的鋪排在這裡緊密結合

了愛情和友情的戲；它的設定跟解除不僅引起觀眾的興趣，也是劇中人關心的要點，因此它的作用不只是全戲的框架而已，實際上已成為戲劇的重要成分。

六、因計成戲：《切鱠旦》

然而，現存關漢卿的諸作中，計謀所佔份量最重的戲，要數《望江亭中秋切鱠旦》；在這裡，計謀幾乎就是戲的全部。

《切鱠旦》一劇共有四折，猶如四個騙局組成，因為每一折的內容都是計謀的設定與執行。第一折搬演的是白道姑和她的侄兒白士中如何聯手，連哄帶騙，外加脅迫，使漂亮的寡婦譚記兒同意隨順鰥居的士中。白道姑先暗藏士中：「你壁衣後頭躲者，我咳嗽為號，你便出來」。待譚記兒例行的來到道觀，提起出家意願，白道姑便百般潑她冷水，並且勸她早早再嫁。果然譚記兒中計：

（姑姑云：）夫人，放著你這一表人才，怕沒有中意的丈夫，嫁一個去，只管說那出家做什麼？這須了不得你終身之事。
（正旦云：）嗨！姑姑，這終身之事，我也曾想來：若有似俺男兒知重我的，便嫁他去也罷。

這時「姑姑做咳嗽科」，白士中依計應聲出來和譚記兒相見。白道姑立刻要他們「成就一對夫妻」。但是，被設計了的譚記兒不領媒人的情，儘管「裝麼做勢」。白姑姑使出殺手鐧，問她「要官休也私休」？

（正旦云：）怎生是官休？怎生是私休？
（姑姑云：）你要官休呵，我這裡是個祝壽道院，你不守志，領著人〔指白士中〕來打擾我，告到官裡，三推六問，枉打壞了你；若是私休，你又青春，他又少年，我與你做個撮合山媒人，成就了您兩口兒，可不省事？

所謂「官休／私休」,乃是公案劇(例如前述《竇娥冤》)裡惡人慣用的恐嚇計倆。白姑姑用在這裡,至少表面上已經收到了預期的效果。

值得一提的是,譚記兒其實有心再嫁,因此這個騙局營造出喜劇的氣氛。前面引用過她說的話:「若有似俺男兒知重我的,便嫁他去也罷。」稍早,她也說過:「我想,做婦人的沒了丈夫,身無所主,好苦人也呵!」接著她又唱道:

〔混江龍〕我為甚一聲歎,玉容寂寞淚欄杆?則這花枝裡外,竹影中間,氣吁的片片飛花紛似雨,淚洒的珊珊翠竹染成斑。我想著香閨少女,但生的嫩色嬌顏,都只愛朝雲暮雨,那個肯鳳隻鸞單?這煩愁恰便似海來深,可兀的無邊岸!怎守得三貞九烈,敢早著了鑽懶幫閒。

「玉容寂寞淚欄杆」的譚記兒所以「裝么做勢」,只是不甘平白著了白姑姑的道,受到擺布。聰明的她隨即借計使計,反過來提出條件:「好個出家的人,偏會放刁!姑姑,他依的我一句話兒,我便隨他去罷;若不依著我呵,我斷然不肯隨他。」果然白士中連忙應承:「休道一句話兒,便一百句,我也依得。」譚記兒的一句話就是要白士中「貞松耐歲寒」,「肯做一心人」。她的要求其實平凡無奇。值得注意的是,她在「裝么做勢」之後,又能夠趁勢掌握機會,創造出對自己有利的局面,這就顯示她不俗的機智。這一鋪排對後續劇情的發展有絕對的關聯。

第二、第三折是主戲。基本上,這兩折跟前折頗為類似。楊衙內垂涎譚記兒貌美,誣告白士中,騙得皇帝的勢劍,要去殺壞士中,以便娶譚為妾。他的計謀好比白姑姑和白士中串通了向譚記兒逼婚。儒弱的士中不知該如何處理,只好坐以待斃,但譚記兒跟先前一樣,自有主張,早定下計策:

〔十二月〕你道他是花花太歲,要強逼的我步步相隨;我呵,怕什麼天翻地覆,就順著他雨約雲期。這椿事,你只睜著眼覷者,看怎生的發付他賴骨頑皮!
〔堯民歌〕……你看我淡妝不用畫蛾眉,今也波日我親身到那裡,看那廝有備應無備!
(白士中云:)他那裡必然做下準備,夫人,你斷然去不得。
(正旦云:)相公,不妨事。(做耳暗科。)……則除是恁的。
(白士中云:)則怕反落他勾中。夫人,還是去不得。

說歸說,白士中對他的妻子有十足的信心。譚記兒下場後,他說:「據著夫人機謀見識,休說一個楊衙內,便是十個楊衙內,也出不得我夫人之手」,因此他要「眼觀旌節旗,耳聽好消息」。

到了第三折,謎題揭曉,觀眾得以目睹譚記兒施展她的計謀。她假扮賣魚婦張二嫂,登上楊衙內的船,騙過楊的親隨張千和李稍,再以美色、文才引誘他,把他灌醉,騙得勢劍金牌。但是這還不算,因為譚記兒還要在第四折裡繼續假扮漁婦,向白士中控訴:「楊衙內在牛江心裡欺騙我來!告大人,與我作主」。失去勢劍金牌的楊衙內本待與白士中和解,沒想到事情橫生枝節:

(外扮李秉忠沖上,云:)小官乃巡撫湖南督御史李秉忠是也。因為楊衙內枉奏不實,奉聖人之命,著小官暗行體訪,但得真情,先自勘問,然後具表申奏……。

皇帝先是被楊衙內騙過,再派李秉忠「暗行體訪」,這是一條御計。唯其如此,才能「將衙內問成雜犯,杖八十削職歸田。白士中照供舊職,賜夫妻偕老團圓」。

《切鱠旦》是關漢卿諸戲當中,計謀樣式最繁、施計人數最多的一齣;甚至皇帝——「聖人」——也介入其中!可以說,計之不存,戲將焉附?這是「以計為戲」的最佳例子。

七、結語

　　元雜劇結構的形式基礎在於音樂，因此，要討論關漢卿——或任何元雜劇作家——的編劇法，必然不可忽視戲和曲的密切關聯。然而，雜劇既也是戲劇，故事情節的鋪排自然有戲劇方面的考量。進一步的說，雜劇中音樂或許可以視為配角，戲劇才是主角；音樂的功能主要在於烘托劇情。上文指陳關漢卿劇作中用計頻繁的一項特色，希望從戲劇的角度，對他的創作方法提供一個新的思索方向。

　　戲劇是公然做假的藝術；它的本質是欺騙。當演員穿上戲服，裝扮為劇中人物的時候，他就是在做假。以假亂真，真假莫辨，這就是戲；戲所以「迷人」，歸根究柢，原因或在於此。而計謀的鋪設與執行，本身也就是做假欺騙的行為，和戲劇的本質有互通之處。如前所述，深諳此理的關漢卿，用計鋪謀，在劇作中大量結合計謀和劇情，用以點染劇中人物的性格、推動故事情節的發展、強化戲劇結構，甚至做到計即是戲、戲即是計。「計將安出？」這似乎是關漢卿寫作劇本時候的首要考慮。

2

竇娥的性格刻劃——
兼論元雜劇的一項慣例*

一、共同性與個別性

元明雜劇中的角色通常富于共同性而缺乏個別性,似乎是無可爭辯的事實。這一點從當時劇場的角色劃分和現存劇本裏的人物命名便見端倪。譬如角色分「末」、「旦」、「孛老」、「卜兒」、「俫兒」等;男僕必稱張千,女侍必稱梅香,而對地位稍高的人則以其頭銜稱之——如「府尹」、「孔目」、「員外」等。由此看來,劇作家對戲劇人物個性做深入刻劃的企圖並不明顯。

個中原因,近年來有些學者曾經加以探討。時鍾雯教授歸之於古代中國的文學、道德和戲劇傳統。他所謂文學傳統,是指元代以前(尤指司馬的「史記」)散文作品中的人物描寫;這些元雜劇作家的文學張本大都強調典型。所謂「道德傳統」是指歷來注重中庸的思想,鼓勵個人完成一己在社會或宇宙中的使命,而貶抑突出個人或好大喜功。至於戲劇傳統則是前文所提到的角色劃分。Henry W. Wells 也認為「中國劇場格外喜歡典型的觀念」,並從確立神話與歷史的影響處著手探究這一現象。他似乎認為中國之缺乏具有「人性」的神話

---
* 原載《中外文學》(1978/11)。

（相對於奧林帕斯山上擬人的諸神）和中國戲劇家對個性刻劃缺乏興趣有聯帶關係。不過他很快又修正自己的話，說中國古典戲劇舞臺上出現的人物，有很多源於歷史，而這些人物在舞臺具有一種「特別的可信性」，因為他們的名字既然出於史冊，他們的行為動作「至少觀眾相信是合於史實的。」

以上這個問題本身饒有興味，對了解中國人的心智也很重要，但它屬於中國戲劇史家的範疇，本文不擬討論。我們可以簡單地說，元（明）舞臺上的人物刻劃，依循的不是自然主義的寫實，而是共通性的發揮（Theophrastian）。我們無需為這種方式抱歉。第一，在任何戲劇中，一個角色首要的功用在於他對全劇所做的貢獻。J. L. Styan 說過，「（角色）在場景的脈絡中發揮其意義。」這當然是說，一個角色成功與否，要看他能否配合全劇的設計，並產生預期的戲劇效果。至於他的動作是否「有足夠的動機」倒不一定是個問題。於此，我們重溫 Madeleine Doran 一段發人深省的話：

> 許多伊利沙白時代的戲劇角色的重複形式似乎是敗筆，使我們感到困擾；但這可能是我們受到現代小說中的人物的影響，因而過份期望複雜的角色。尤有甚者，我們是閱讀──不是觀賞──伊利沙白時代的劇本，也就更容易拿一套與之無關的標準來判斷那些劇本。

把「伊利沙白」換成「元」，這段話同樣有效。

此外，典型的角色對戲劇的創作與再創作都有某些好處。一方面，劇作家得以相當自如地統一劇中人物的個性；另方面，預先制約好的觀眾很容易了解這些典型角色所代表的意義。於是劇作家可以著力於戲的其他方面──以元雜劇來說，如詩（曲）、唱、舞；故事、啞戲、雜耍：這些都是觀眾整體戲劇經驗中不可或缺的。元明舞臺上多數人物屬於典型類，這個現象未必是觀眾的損失；事實上，劇作家和觀眾雙方都可能蒙其利。

話說回來，我們不必以為元雜劇裏的人物全部都是靜態、扁平的人物，個性上毫無發展。這一點很重要。因為主唱角便是一個例外——畢竟他和其他角色的差別很大。雜劇中的散文（賓白）和韻文（「詞云」、「詩云」），所有角色得而有之；但詩歌（曲）乃主唱角的專利。而詩歌能夠有效地引導出唱者內心裏微妙的感情，乃是不爭的事實。以下對《竇娥冤》一劇中竇娥角色的分析，目的是要證明，在技巧高明的雜劇作家手中，主唱角可以表現得生動、複雜、合理可信。

二、以竇娥為例

已經有人指出，本劇中的竇娥「經歷盡種種人間情感。」這種種情感，透過時而隱約晦暗，時而大膽明白的曲子，表達得相當成功。竇娥正式登場以後的第一支曲子（在楔子裏他是七歲幼童，只說了一句話）就包含了對上天的隱約控訴：

〔仙呂點絳唇〕
滿腹閒愁，
數年禁受，
天知否？
天若是知我情由，
怕不待和天瘦！

「滿腹閒愁」和「數年禁受」指的當然是竇娥寡居生活之苦；而由於這一切發生在三歲失恃、七歲離父的人身上，格外顯得「不公平」。這種「不平」之感——劇名「冤」字之一義——導致竇娥輕微的抱怨。這時張驢兒還沒有向他橫施壓力；竇娥對上蒼的呼籲仍屬被動、低聲，表現出極大的克制，也顯示出無奈之情。

而隨著他的境遇每下愈況——由於張驢兒的陰謀策劃，竇娥即將送解法場斬首——他的聲音高起來了，並且和上天發生正面衝突：

〔端正好〕
沒來由犯王法,
不隄防遭刑憲,
叫聲屈動地驚天。
頃刻間遊魂先赴森羅殿,
怎不將天地也生埋怨!

〔滾繡球〕
有日月朝暮懸,
有鬼神掌著生死權,
天地也,只合把清濁分辨,
可怎生糊塗了盜跖顏淵;
為善的受貧窮更命短,
造惡的享富貴又壽延,
天地也,做得個怕硬欺軟,
却元來也這般順水推船。
地也:你不分好歹何為地?
天也:你錯勘賢愚枉做天!
哎,只落得兩淚漣漣。

這一番直截了當、毫無隱晦的控訴,特徵是道德意識強烈,善惡分明。絕不妥協——因此顯得高貴而有力。天地在日、月、朝、暮、鬼、神的陪襯下,仍然是主要的意象。這些意象,再加上劇中其他和宇宙有關的意象(譬如雪、水、旱),把一個孤苦伶仃弱女子的個人苦難提升到普遍的層次。更進一步,善與惡的衝突從背景推向前臺,成為焦點。在竇娥心目中,自然界各種力量不僅有虧扶持公理的職守;它們甚至和邪惡沆瀣一氣,對付善良無辜。竇娥既然召喚出大自然的各種力量,便等於以一己之力對抗整個宇宙。在這場衝突裏,竇娥的勝算當然渺茫;可是從這裏走出來的他,都身形高大,遠過於一個平凡、無助的小婦人——靠的便是純粹的道德勇氣。竇娥做為悲劇人物的份

量既然大大增加,本劇也成為人性尊嚴與高貴的證言。

顯然,靠著詩的語言,竇娥一角中令我們欽服的個性才得呈現。也唯靠著詩的語言,才使他的性格刻劃具有深度。張漢良先生指出,竇娥是傳統中道德的化身,所言甚是。然而這只是一面而已:竇娥同時也是人,是血肉之軀造成的人,同樣受制於人性的情和慾。

在以下的討論裏,我無意把竇娥當做西洋觀念中的悲劇人物來處理。他不是這樣的人物——事實上元雜劇中沒有人是這樣的人物。不過,雖然竇娥無法處處吻合「圓形」角色的要求,他在劇中卻絕對不是「扁平」的人物。這要歸功於他的主唱角身份,在短簡的楔子中,竇天章——竇娥之父——唱了一支短曲;除此之外,竇娥在劇中主唱到底,臺詞包括無數動人的曲,特別是在前三折裏。我以為,必須在這些曲文裏去找個性複雜、極具人性的竇娥。

竇娥是盲目命運的犧牲者;他的不幸際遇構成了楔子的主要內容。我們眼見一個失恃的七歲幼女被他的生身父親「賣」給債主蔡婆婆,為的是換得五十兩銀子。此後十三個漫長的年頭發生過什麼事,蔡婆婆——如今是竇娥的婆婆了——在第一折剛開始就有簡略的交代:

> ……自十三年前竇天章秀才留下端雲孩兒與我做兒媳婦,改了他小名,喚做竇娥。
> 自成親後,不上二年,不想我這孩兒害弱症死了。媳婦兒守寡,又早三個年頭,服孝將除了也。……

同樣的意思在次一場景又重複了一遍——但有個小小卻值得注意的區別。這一回是竇娥自己說話;前引蔡婆婆話裏那種置身度外的口氣已經由悲痛怨恨所取代,雖然起初還有點克制,並沒有把話說得十分明白:

> 妾身姓竇,小字端雲,祖居楚州人氏。我三歲上亡了母親,七歲上離了父親;俺父親將我嫁與蔡婆婆為兒媳婦,改名竇娥。至十七歲與夫成親,

> 不幸丈夫亡化,可早三年光景。我今年二十歲也⋯⋯竇娥也,你這命好苦也!

怨懟出自一個有十足理由不滿人生的人。聲音雖低,却清晰可辨。

竇娥述往的時候固然明顯帶著怨恨,他抱怨的主要對象却是目前。他所面臨的沮喪的寡居生活乃是生命中最最無法忍受的事實。這從以下他唱的兩曲可見:

〔點絳唇〕
滿腹閒愁,
數年禁受,天知否?
天若是知我情由,
怕不待和天瘦!

〔混江龍〕
則問那黃昏白晝,
兩般兒忘餐廢寢幾時休?
大都來昨宵夢裏,
和著這今日心頭。
催人淚的是錦爛漫花枝橫繡闥,
斷人腸是剔團圞月色掛妝樓。
長則是急煎煎按不住意中焦,
悶沉沉展不徹眉尖皺,
越覺得情懷冗冗,
心緒悠悠。

一個年輕的寡婦耐不住消極破壞、令人窒息的孤獨,起而抗議了。對愛情的渴求無法壓抑,日夜折磨著他,使他心緒不寧。「橫繡闥」的「錦爛漫花枝」和「掛粧樓」的「剔團圞月色」都不堪看──無疑是因為它們迅速而必然地令人聯想到婚姻的生活,快樂而浪漫。竇娥所受的「冤屈」固然可溯自早期的幼年時代,但要到現在,成為一個模

模糊糊微有所悟的小寡婦,他才發現這一切的難以忍受。

　　必須能體會這位寡婦對不可能事物——也就是滿足的婚姻生活——的慾求和夢想,才能了解竇娥的言語特點和行為。事實上,他對夫婦情愛的縈懷已經發展到危險的地步,成為牢不可破、揮之不去的觀念;他的言語充滿種種明指或暗指婚姻生活的意象。這種情形在首二折裏尤其彰著。且以他對張驢兒提親一事的反應為例。先是蔡婆婆承認自己因為張老要娶他(做為救命之恩的回報)而感到困擾,這時竇娥以寡婦身份所做的勸阻合情合理,且恰如其份。他說:「婆婆,這箇怕不中麼?你再尋思咱:俺家裏又不是沒有飯吃,沒有衣穿,又不是少欠錢債,被人催逼不過;況你年紀高大,六十以外的人,怎生又招丈夫那?」但到後來,蔡婆婆似乎樂於隨順張氏父子的要脅,又透露出他同時也已把竇娥許給張驢兒;這時候,做媳婦兒的口吻立即起了變化。竇娥唱道:

〔後庭花〕
避凶神要擇好日頭,
拜家堂要將香火修;
梳著箇霜雪般白鬆髻,
怎將這雲霞般錦帕兜;
怪不的女大不中留!
你如今六旬左右,
可不道到中年萬事休?
舊恩愛一筆勾,
新夫妻兩意投;
枉教人笑破口。

接著他喚起回憶來折磨婆婆,提醒他有道德的義務:

〔青哥兒〕
你雖然是得他得他營救,

> 須不是笤條笤條年幼，
> 剗的便巧畫蛾眉成配偶。
> 想當初你夫主遺留，
> 替你圖謀，
> 置下田疇，
> 蚤晚羹粥，
> 寒暑衣裘；
> 滿望你鰥寡孤獨，
> 無捱無靠，母子每到白頭。
> 公公也：則落得乾生受！

然後他又以尖利的譏諷刺戳婆婆：

> 〔寄生草〕
> 你道他匆匆喜，我替你倒細細愁；
> 愁則愁——興闌珊嚥不下交歡酒，
> 愁則愁——眼昏騰扭不上同心扣，
> 愁則愁——意朦朧睡不穩芙蓉褥。
> 你待要笙歌引至畫堂前，
> 我道這姻緣敢落在他人後！

這三支曲子唱的其實是同一個調，都是談婚姻——也就是蠱惑竇娥心智的東西。這是可以理解的；因為傳統說來，沒有丈夫的女人——特別是寡婦——日子過得很淒慘，蔡婆和竇娥兩人目前的處境便是活生生的例子。更重要的一點是，婚姻在此是唯一適當的主題：蔡婆婆剛剛提出聯合嫁給張氏父子的事。但儘管如此，我們注意到竇娥一股腦把他的想法說出來的時候，顯得多麼有條有理，層次分明！這一點證實了我們先前得到的印象，也指向竇娥心中揮不掉的牽掛。他在曲中所做的教訓完全合乎他這種婦女的地位和心態：不外乎俗語、傳統的觀念，以及陳腔爛調。

值得一提的是：竇娥對婚姻的評論，到了最後一曲漸漸縮小而形成一個焦點。「交歡酒」、「同心扣」、「芙蓉褥」都影射夫妻之間的歡愛——也就是寡婦竇娥無法享受的牀笫之樂。

對婚姻關係的討論在第二折又繼續下去，典故的運用層出不窮。這時張氏父子已經搬進蔡家同住；竇娥深為此一安排所擾，在一段小型的獨白中說道：

婆婆也：我這寡婦人家，凡事也要避免嫌疑，怎好收留那張驢兒父子兩簡？非親非眷的，一家兒同住，豈不惹外人談議！婆婆也：你莫要背地許了他親事，連我也累做不清不潔的。我想這婦人心好難保呵……

就順著這條思路，他繼續思索女人的善變，以及他們對肉慾的貪愛——甚至不惜踰越婚姻的約束：

〔一枝花〕
他則待一生鴛帳眠，那裡肯半夜空房睡；
他本是張郎婦，又做了李郎妻。
有一等婦女每相隨，
並不說家克計，
則打聽些閒是非；
說一會不明白打鳳的機關，
使了些調虛囂撈龍的見識。

〔梁州第七〕
這一簡似卓氏般當壚滌器。
這一簡似孟光般舉案齊眉。
說的來藏頭蓋腳多伶俐！
道著難曉，做出才知。
舊恩忘却，新愛偏宜；
墳頭上土脉猶濕，架兒上又換新衣。
那裏有奔喪處哭倒長城？

那裏有浣紗時甘投大水？
那裏有上山來便化頑石？
可悲可恥，婦人家直恁的無仁義！
多淫奔、少志氣。
虧殺前人在那裏；
更休說本性難移！

這段長話召來歷代許多著名的節婦，充滿說教的意味；聽著倒像道德本身要恢宏妻德，而不似順服的媳婦委婉求情。然而，這兩支曲子可能正確地反映出竇娥當時的心境。在「一枝花」裏，他大談「鴛帳眠」和「半夜空房睡」，毫無顧忌，甚至還提到婚姻以外的男歡女愛（「打鳳」和「撈龍」）。在「梁州第七」裏，他歷數的節婦與他們的丈夫之間的精神關係是不可分割的。合起來，這兩文曲子強調的是婚姻生活中最重要的兩方面：肉體之愛和精神之愛。竇娥對這兩者都心嚮往之，却一樣也得不到。一個醉心愛情而不可得的小寡婦說出這一番話，該是入情入理的吧。

由此我們更進一步，檢討竇娥何以在第一次審判中就屈從於濫官桃杌。當時，張驢兒巧技把謀殺他父親的罪名推到竇娥頭上，狡猾地指稱：「這媳婦年紀兒雖小，極是賴骨頑皮，不怕打的。」經他這一提醒，自以為是的太守桃杌立刻說道：「人是賤蟲，不打不招！」隨即命人重打竇娥（「左右，與我選大棍子打著！」）；這期間衙門的祇候三次噴水使竇娥甦醒過來。因此，和其他平反公案劇中受冤屈的角色一樣，竇娥在法庭上慘遭不可言喻的痛楚。但是他和別人不同：他堅持立場不稍動搖，強忍著毫無人道的肉體折磨。對這一切不公平、無人性，他清楚而高聲地提出控訴：

〔黑玉郎〕
這無情棍棒教我抵不的。
婆婆也，須是你自做下，

怨他誰！……

〔感皇恩〕
呀！是誰人唱叫揚疾，
不由我不魄散魂飛。
恰消停，纔蘇醒，又昏迷。
捱千般打拷，萬種凌逼；
一杖下，一道血，一層皮！

〔採茶歌〕
打的我肉都飛
血淋漓。
腹中冤枉有誰知！
……
天哪！怎麼的覆盆不照太陽暉！

痛苦一至於此，他依然不肯屈服。不耐煩的州官惡毒地問道：「你招也不招？」竇娥的答覆簡單而堅決：「委的不是小婦人下毒藥來！」

既然無法逼小婦人招供，百折不撓的法官決定換傳蔡婆婆試試運氣。他的推理是：「既然不是你，與我打那婆子！」一聽這句話，竇娥立刻改變態度，「忙云」：

住住住！休打我婆婆；情願我招了罷：是我藥死我公公來。

折騰了這許多之後，竇娥在這個關頭放棄一切，似乎突如其來，費人猜解。直到這前一刻，他還很勇敢——也很成功——不讓濫官的毒計得逞。為什麼他要在這個時候投降？竇娥自己在下一支曲子〔黃鍾尾〕裏提出一個很便當的解釋：

婆婆也，我若是不死呵，如何救得你？

他後來見到久違的父親，提出的說法與此頗為一致；他說：「……怎

當州官見你孩兒不認,便要拷打俺婆婆;我怕婆婆年老,受刑不起,只得屈認了。」竇娥所做似乎恰恰是一個簡單而高貴的自我犧牲行為:不多不少。

　　問題出在這一說法太容易、太方便。孝道之為德性,在中國人的心目中佔有無可比擬的地位;一個媳婦兒不顧一切後果,毅然去解救年邁的婆婆——有什麼比這更應該,更合宜,更能贏得大家的尊敬呢?但是,如果完全以幾乎不盡人情的強烈孝道來解釋最後一秒鐘的崩潰,則我們便把一個複雜的人格化簡為單一、單純的觀念。既已見過這位年輕的寡婦與人性的慾念掙扎不已,我們心中必然有如此的疑問:竇娥的死或求死難道沒有別的因素?難道和他痛苦難忍的生命沒有任何關連?換句話說,竇娥自己承認的動機——犧牲自己去救婆婆——究竟有幾分可信?

　　這倒不是懷疑竇娥的孝心。事實上,他的孝心在第三折裏表露無巡(甚至可以說太過份了!):

〔竇娥在往法場途中〕
〔倘秀才〕
竇娥(唱):
……
我竇娥向哥哥行有句言。
劊子(云):你有什麼話說?
竇娥(唱):
前街裏去心懷恨,
後街裏去死無冤;
休推辭路遠。

〔叨叨令〕
怕則怕前街裏被我婆婆見。
劊子(云):你的性命也顧不得,怕他見怎的?
竇娥(云):俺婆婆若見我披枷帶鎖赴法場餐刀去呵,(唱)

枉將他氣殺也麼哥，枉將他氣殺也麼哥！
告哥哥：臨危好與人行方便。

不過，如前所述，竇娥不是孝道的弘揚者；他也是個有「滿腹閒愁」和「數年禁受」的年輕寡婦。他的言語的特色，在在顯示出對美滿婚姻的肉體（以及精神）方面揮之不去的憧憬。而正因為無能企及，他的心情遂大受打擊。在第一折裏，他對自己命運的解釋帶著典型的悲觀色彩與臣服性：

〔油葫蘆〕
莫不是八字兒該載著一世憂？
能似我無盡頭？
須知道人心不似水長流！
……

〔天下樂〕
莫不是前世裏燒香不到頭，
今也波生招禍尤？
勸今人早將來世修
我將這婆侍養，
我將這服孝守——
我言詞須應口。

若說竇娥還存著什麼希望，那也不在今生，而在來世。

　　上面的引文固然指出竇娥厭世自毀的傾向（畢竟，走上這條路於他又有何損？），但從另方面說來，也把竇娥的孝行擺在一個完全不同的角度：竇娥想把「來世修」的企圖相當強烈。這兩項目標無法相容。如果說，在第一次衙門審判之前，竇娥的行為反映的正是面對困局的混亂心境，應不為過。州官決定加刑於他的婆婆，正好給竇娥一個兩全其美的機會：犧牲了自己，一方面可以結束毫無意義的一生（這是他自己說的），同時也可以修得較佳的來世（這是他唯一的希

冀）。就竇娥而言，死亡其實反而是福氣。

　　果如以上所述，則竇娥一角在劇中縱然沒有「發展」，至少表現出人性的複雜。他不像其他雜劇中一般的受害者，僅僅具有一般的個性。這種複雜性之形成，主要必須歸功於關漢卿能夠駕馭詩歌（曲）──表達細緻感情的強有力的工具。

三、結語

　　竇娥的例子證明雜劇的主唱角通常不僅有較多的亮相機會，同時也獨享特權，得以使用細膩、高雅、有力的曲。這種慣例每每使主唱角的性格刻劃較之其他次要角色更為圓融深入。（這當然是「比較」而言，因為雜劇的人物描寫本以共通性的發揮為原則。）評鑑任何文學形式，對該文體的慣例及其意義應該熟記於心。

3

假戲假做跟假戲真做——
兩種「戲中戲」[*]

楔子

　　今年三月，表演工作坊在賴聲川的領導之下，演出了他們的第三部作品——《圓環物語》。用流行的話來說，這齣戲可謂「叫好又叫座」。照他們自己的講法，本劇是以臺北市南京西路之變遷為象徵，來探討現代臺北人錯綜複雜之感情關係，全劇亦諧亦悲，以七段式之連鎖循環關係，配合上圓形旋轉舞臺，傳達了對時代、人生、環境之理念。一齣戲能夠成功，原因當然很複雜。《圓環物語》舞臺的設計能彰顯「圓環」的主題，是其中之一。更重要的是演員演技的洗練；無論個人對本戲的詮釋或相互之間的默契，都幾乎無懈可擊。

　　然而我最欣賞的是他們對當代生活語言文字的掌握。劇中的對白，從遣詞用字到節奏韻律，無不生動傳神，令人激賞。劇名本身就已透露出他們對文字的企圖和駕馭的能力。比方說，圓環既是地名，也指人際間的連鎖循環；物語既代表人物和語言，也包含日文裡「故事」的意思，更從而引申出圓環的日本背景。

　　楔子到此打住。在這篇不是劇評的文章裏，我只想從本劇的兩段「戲中戲」，探討這種安排在戲劇裡的特殊功能。

---

[*] 原載《動象》（1987/5）。

假戲假做

　　第一類的戲中戲我們可以姑且稱為「假戲假做」。因為劇作家擺明的告訴演員以及戲外的觀眾，現在演出的乃是一齣戲。既然是戲，便只是演演而已，不必認真。話雖如此，通常這類戲中戲，在劇作家刻意的安排下，仍舊能夠透過和主戲的對照，互為烘托，或凸顯主題，或造成諷刺，或兼而有之。

　　《圓環物語》有兩場這種戲中戲。第一場發生在第一段，場景是「某電視臺攝影棚」，其時正在拍攝《霧非霧》電視連續劇：男主角國豪和女主角玉如演出大家在電視上常見的超離現實的愛情戲。可笑的是，觀眾很快的就發現，編出這戲中戲的人（乙）和現場指導這戲中戲的人（甲），在假戲之外，編、導、演出一場同樣糾葛不清，但遠為真實的愛情戲。觀眾第二次看到《霧非霧》是在《圓環物語》第七段也就是最後一段。這時的玉如，經過許多的曲折離奇的情節（照臺上觀眾的說法，簡直荒謬而莫名奇妙），已經發瘋；而滿懷歉疚的國豪毫無能力，只好頻頻用頭猛敲桌子以示自責。同時，《圓環物語》戲裏的甲和乙的愛情也正好走完一圈。

　　《霧非霧》在《圓環物語》中出現的位置似乎頗具深意──兩次分別在主戲的第一段和最後一段；也就是說，主戲和戲中戲同始同終。這就使它在烘托主題或諷刺電視連續劇以外，兼有結構上的意義。《霧非霧》也許是個誇張的、扭曲的、濃縮的人生愛情戲的版本，但它也的的確確是《圓環物語》所要呈現的人生愛情戲的縮影，一個不完美的縮影。

　　戲中戲在西洋戲劇中的例子很多。莎士比亞就慣愛使用這種手法。且以我們較熟知的《仲夏夜之夢》為例，稍做介紹。

　　這一齣戲的主題是愛情和婚姻。

　　雅典公爵西秀士和他所征服的亞馬遜女王海波力達紅燭高掛之日，

另外兩位雅典青年戀人──賴散德和賀媚兒,狄迷特和何蓮娜──也在一場毫無理性的瘋狂追逐之後,托「貴人」精靈之王奧本龍的「點化」、雙雙如願,同偕百年之好。這一班人吃罷喜宴,入洞房前,閒得無聊,就看一場業餘演員演出的「至為悲喜的冗長短劇:皮拉木與賽施碧」。話說皮和賽是羅密歐與茱麗葉式的戀人,礙於雙方家長的反對,只好到墓園約會。不料這一次賽為獅子所逐,皮誤以為賽已死,便舉刀自殺。等賽回來,見狀,也跟著共赴黃泉。

這場假作的戲中戲由不稱職的雅典工匠演來,成了鬧劇,喜感十足,但它倒底是個悲劇,和雅典青年男女所經歷的情節雖然頗為類似(可說是賴散德和賀媚兒愛情故事的部分翻版),結局卻完全相反。莎翁似乎有意點醒臺上以及臺下的觀眾,其實愛情的道路很坎坷,精靈的協助恐怕只有在仲夏夜的夢裡才可能。

假戲真做

另外一類更具興味的戲中戲我名之為「假戲真做」。這種戲多半屬於即興演出;也就是說,劇作家讓他的某些角色,隨興之所至,敷演一段看似與主題無涉的情節。實則這時演員在主戲和戲中戲的角色可能已經重合,小戲變成大戲的一部分:兩者之間不再有若即若離的關係,因為假戲已經真做。

康以(乙)樂是《圓環物語》裏一位電視連續劇的編劇人。已經是有夫之婦的她,因為工作關係而搭上了在電視公司擔任現場指導的賈(甲)耘偉。有一天她決定和賈分手,並且要把外遇的事向丈夫趙炳(丙)忠和盤托出。這是何等難以啟齒的事!康以樂預先把臺詞背了又背,改了再改。等到在建設公司當經理的丈夫回到家來,臺詞卻完全派不上用場;毫不知情也毫無戒心的趙炳忠對妻子投來的一句「我有一件很重要的事要告訴你」,只當做劇作家妻子又一次劇情無以為繼的危機。康以樂靈機一動,便趁勢要求炳忠和她扮演連續劇中

的男女主角,藉此把自己外遇的事,經由女主角之口,傳達給扮演男主角的炳忠。

假戲真做的好處是,在有話要說的人,本來不方便說的,現在因為有個「代言人」,可以口無遮攔說個痛快;而在聽者而言,本來可能刺耳甚至無法接受的話,因為變成「別人的故事」,先產生一種「防震作用」,再慢慢體會到其中的寓意。康以樂和趙炳忠跟這齣戲中戲的關係正是如此。他們既是演員,也是觀眾。是演員,所以可以放情去演自己所需要的角色;是觀眾,所以兼有旁觀者清的好處。這種安排,對臺下的觀眾更是刺激。由於戲中戲的發展已經和主戲合而為一,更加上如前所述,臺上的演員身份複雜,他們的互動關係也更為緊張。這時臺下觀眾對戲的關心和投入,自是有增無已。

關於假戲真做也舉一個莎翁的例子——《亨利四世上篇》。話說英王亨利四世逼前王李察二世遜位,自己登基,並謀殺李察二世。但他統治下的英國動亂不已。尤其令他傷心的是皇太子哈利(渾名哈樂),看來毫無出息,每天只知道和賊痞在酒店廝混。跟哈樂在一起的最大幫閒是福斯塔,一個出語極為機智,而又十分貪生怕死的無賴。戲演到第二幕的第四場,國王為了起兵平亂,差人送信給太子哈樂,令他次日回宮。福斯塔於是提議太子「預演」一下晉見父王時可能要回答的問題。一段戲中戲於焉展開。

扮演國王的福斯塔很快就假戲真做起來。他以父王的口吻,誇讚福斯塔(也就是他自己)的美德;要哈樂趕走其他的酒肉朋友,獨獨留下福斯塔一人。太子聽到這裡就忍不住了,說:「你這像國王嗎?」於是改由太子扮演國王,福斯塔扮太子。角色一經交換,這邊廂演國王的哈樂立刻疾言厲色痛斥王子交友不慎,竟跟下流無恥之極的酒囊飯袋福斯塔混在一起。那邊廂福斯塔則趕緊藉王子的口替自己求情:

至於可愛的佳客‧福斯塔,好心的佳客‧福斯塔,真誠的佳客‧福斯塔,

英勇的佳客・福斯塔（又因為他是年邁的佳客・福斯塔，所以更是格外英勇），千萬別把他從您的小哈樂身邊趕走，趕走心寬體胖的佳客，等於趕走了全世界。

但是哈樂藉國王之口回答說：

我要，我會。

原來哈樂並不是像他父王（以及其他一般人）所認為的只知吃喝玩樂，而是一個野心勃勃的聰明人。他跟賊痞廝混往來，只貪圖一時好玩；因為他深知身為太子，自己遲早要回到宮庭的世界。酒店的生活，好比假日，不是正規。聰明的福斯塔早已擔心太子有朝一日會把他拋棄，所以假戲真做起來，苦苦哀求。然而同樣聰明的太子也學他的樣，假戲真做，說出真心話，讓福斯塔死心，不要再存幻想。以太子和福斯塔平日如膠似漆的江湖情誼，若不是這場戲中戲，兩人心底的話絕難說得出口。在舞臺上的觀眾（都是酒店的幫閒之輩）看來，這戲只是太子和福斯塔一貫的互逗口舌利劍而已；殊不知他們的臺詞不僅牽涉到劇中要角福斯塔的去留——光是這一點，已夠福斯塔驚心動魄，也讓臺下觀眾對哈樂有更深的認識——同時也顯示出英國未來政局的良窳清濁。這種理解是臺下觀眾勝於臺上觀眾之處。

總而言之，戲中戲是劇作家極有用的一種手法。它的存在，或使主戲變得繁複，主題變得明顯；或提供劇中人物特殊的機會，一吐胸中塊壘，從而強化角色的對立或衝突。而無論是假戲假做或假戲真做，戲中戲都能增加戲的分量。

4

《紅鼻子》戲中戲[*]

　　我讀姚一葦先生《紅鼻子》劇本時,就很喜歡這個戲,這次看到舞臺上的演出,更加喜歡。

　　讀劇本時所以喜歡,是因為令我聯想到以前看過的一些好戲,例如 Edmond Rostand 的《西哈諾》（*Cyrano de Bergerac,* 或譯《大鼻子情聖》）,他的戲與《紅鼻子》有一點相似的地方:都在戲中談到對戲劇的觀念。

　　《西哈諾》劇中的主角,是一個鼻子特別長的醜陋男人（事實上確有其人）,他愛上了美麗的洛桑,當然洛桑不可能愛西哈諾,因為他是那樣的醜;西哈諾也不敢對洛桑傾吐心事。他有一個朋友,長得很帥,也愛洛桑,想要追求她。但是要寫情書怎麼辦呢?他不會。而西哈諾文筆很好,非常能表達,於是西哈諾不但替這朋友寫情書,還替他隔著牆朗誦,終於替他贏得洛桑的愛。你說,洛桑愛上的是誰呢?是西哈諾,或是他的朋友?

　　我舉這劇本為例,所要強調的是,西哈諾必須要變成別人,演另一個角色,才能表達自己、才能演出自己。換句話說,必須戴上面具,做個不是你,才能演出你。像莎士比亞的《仲夏夜之夢》、《亨利四世》、《第十二夜》、《皆大歡喜》等,都有如此的觀念。

　　這其實是劇作家在劇中探討戲劇有什麼功用、有什麼價值、戲

---

[*] 原載《聯合報》副刊（1989/11/1）。原為座談會發言,承李映蕾女士記錄整理,特此致謝。

是什麼東西，也就是對戲的反省。這可能是中國劇作家比較少做的事情。這些觀念，基本上乃是對戲與人生的關係，提出很嚴肅的看法。如果人必須戴上面具，才能真正把自己表現出來，足以證明戲劇本身存在的價值；因為惟有在戲劇中，才能看出真正的人性、真正的人生。

在《紅鼻子》一劇中，我特別喜歡這種對戲劇的考量。這種觀念，在中國傳統戲劇中幾乎沒有。中國人對戲的看法，通常是好玩、娛樂、說教，如此而已。

但是，看了《紅鼻子》在舞臺上的呈現，我更喜歡它，因為它又像中國傳統戲劇，包含了雜耍、娛樂的成分在內。有人認為這是屬於較前衛、超寫實的作法；事實上，我們回溯到元雜劇，甚至它的前身，就有這類娛樂的成分在內。

不同的是，姚先生將中國傳統戲劇的成分，加上更深刻的戲劇思考。《紅鼻子》中，戲中又有戲，舞臺下的人看臺上人演戲，臺上演戲人又看戲裡演戲人演戲。而戲中戲的戲碼，如：《四仙女找尋完美的人》、《國王尋找快樂的人》，都是把裡面的戲與外面的戲結合起來。這點尤其可看出作者用心之處。

當然，最重要的戲是紅鼻子。他一直戴著面具，他當然知道自己在演戲。他一直在世上尋找自己的身分，做過很多種人，老師、記者、推銷員等等，都做得不像，他一直追問自己「我是誰？」最後終於找到了：做小丑最好、最愉快、最自由。他試過很多角色，只有小丑這角色最適合他。小丑使別人快樂，也使自己快樂，事情到此似乎很美滿了。

但是到了結尾，情況有了變化，也是這齣戲最引人爭論的問題，就是紅鼻子的消失。紅鼻子的名字叫「神賜」，意思就是上天賜給我們的寶貝，神賜的消失，我認為是全劇中最富有寓意的部分。神賜為何消失呢？

這世間每一個人都有問題，就像劇中一樣，董事長、作曲家、商人、老闆、病童，每一個人都被問題困擾著。這是一個人人有問題的社會，濃縮在這家「蓬萊賓館」中。「神賜」是神賜給我們的，他好像可以解決一切問題，然而，問題的解決，其實都與他無多大關係。董事長的兒子沒死、作曲家寫出作品、商人沒破產等等，都是別的因素造成，只有患憂鬱症的葉小珍病情有轉機，似乎與紅鼻子的愛心有關。

　　所以，我認為紅鼻子並非一個什麼偶像，他是神賜給我們的寶貝，藏在我們每個人的心中，不必向外求取；如同快樂一樣，是神賜給你的，不必到外面去找。就像天籟，它本來就在那裡，只是你可能沒聽見。如果像那位作曲家一樣，刻意地要找一處風景優美的地方，才能寫出好樂章，結果待了三天只能寫出「三句屁！」換句話說，快樂是不必外求的，也無法外求。

　　紅鼻子自己是找到快樂了，但這種快樂是他太太無法了解的。最後他太太找到他，反而使得他快樂不起來。而其他的人，當他們遇到紅鼻子的那一剎那，似乎是悟到了什麼，可是事後就遺忘了。禪家說頓悟了以後，可以一直悟下去，事實上，大部分人不是的；事過境遷，悟到的一點早就忘了，所以我們的世界才會是這個樣子。在這裏我們也看到了 James Joyce 所謂的頓悟（epiphany）；這種頓悟是會忘記的。紅鼻子在那風雨的夜晚，似乎幫大家解決了問題，實際上他幫了誰呢？第二天雨過天青，每個人又恢復原來的樣子。紅鼻子原來以為自己能幫助別人，經過這次事件，發現誰也幫不了。他最後發現，自己在這世上根本沒有用了。演戲一場，究竟能對觀眾產生什麼效果呢？答案似乎是悲觀的。

　　有人認為大陸演本上，紅鼻子走向大海前經過一番掙扎，從而認為這次演出，導演也應該給他一些內心的生死之爭。我認為無此需要，因為他早已選定當小丑的角色，他也只適合當這角色。但太太找

來了,扯下他的面具,不讓他演戲,要他回家,他再也無法做紅鼻子了。同時他發覺也沒有必要做紅鼻子,因為沒有用!於是他走向死亡,一無依戀。

他的走向死亡,是很自然的,因為正好抓住一個藉口。這使我想到《竇娥冤》。竇娥為何要死?一般說法,也是竇娥自己的解釋,說她為了讓婆婆免於酷刑而犧牲自己。其實從戲文可以看出,她早已覺得人生沒有意義。替婆婆死只是個正當美麗的藉口。

紅鼻子既不會游泳,如果他是去救人,當然談不上「勇敢」或「犧牲」。他誠然說過,快樂的意義是犧牲,但這是泛泛的觀念。他的走向死亡,是因為他的戲演不下去了。他無法演出自己,無法獲得自由和快樂——這種人生還有什麼意義?「救人」之說,只是一個合適的藉口。

《紅鼻子》一戲凸顯了前面提過有關戲劇的弔詭:戲才是真。而從紅鼻子之死,隱隱可以看出編劇對戲劇的悲觀看法:除了短暫且偶然地激起一片漣漪之外,戲劇似乎沒有太大的「功用」。

李映薔附記:

　　《紅鼻子》一劇,自八月下旬至九月中旬,在臺北、臺中、臺南,共演出十四場,觀眾在萬人以上。

　　這齣雅俗共賞,但寓言甚深的戲,雖然已經落幕,卻在許多觀眾心中留下一個問號:它究竟要傳達出什麼訊息呢?尤其是結尾部分,紅鼻子為何要走向大海?

　　為此,我曾詢問過劇作者姚一葦先生,但是他不願作任何解釋,理由是:一部作品,一經發表,作者就不能再說什麼,讀者或觀眾可以完全獨立自主的來詮釋它,你看成什麼就是什麼。

　　我的疑團仍舊未解,後來得以聆聽到臺大彭鏡禧教授的講詞,使我深有所悟,因而記錄下來,並徵得彭先生的同意,予以發表,以供愛好此劇的朋友參考。

5

再碾一次玉：重讀姚著《碾玉觀音》[*]

  1993 年臺北世界劇展劇目之一的《碾玉觀音》，即將在牛川海教授執導下，於於 4 月 14、15 兩日由冬青劇團演出。姚一葦教授這部作品寫成於民國五十六年，距今已有二十六年，其間多次搬上舞臺，是叫好又叫座的一齣戲。我重讀劇本，深深感受到它在平淡之中呈顯的幽邃，精簡之中表現的複雜。《碾玉觀音》裡幾乎沒有一句臺詞，沒有一個角色，沒有一段情節是多餘的；他們之間前後呼應、互相對照，形成這個劇本乾淨俐落的最大特色。我在這裡單從崔寧兩次碾刻玉觀音，來看劇作家如何雕琢他自己的戲。

  《碾玉觀音》的故事大要是這樣的。寄居富貴之家的崔寧碾了一座玉觀音，因為形態肖似小姐韓秀秀，大家認為他洩漏了心底的祕密。秀秀的父母要把他逐出家門，但秀秀毅然背叛父母，主動帶著情人私奔。兩年後被家人找到，她又決定割捨丈夫，自己帶著腹中骨肉回娘家。再過了十三年，已經瞎了眼的丈夫一路行乞尋來，被她救起；可是她（據說是為了孩子）不敢相認，只留他住下，請他碾一座玉觀音。完成後的雕像仍然酷似年輕時代的秀秀。這時崔寧安詳死去。

  崔寧的第一座玉觀音的確藏有祕密。秀秀端詳著雕像，自言自語說：「六個月是段很長的日子。／他要我不要去打擾他。／他要雕出一個最美麗的神來。他要雕出他心中的祕密。／ 他要開出他心中的那

---

[*] 原載《聯合報》副刊（1993/4/11）。

一朵花。／我曾經問過他，他的祕密是什麼／他說：這不是語言可以表達的。／也不是音樂可以唱出來的。／只能用手把它雕出來。」秀秀以為崔寧雕的是她，先是因為崔把祕密公開而生氣，後來則是因為自己不能保存雕像：

> 冬梅：您——您生氣了。
> 秀秀：我有點兒生氣，可不是生你的氣。
> 冬梅：您生它的氣？您不喜歡它？
> 秀秀：這不是我們的東西。
> 冬梅：不是我們的？
> 秀秀：這是太后娘娘的，是送給太后娘娘的東西，是送給太后娘娘的壽誕禮物。

連著三句話，重複說是給「太后娘娘的」，一句比一句火氣大。然而，包括秀秀在內，大家都猜錯了。崔寧雕的不是秀秀：他只是「要雕出一個美麗的幻象」。他向秀秀解釋藝術創作的喜悅：為了「雕一個我所理解的，我曾經觸摸過的東西，一種我所尊敬，所喜歡的東西，一個理想的東西，一個最最美麗的東西，一個生活在我們中間的東西，」他可以進入渾然忘我的境界。但是秀秀無法了解：

> 崔寧：雕成之後，他們說很像你，他們是這樣說的，可是我不知道，我沒有注意，即使是像你，那也不是有意的。
> 秀秀：（失望的）你不是有意的，當你雕它的時候，你沒有想到我？
> 崔寧：我沒有。（注視秀秀）我很抱歉。

誠實的藝術家在這裡傳達的訊息是：「我愛秀秀，但我更愛藝術（理想）」。不過，即使兩人的默契還不夠，秀秀也沒有理由生氣，反而應該為這一樁「巧合」高興才是：因為她是崔寧心目中的觀音。也因此她並不需要保存這一座玉觀音。

　　崔寧的藝術家之眼沒有看錯。離家私奔的秀秀，果然活出了「救苦救難的觀世音」的形象。她在第二幕裡濟助乞丐和窮苦的鄰居，完

全忘記了個人和自己家裡的物質需要。當她被父母的差人找到時，斷然決定由她一個人回去，不只是為了保全崔寧的肉體生命，也可以說是為了保全他的藝術生命。她說：「這個世界上有玉，就有碾玉的人，今後你要好好的雕它，為你而雕，為我而雕，為這個世界上所有痛苦的人而雕，為那些希望破滅了的人而雕，你要給他們以希望，你要給他們以美麗，你要給他們以信心。」活觀音似乎把救苦救難的責任移交給藝術家了。

回到深宅大院的秀秀，生下她和崔寧的孩子，卻變成了另外一個人。第三幕開始，我們看到的秀秀除了兒子以外，大概只關心租穀的收取。管家替租戶求情說：「今年上半年鬧旱，下半年又鬧蟲，您知道，不是他們不交租，實際上有困難。」當年曾經因為只剩下一對耳環可以幫助張媽而感到抱歉、難為情的秀秀，現在的想法是：

你別幫他們說話，這兒的縣太爺是老爺子的門生，受咱們家的恩惠，明兒你去找找他，把這些東西給抓幾個，讓他們知道一點兒厲害，知道婦道人家也不是好欺負的。

秀秀的轉變使我們想到布雷希特（Bertolt Brecht）作品《四川好人》裡的沈德和水塔。沈德只要一有錢就無限量賙濟窮人；錢用完就化身為表哥水塔，以資本主義者姿態壓榨窮人，等賺夠了錢再做好人。如此循環。不同的是，秀秀還沒有到達沈德那樣山窮水盡的起步，就已經放棄了她舊有的理想。甚至自己的丈夫崔寧，「一個活脫脫的乞丐」，瞎著眼走了十幾年——也就是說，從他們分手不久後開始——終於找上門來，她都怯於、吝於相認。面對不解的冬梅，她反問道：「為了孩子，妳知道嗎？」

第三幕以念兒背誦〈魏顆嫁武子遺妾〉一文開始。後來秀秀向十三歲的念兒解釋，魏武子先要他的愛妾改嫁，後又要她殉葬，兩者都是愛的表達方式。我們可以說，秀秀自己放棄了殉葬（陪崔寧窮苦

落魄一生），選擇了改嫁（順從世俗的觀念看法）——她換了一種愛的方式，因為她愛的對象已經換了。她的「不認夫」應當作如是觀。然而故事中的愛妾是被動；秀秀則是主動。這不是說秀秀寡情（是她第一個聽到崔寧的簫聲，也是她堅持「一定要去看看」），而是她「我愛崔寧，但我更愛念兒」心態的表露。相對於崔寧對藝術的執著，夫妻之間算是扯平了。

因此，三幕二場裡，崔寧和玉觀音幻化的秀秀有一長段對話，其中崔寧憑著他的直觀，說：「我懂了，那他（他們的孩子）一定還活著，而妳死了。」是的，舊的秀秀已經死了。崔寧必須瞎了肉眼，才能以心眼在收留他的秀秀身上再度看到觀音的慈悲（否則妻子接納丈夫，只怕無法引起什麼高貴的聯想吧）。他的第二尊玉觀音，依舊刻出了秀秀。劇本上說明是「年輕時代的秀秀，惟姿態別緻，表現出高度的神祕感」。這個神祕感，是不是來自人性之中難以理解、更難以判斷的暗昧深沉？

深具嘲諷意味的是，崔寧把他的最後傑作送給善心的「寒夫人」（多麼傳神的假姓！）時，既謙虛又高傲的說：

> ……這東西有我自己在裡面，我的靈魂在裡面，假如遇著個識貨的，或許，我說或許可以賣一筆好價錢的。

如前所述，崔寧兩次碾刻玉觀音，都是以他心目中的理想為樣本，所以才都刻成秀秀的模樣。而秀秀兩次「憬悟」到自己跟觀音只是貌似而已，並非神似；這是源於她對崔寧和藝術了解不足的「錯悟」的認知。早先的秀秀因無法擁有碾玉觀音而覺得遺憾，但是其實沒有必要，因為她本身就是那觀音；現在的秀秀可以擁有碾玉觀音，而令人遺憾的，她的確也有此需要，來隨時提醒她。只是，斤斤計較的秀秀，會不會為了「一筆好價錢」而把這尊含藏崔寧高貴靈魂的玉觀音出賣了呢？

6

我看《真？理》[*]

國立藝術學院戲劇系在 10 月 31 日和 11 月 7 日的兩個週末，演出了當代英國戲劇家霍沃德・布蘭滕（Howard Brenton）和戴維・海爾（David Hare）兩位合作的《真？理》一劇，由蔣維國博士翻譯、執導，一共六場。我有幸看到 11 月 9 日的下午場，謹略抒管見，就教於方家。

這齣戲首演於 1985 年的倫敦，其時正逢澳大利亞報業巨子開始併購新聞媒體，引起英美有識之士的憂心，議論紛紛。本劇既以蘇俄的《真理報》（*Pravda*）為名，則其諷刺新聞媒體之意十分明顯。然而這齣戲並不是純為攻擊甚或討論新聞媒體缺乏是非觀念──因為本劇幾乎已經假設缺乏是非觀念乃是新聞界的本性。劇中主角之一安德魯・梅依乍看之下似乎是劇中最具理想主義的新聞從業員，可是，他在第一幕第二場（第一場不到五分鐘）對前來要求更正報導的一位健康食品店老闆說，他的報紙規定不發表更正啟事：

> ……一份報紙不是一張紙，而是一種大家覺得必須信任的東西。而如果大家不信任它，為甚麼還要讀它呢？……印出來的東西必須是真實的──不然為甚麼要印出來呢？而如果我們道歉、更正，讀者以後怎麼能知道甚麼是真的甚麼是假的呢？

---

[*] 原載《聯合報》副刊（1997/12/4）。

可見真假不分至少已經是《旁觀者報》的本質，何來真理可言？而《旁觀者報》——多麼客觀的名字！劇中的幾家英國報紙如果有所改變，絕不是因為南非來的買主朗貝厄‧勒茹的道德水準比原來的老闆斯丹福‧佛雷低落；這些報紙本來就虛偽，就無意護衛真理。只是，老闆由英國人變成了南非人，翻雲覆雨的手法也就不同而已。舊的老闆是偽君子，保持表面的高尚；新的老闆財大氣粗，說翻臉就翻臉。沒落的殖民者——佛雷想投資賽馬（不是什麼高貴理想吧？）卻缺乏資金，才出賣報紙——和暴發戶式的被殖民者角色身分互換，是殖民戲碼的翻新。

戲裡有更多的份量擺在探索人性的貪婪和控制慾，以及這兩者引發的人性之惡。報社的老闆和政治人物互相勾結、利用，各自求取更多更大的私人利益；而員工，從總編輯到記者，為了自己的前途也都不惜犧牲理想、甚至出賣同事。人與人之間的關係化約成「獵人與獵物」之間的關係——從南非來的新老闆對狩獵顯然特有癖好，也具有獨到的工夫。兔死狗烹是這個狩獵世界的鐵律。

唯一堅持理想主義到底的是呂貝卡‧佛雷（安德魯的妻子）。身為前任老闆的千金，她卻有美國加州的經驗；在戲裡和英國格格不入，儘管她說回來是因為「想念冷和潮溼。濛濛細雨、爭論，還有那種英國人老是對每件事嘀嘀咕咕的方式」。而且她也只是報社的僱員，對事情的發展完全無能為力；最後只能在失望之餘黯然離開安德魯。所以，這齣戲雖然以八十年代的英國為背景，雖然以報業的併購為內容，它所描寫的赤裸裸的鬥爭卻可以不分時地，發生在任何行業。對我們當前理想主義退位、金權掛帥的功利社會——當然包括各種媒體在內——尤其深具針砭作用。

本戲的說教意味濃厚。幾家報紙的名字就有明顯的象徵意義：從《旁觀者報》到《勝利報》到《潮流報》（這是勒茹的第一份報紙），

以至於最後安德魯等人想要用來作反撲工具的《侵佔報》，一一點明外來（舊的被殖民）勢力如何反客為主，殖民了他原先的主子。「侵佔」一詞，據蔣維國教授告知，原文是 "usurper" ——原意為「僭越、篡位」；是則不僅強化了殖民／反殖民觀念在本劇中的意義，更暗示安德魯這一票自命維護真理的新聞從業人員已經僭越了他們的職分。又如在接近尾聲時，代表安德魯良心的呂貝卡無法加入報復勒茹的行列；她說：

> 我不能，對不起。我也恨他。但是如果你們全力以赴去和他鬥，那麼很可悲，你也恰恰變得和他一樣了。（第二幕第三場結束之前）

話說得明明白白。

在演出方面，筆者個人認為整體而言是相當成功的。舞臺的設計和燈光都很恰當：歪歪斜斜的報社辦公室，顯示報紙對事實真相的扭曲；鐵灰色調閃閃發亮的牆壁，告訴觀眾報社老闆的鐵腕政策。部份舞臺的位置安排和演員的上下場也充分利用了整個劇場的特色。可惜演員的聲音腔調太過一律，無法表現出劇中幾組人物的不同背景、身分，以及主宰者／殖民者與被主宰者／被殖民者的微妙關係。語言方面，有些對白譯得稍微生硬，例如「你看上去非常的好」、「我們贏到它了」、「從非常真確的感覺來說」、「得到了不起的成功」、「工作將會照常」、「我必須承認這讓我有些弄不懂」等，都不像日常口語。而這齣戲雖然比較誇張，中文的劇名似乎沒有必要特別加上一個問號。

7

小人物・大哀愁——
哈武德《服裝師》簡介[*]

　　朗諾・哈武德（Ronald Harwood, 1934–2020）在當今英美戲劇界不是陌生的名字。出生於南非開普敦的他，曾在英倫皇家劇藝學院（Royal Academy of Dramatic Art）學習戲劇，後專攻創作，擅長多種文類。到 1995 年為止，他已經出版了八本小說、一本傳記、十五本舞臺劇、四種電視腳本、四種電影劇本。其中《服裝師》（*The Dresser*, 1980）一劇深受好評，論者認為是「一部當代的『小小經典』之作」。這齣戲雖然缺少當時認為「必要」的社會意識主題，卻因為成功的表現了劇中人爵爺和諾門的關係，被譽為「1980 年代最重要、最受喜愛的劇本之一」。這齣戲拍成電影（中譯《化妝師》），也是褒多於貶。哈武德在國際文壇相當活躍。1989 年至 1993 年間擔任英國筆會會長；1993 年當選國際筆會（International PEN）會長，於 1997 年卸任。期間對國際作家的寫作環境特別關心。1995 年首演的《抉擇》（暫譯）（*Taking Sides*）由他的老朋友哈若・品特（Harold Pinter）執導。

　　儘管哈武德已經是國際知名的作家，儘管他的劇本深受觀眾喜愛——《服裝師》曾經「在三十五個國家演出，《另一個年代》（*Another Time*, 1989）於 1993 年在巴黎公演了一整年，獲頒五項莫里

---

[*] 原載《中外文學》（1998/2）。該期同時刊載拙譯全劇譯文。

哀獎,包括最佳劇本獎」──但是他似乎從未見寵於「學院派」:至今還沒有一本專門研究他的學術著作。這可能和他的寫作理念跟作品風格有關。他關心的是小人物的感情,不是理智;是人與人之間的實際關係,不是抽象概念。他自己說過:「批評家曾指責我在某些劇本中呈現了某些問題,但卻沒有加以議論。要知道,對於那些我所創造的人物──那些善於感受的人物──而言,議論問題似乎並非他們的專長;勉強讓他們高談闊論反倒失去了真實感」。《服裝師》是一個很好的例子。

《服裝師》是一齣「極度悲哀、嚴肅,又極度可笑」的戲,而「兩者之間的界限不斷消蝕」。它的故事大要如下:諾門(Norman)在一個跑碼頭演莎士比亞的劇團擔任服裝管理員,負責團主的戲服。我們只知道團主叫「爵爺」(Sir)。在一次演出之前,爵爺突然精神錯亂,被送進醫院後,又自己跑回劇場。諾門獨排眾議,並且幾乎是憑著一己之力,說服、協助爵爺上場演戲。演出非常成功,但是演完不久,爵爺就死在化妝室裡。在他打算要寫但始終沒有開始的自傳裡,爵爺感謝了許多人,從搬道具的工人到莎士比亞都有,卻沒有提到諾門。諾門錯愕之餘,大為悲憤。劇終。

諾門之所以會錯愕悲憤,實在是因為他跟爵爺的關係非比尋常。除了管理爵爺的戲服,他還幫忙打點劇團的裡裡外外,安撫劇團的每個成員:簡直是全團的支柱。最重要的是,他照顧爵爺的一切──從替他洗澡到哄他休息,從替他泡茶到幫他提臺詞,從聽他的笑話到處罰他──他成了團主的侍妾兼保母,並且介入了他的感情生活。爵爺精神失常的時候,他替他止痛療傷,千方百計協助爵爺上場演戲,恢復「正常」,等於救了他一命。爵爺生前,是諾門的一切;爵爺死後,諾門自覺走投無路。而在付出一輩子之後,爵爺的自傳裡竟沒有記上他一筆,自然令他有白活一場的感覺。至於他必須隱身在後臺、必須壓抑他對爵爺的同性戀愛慕的種種哀怨,就更別提了。他在

劇終之前對另一位被爵爺遺忘的人物舞臺監督媚姬（Madge）說：

> 我們大家都有自己的小小的哀愁，寶貝，不是只有你。人越渺小，哀愁越大。你以為你才愛他？那我呢？

「那我呢？」當一切都成為過去，諾門不免自問。不知道自己生命的意義何在，這正是小人物刻骨銘心的哀愁。

這齣戲的另一個關鍵人物是劇團的團主兼男主角「爵爺」。他在劇團的作風十足像個暴君。他是個自私自大、愛慕虛榮的人。諾門說爵爺從來沒有請他吃過一頓飯、喝過一杯酒；為了想要得到「爵士」的封號，他不肯把跟了他一輩子的「夫人」扶正；在舞臺上他不許別的演員搶他的光彩——無論什麼戲，無論什麼時候，別人都只能當配角，而他是永遠的主角。在這齣戲裡，他的劇團正好演出莎士比亞的《李爾王》。這齣戲爵爺演了兩百二十七場，才體會到自己就是那李爾王；熟悉莎劇的觀眾和讀者卻不難早早看出，爵爺就是活脫脫的暴君，而諾門則是他的弄臣。劇評家爾文・渥斗更進一步指出，「李爾王銳減的侍從數目，反映在戰時演員的不足。空襲猶如暴風雨。李爾的三個女兒則是初出茅廬的新人愛琳、抱怨連連的妻子夫人、以及兇悍的舞臺監督媚姬；他們圍攻爵爺的化妝室，各個都要爭取他日益縮小的王國」。蘇珊・葛柏也曾經從多種角度比較《服裝師》和《李爾王》這兩齣戲，析論詳盡。

可是，在戲的開始就因身心交瘁而發瘋的爵爺其實也是個值得同情的角色。據他說是有一批「混蛋」逼他工作，逼他不停的演下去；其實那是他對戲劇藝術——特別是對莎士比亞——一份令人動容的執著與忠誠。爵爺代表一個如今已經不存在的跑江湖演戲時代，在第二次世界大戰時，不顧德軍的猛烈空襲，堅持自己的文化信念，以自己的方式對抗納粹。然而，奮鬥了一生，他得到了什麼？答案具體顯示在他那本未完成——更精確的說，應該是「未開始」——的自傳，題

目是「我的一生」。這本書除了獻詞之外,一個字也沒有寫。這不僅可笑,更是可悲。這位演員把一生都奉獻給了劇場(恰如諾門把大半青春奉獻給了他);除了劇場,他的人生幾乎是空白的。他苦苦追求「爵爺」的虛名,卻至死都沒有如願。甚至當他發瘋、無助的時候,都只有演戲才能夠讓他拾回信心、恢復正常。就像李爾王後來覺悟到的一樣,暴君爵爺終究是個普通人,是個血肉之軀,是現實生活中的一個小人物而已。他也有他份內小小的哀愁。如果爵爺也問一聲:「那我呢?」這本空白的《我的一生》就是答案。

　　科班出身的哈武德對劇團實務有深刻了解。他知道劇團的成敗絕對不只繫於一二主角;從前臺到後臺。無論地位高低,每一個努力盡責的成員都功不可沒。這齣戲讓我們清楚看到這一點。本劇以《服裝師》為題,似乎多少也有意提升劇場裡小人物的地位。由於哈武德本人曾經擔任過莎劇名角當諾・吳飛(Donald Wolfit, 1902–1968)的服裝師,長達五年,這部作品難免引起許多揣測。哈武德自己在劇本的〈前言〉裡特別澄清說,「爵爺不是吳飛」;但是,如果比較一下他寫的《吳飛爵士傳》(*Sir Donald Wolfit, C.B.E.: his life and work in the unfashionable theatre*),不難看到爵爺的身上的確有許多吳飛的影子。其實,作家以自己熟悉的人物故事為題材,本來就是天經地義;重要的是他的作品是否能夠引起共鳴。這一點《服裝師》成功的做到了。

　　《服裝師》的雙重結構必須充分利用前臺後臺才能達到戲劇效果,這是對導演的一大考驗。本劇的語言親切而富機趣,臺詞多能凸顯劇中人物的個性;其中尤以諾門的絮絮叨叨,透露出他的心思細密、觀察入微、周到體貼、聰明機智、以及哀傷無奈,最是令人叫絕。《服裝師》的題目一語雙關:英文的 dresser 既是管理「服裝」的人,也可以是「敷傷」的人——這正是諾門在戲裡的雙重身分。至於戲中有戲,相互對話;以戲論戲,戲說戲劇;透過劇場後臺與前臺的戲劇演出,展演人生與戲劇的關係,更是令人聯想起此中高手莎士

比亞，而哈武德在本劇中顯示出對演劇界人士的了解與同情，較之莎翁，似乎更為真摯、更為深厚。

承歐馨雲女士與林境南博士自英國寄來劇評剪報，以及中華民國筆會項人慧秘書提供中文資料，謹此致謝。

8

推陳出新：我看莎劇《錯中錯》[*]

1993年臺北世界劇展劇目之一的莎士比亞喜劇《錯中錯》，從2月24日到26日在國家戲劇院連續三天演出了五場，觀眾反應熱烈，為劇展掀起了一次高潮。《錯中錯》屬於莎翁早期的「習作」，國內觀眾或讀者或許覺得生疏。能夠造成轟動，主辦單位和媒體的宣傳固然居功甚偉，莎翁本人響噹噹的大名以及擔綱演出的英國莎士比亞劇團的金字招牌應該才是主要原因。而這個劇團也的確沒有辜負觀眾的期許，對這齣戲的詮釋既有現代感而又妙趣橫生，極為成功。

由於莎劇已有四百多年的演出歷史，任何新的製作都會面臨極大的壓力：大家等著看你能變出什麼新的把戲。在時代背景方面，擬古復古者似乎仍是主流，但近年來已有不少把時空移植到現代的嘗試。本劇導演炎嘉志（Ian Judge）就選擇了現代。舞臺的設計簡單而有效。馬蹄形的建構，勾勒出市街以及兩旁互相緊鄰的住家。正前方除了做進進出出的城門，也用來做大安提（Antipholus of Ephesus）的宅院和修道院。馬蹄的內部既可做街道，也可做大安提家的內室。街道鋪成一方西洋棋盤，黑白相間的格子均勻而對稱，配合著長相一模一樣的街旁住宅，一來使劇中發生的種種錯認變得合理，二來暗示劇中的孿生母題（motif）。

從舞臺頂端懸垂著六個明顯的象徵物，幫助觀眾確認場景：居中

---

[*] 原載《聯合報》副刊（1993/3/13）。

的鳳凰代表大安提的家，左方的豪豬代表妓院，右方的半人馬代表小安提（Antipholus of Syracuse）下榻的旅社──這些都是依據劇本而來。導演另外添加了球中球代表金匠，魔術調色盤代表魔術師（劇中的驅鬼者），聖母像代表修道院。這種做法看來粗淺，卻可以充分利用簡單的舞臺設計，快速改變場景，保持緊湊的節奏。這些物件在舞臺上同時自成一種裝飾；聖母像靠霓虹燈光打出粉紅色光芒，顯得十分庸俗不搭調，卻也是這次製作力求「現代化」的一部分。道具中最醒目的是那張巨大的唇形靠椅，鮮紅的顏色凸顯了大安提太太為了抓住丈夫歡心而流露的極度熱情。服裝的色彩大多鮮艷刺目，展現出本劇喧鬧滑稽的主調。原劇第四幕抓鬼驅魔的儀式轉換成了一場現代人比較能夠了解接受的魔術表演，把鬧劇帶到了高潮。偶然，配合著晦暗的燈光及音樂的暗示，呈顯如夢似幻的氛圍，讓劇中人物說出對自身遭遇的難以置信。談到音樂，由於有一個十一人的樂團現場配樂，不但強化了劇情的表達，更有助於演出節奏的控制，使之順暢自然；它的效果遠勝於錄音配樂。

英國皇家莎士比亞劇團的演員都經過精挑細選，演技自是一流。《錯中錯》在臺北上演的首場，恰是該團自1992年演出以來的第一百場；有些演員演這齣戲甚至已經超過三百場次。他們默契良好，詮釋的功夫精到，即使細微的地方也毫不馬虎。開場時，老父伊濟安（Aegeon）敘述自己如何失去妻兒，幾乎連續念了一百多行臺詞，但他並不只是在流利的朗誦莎翁詩行：忽高忽低、時急時緩的聲調生動的傳達出敘述者內心的痛苦、歡欣、哀傷。在這同時，臺上聆聽的公人，也透過幾個簡單自然的動作，顯示出他們的態度從漠視懷疑改變為同情專注，藉此導引了臺上（以及臺下）觀眾的感情。渾身是戲的戴斯蒙‧巴瑞（Desmond Barrit）一人飾演大小安提兩角，主控全戲進行的節奏。雙胞胎僕人卓謬（Dromio）也由紐卡波（Neilcaple）一人飾演；他的瘦小靈巧和安提的高大肥胖形成強烈對比，喜劇效果奇

佳，堪稱絕配。由於戲份的加倍，他們的精湛演技獲得更多的發揮，因而能在眾多傑出的演員同僚中，出類拔萃。

兩對雙胞胎分別由一個人飾演，這是本次製作的一大突破，成為特色。歷來這齣戲在舞臺上演出，導演都儘量找外型相像的演員──甚至孿生兄弟──來演，並且在扮相上力求近似，以便亂真。但是，根據《錯中錯》的劇本，大小安提及大小卓謬的形似已經到了主不辨僕、僕不辨主、小姨不辨姊夫、甚至連妻子也不辨丈夫的地步。試問，有什麼樣的演員、什麼樣的裝扮能夠達到這種效果？導演炎嘉志舉重若輕，選擇了由一人飾二角，實在是最聰明的做法；他的問題反而是要如何幫助觀眾分辨這兩對孿生兄弟。等到最後大團圓，臺上臺下的觀眾看到「另一個」安提和「另一個」卓謬，可能才恍悟這原來是一場戲。

這種安排強烈暗示出雙胞胎可能只是觀眾自己的錯覺；他們會不會其實是同一個人，在不同的人生情境裡，因為別人不同的看法，而有不同的經歷？換言之，他們真正是一體的兩面。從導演對另一個角色別具匠心的安排，也可見他有意凸顯人的錯覺：金匠的債主雖然是「一個」商人，卻由「兩個」人同時扮演；他們的扮相，除了衣著的顏色以外，完全相同，好像孿生一般，就連臺詞也都一起念。二既然可以是一，一自然可以是二。導演師法莎翁，公然炮製了一對雙胞商人。

從英國皇家莎士比亞劇團演出的《錯中錯》，可見莎士比亞才一出道就展露了不俗的編劇才華，特別是他沛然奔放的喜劇天賦，予人印象深刻。然而，或許比這更重要的是，我們同時也發現這個劇團能夠充分發揮整體的想像力，推陳出新，「創造」出一齣具有現代意義的戲，利用現代的舞臺設備，演給現代人看。他們的演出和詮釋，是《錯中錯》多胞胎中的一個，跟莎士比亞的「原作」相同卻又不同。四百多歲的莎翁能夠老而彌堅，保持強韌旺盛令人歎服的生命力，憑藉的正是歷代劇場藝術工作者源於自信與努力而不斷做出的嘗試和創新。

9

馴悍記，尋漢記，或尋憾記[*]

　　這多重組合的劇名馴（尋）悍（漢）記（計），其實已揭示編導賦予莎劇《馴悍記》時代新義的企圖，但不知觀眾能否體會其用心，得到多元、多向的領悟。

　　悍婦、馴悍，這是中外文學裡面常見的素材，而這些悍婦總是被譴責或嘲弄的對象。莎士比亞留下了一篇質勝於文（戲劇特質勝過文學價值）的《馴悍記》，風靡劇院觀眾，歷數百年而不衰。

　　但是，都快二十一世紀了，編新戲還談馴悍，不怕婦女同胞群起而闖之嗎？沒錯，果陀劇場的新戲就是改編自莎翁《馴悍記》。然而這個劇情彷彿依舊的戲，卻是一個很不相同的版本。編劇陳樂融和梁志民利用文字遊戲，在題目《馴／尋？悍／漢？記／計》裡透露出他們的企圖：簡單的排列組合告訴我們，這裡面包涵有四個故事——馴悍、尋漢、尋悍、馴漢；每個故事又各有兩個面向——「記」是事實的鋪陳，「計」則是策略的運用。這樣看來「悍」可以是優點，「漢」也可以被馴服；馴（尋）悍（漢）可能是被動的反抗，也可能是主動的出擊。

　　編劇者的企圖影響到整個劇本的結構。在比莎劇稍早一部作者佚名的《馴某記》（「某」字按閩南語發音）（*The Taming of a Shrew*）裡，劇作家安排一個名字叫史賴的窮漢看一齣馴悍記。史賴看完之

---

[*] 原載《中國時報》副刊（1994/3/23）。

後,覺得是平生做過最美的夢,決定回家依樣畫葫蘆,去馴服自己的老婆。莎士比亞的《馴悍記》(*The Taming of the Shrew*)裡,一個富戶把醉臥酒店門口的補鍋匠史賴抬回去,使他誤以為自己其實是個錯認自己身份十多年的富戶,然後安排他看一齣馴悍記。但是戲終之後,富戶命他的扈從把爛醉如泥的史賴扛回酒店門口。酒保把他喚醒,他壯膽回家,準備馴悍。

這兩個版本有一個共同的特點:馴悍的主戲編成了戲中戲,拉開了觀眾和劇情之間的距離;觀眾看著舞臺上看戲的史賴,應該會注意到自己「只是」在看戲。夢的框架加強了戲的不真實感。特別是《馴某記》,無論男性觀眾看完的感覺有多爽,夢的架構點明了馴悍只是一場戲、一個夢——一個大男人難圓的夢。莎士比亞《馴悍記》的夢幻部分有頭無尾;許多導演喜歡學《馴某記》,補上一個完整的結局。其實莎劇可以看做夢與真實的結合;戲夢人生,真假莫辨。就像主戲(戲中戲)裡絕大多數的角色,不是在假扮他人,就是忘記自己身份。就連一對姐妹花,看似截然不同——姐姐潑辣凶悍,妹妹賢淑順服——實則姐姐的火爆只是表面,是一種對抗男權的防禦機制,正如妹妹的正經是假象,是一種引誘男性的便利工具。夢的結構讓劇作家把自己的主戲解構掉了。

果陀劇場的新戲刪除了夢的架構直探人生。在真實的人生裡,沒有簡易的馴悍(無論誰馴誰),因為人心和人性複雜難明,男女的關係錯綜複雜。這齣戲裡,潘大龍為了尋悍(他不喜歡制式的溫柔女性)果然覓得著名的悍婦郝麗娜;他的馴悍過程,主要在讓麗娜體會到無理取鬧的可厭,從而協助她挖掘出深藏的善良本性(算是「致良知」吧)。

到此為止,這本新戲和莎劇類似。但是,在成功的測試妻子的溫馴度——並且因此賺進一大筆財富——之後,大龍發現麗娜不如他想像般馴服。他曾經「力取」過麗娜,逼她在大街吻他,但是,在劇終

時，說了一大堆「怎樣做賢妻」的道理之後，麗娜在親友面前拒絕了大龍的求吻：

> 大龍，我愛你，但絕不是因為你讓我變得溫柔而愛你，所以，如果你想要得到一個最真心的吻，對不起，再加點油吧！

麗娜一直在尋找一個夠格的男子漢，他找到了彪悍不群的大龍，接受了他的教育，卻發現大龍也需要教育。若說麗娜的馴服功課已經告一段落，大龍這個沾沾自喜的新郎，如果真要齊家，還真得在修身方面加把勁才行，這個結局和莎劇大異其趣。因為無論後世的批評家如何替莎翁（或潘大龍的前身皮初求）辯解，莎劇裡的大男人主義還是洗脫不掉。畢竟，劇作家難以擺脫他的時代限制。

果陀的戲告訴我們，「女人是商品、是籌碼、是物」的觀念必須徹底革除；兩性的戰爭，不會因為結婚而結束。大龍和麗娜婚姻的結局如何，固然有待觀眾的自由心證，但結束戰爭的手段絕對不會是暴力。如果堅持己見，馴（尋）悍（漢）的下場，可能只是尋得一輩子的憾。這是果陀新編舊劇的用心之處（或者說是它的時代限制！），觀眾必然會有所領悟。

10

顛倒眾生：《莎姆雷特》啟示錄[*]

屏風表演班演出第三版的定目劇《莎姆雷特》，號稱是「千禧年狂笑版」。編劇兼導演李國修堅稱這是一齣「與莎士比亞無關，與哈姆雷特有染」的「爆笑喜劇」。到底這兩位作家、這兩齣戲碼之間，有什麼曖昧的關係？《莎姆雷特》究竟是什麼樣的一齣戲？

四百多年來莎翁的作品吸引了無以數計的觀眾，也成為眾多劇作家模仿諧擬的對象。單以《哈姆雷》（*Hamlet*）而言，今日英國當紅的劇作家史多葩（Tom Stoppard，《莎翁情史》〔*Shakespeare in Love*〕的共同編劇）就曾經把它濃縮到只有十幾分鐘，臺詞都由原著摘出。今年二月間，美國知名作家厄普戴克（John Updike）出版了他的最新小說《葛楚與柯勞狄》（*Gertrude and Claudius*），寫的是《哈姆雷》劇中國王與王后故事發生之前的故事，號稱該劇的「前編」（prequel），企圖為葛楚的移情別戀提出合理的解釋。國內也有種種改編，例如王安祈為傳奇劇場編的京劇《王子復仇記》、閻鴻亞的話劇《射天》。他們基本上企圖保持莎劇的故事與精神面貌，比較容易讓人看到「原作」的影子。

人人都可以是哈姆雷

李國修的《莎姆雷特》不一樣。莎翁原劇的結構不見了，只從

---

[*] 原載《聯合報》副刊（2000/8/9）。

七個場景中選擇了一部分,安排在《莎姆雷特》的十個場景裡,次序也被攪亂。其中哈姆雷跟雷厄提的決鬥,原來是在第五幕第二景的,現在重複出現三次,分別在第一場、第五場、第十場。此外,同一個角色,在各場扮演的演員常常不同。觀眾要從這齣戲看到莎士比亞的《哈姆雷》,還真會摸不著頭腦。

風屏劇團的演員輪流扮演莎劇的角色,因此人人都有機會經驗到別人的焦慮、痛苦、歡樂、憤怒、絕望、仇視、和解……。也就是說,現實生活中人人都可能是哈姆雷、雷厄提、或娥菲麗。如此一來,不僅《哈姆雷》一劇,就連莎士比亞也都被矮化、渺小化、乃至瑣碎化了;然而,相對的,一般人——劇中一再提到的「凡夫俗子」——得到了提升。凡夫俗子才是《莎姆雷特》的主角:哈姆雷可以是你我;你我可以是哈姆雷!

這些凡夫俗子的愛恨情仇本來適合通俗劇或連續劇,如今卻得以跟「偉大的」莎士比亞的「偉大作品」《哈姆雷》平起平坐,不禁令人想起美國當代戲劇名家亞瑟‧米勒(Arthur Miller)的悲劇觀念。在一篇重要論文〈悲劇與凡人〉("Tragedy and the Common Man," 1949)裡,米勒認為以王公將相為主角的時代已經過去;現代戲劇的主角應該是小人物。他的名作《推銷員之死》(*Death of a Salesman*, 1950)可以視為這一理念的具體實踐。

李國修似乎有類似的企圖。在《莎姆雷特》裡,他和莎士比亞進行平起平坐的對話。演員排演的是莎士比亞的劇情,講的是莎士比亞的語言(雖然是經過翻譯的),表現的是莎士比亞「高貴人物」的感情;可是在戲外——或者應該說是戲內?——我們看到一批「凡夫俗子」的生活,聽到他們的語言,看到他們的內心世界。李國修巧妙的把這兩齣戲碼並置、對立、顛倒,演出現代人的悲(喜?)劇。

以「顛倒」的手法為凡夫俗子代言

顛倒，是李國修這齣戲的特色。屏風表演班在戲裡成了「風屏劇團」。《莎姆雷特》劇中的演員，名字是他們本名的顛倒；於是李國修成了李修國，倪敏然成了倪然敏，等等。序幕演出的是謝幕；第一場比武鬥劍是原劇的第五幕第二景，已經接近尾聲。原來濃重的悲劇氣氛，因為種種錯誤的安排，造成喜劇的效果。凡此在在顯示出李國修意圖以顛覆的手法，顛倒眾生。

誠然，對《哈姆雷》一劇但知其名的觀眾，看完了《莎姆雷特》，對莎翁或丹麥王子的了解不會有什麼增進。然而透過這齣戲，他卻可以「經歷」類似王子所經歷的情緒起伏。或許有人會認為小人物（在這裡是不很稱職的「戲子伶人」）的經歷豈可與王子相比，然而這似乎正是李國修要打破的迷思。他是凡夫俗子的代言人。明乎此，觀眾便不會對這齣戲有錯誤的期待，也不會像哈姆雷父親的鬼魂抗議王后的背叛失貞那樣，說什麼《莎姆雷特》「是何等的墮落！」

因此，《莎姆雷特》與其說是一般的莎劇改編，倒不如說是《哈姆雷》的套用或假借；形式上較為近似英國當代劇作家哈武德（Ronald Harwood）的名劇《服裝師》（*The Dresser*, 1980）。該劇也是講一個演出莎士比亞作品的戲班子裡的故事，從排演《李爾王》的過程中，揭露劇團服裝師和班主兼主角特殊的感情；班主的自私自大自滿肖似他所擅演的李爾王。《李爾王》裡王公貴族所表現的感情糾葛也在劇團人員之間上演著，正如風屏劇團的演員與職員上演著《莎姆雷特》裡的故事，只是後者更加強調、更為明顯。

莎翁在他的時代也是個平民化劇作家

弔詭的是，反莎士比亞之道而行的李國修，在某方面卻是十分類似莎士比亞，不僅因為兩人的劇本都是描寫忠貞與背叛、誠實與欺

騙、愛與恨，以及由這些情感引發的復仇意識等等，甚至不僅因為兩人都喜歡在劇中討論戲劇的作用與功能，也不忘在悲劇中添加笑料。更重要的可能是，兩人都利用他人的素材，加入自己的新意，也都同樣受到當代觀眾的歡迎。莎士比亞歷久彌新；李國修還有待時間證明。（許多人忽視了一項事實：莎士比亞在他的時代也是個平民化的劇作家；他的「經典」地位是四百多年來歷史的產物。）

《莎姆雷特》第九場快要結束的時候，有人質疑部劇本的不合理之處。導演發了一大段牢騷，問道：「戲班子有那麼偉大『能證實國王的陰謀』嗎？又說，「風屏劇團最大的矛盾就是——我們不應該演莎士比亞的劇本！莎士比亞跟臺灣人有什麼關係！？」看完了這齣戲，觀眾不難得到自己的答案。

讀書

1

期待多元的世界文學經典論集
（閱讀《西方正典》）[*]

　　吾人生也有涯，而學也無涯。想要博覽古今浩瀚的典籍，總得有所挑選揀擇吧？《西方正典》一書是美國著名文學教授兼批評家哈洛‧卜倫（Harold Bloom）針對這個問題而提出的答案。

　　卜倫曾任哈佛大學講座教授，現任耶魯大學及紐約大學講座教授、獲得麥克阿瑟獎，又是美國學術院院士，學術聲望崇隆，影響力極大。1950年代「新批評」理論鼎盛時期，卜倫在該學派的大本營耶魯大學接受洗禮。但是這位曾經以「影響的焦慮」（the anxiety of influence）解釋文壇遞嬗原理的大師，本人似乎也難免同樣的焦慮，經常跟他的師長唱反調：在英國浪漫文學方面，他高舉雪萊便是一例。卜倫的文學理論及批評鮮少跟著潮流走：他對文學的評價一貫以知性與美學為標準。這本《西方正典》也不例外。

　　正典者，歷代「公認」的經典著作是也。這原本似乎天經地義的觀念，近年受到學術界嚴格的質疑和批判。因為經典的形成，有太多政治、種族、性別、權力等因素介入。反對者認為，所謂西方的經典只能代表歷史上白種歐洲男人的偏見：所謂美學，不過是特定階層人士的喜好。然而，對傳統的挑戰，其實正說明了傳統的根深蒂固，以及它在文化演進發展中的關鍵地位。想要真正了解一種文化，認識其

---

[*] 原載《聯合報》副刊（1998/7/31）。高志仁譯，《西方正典》（Harold Bloom, *The Western Canon*）（立緒文化：1998）。

重要思想或人文特色，閱讀他們的經典著作、分辨其背景脈絡，仍舊是不二法門。

卜倫這本將近六百頁（原文）的大作力排眾議，堅持經典的價值。他甚至點名批判多元文化論者和女性主義、馬克思主義、拉岡學派、新歷史主義、解構主義、符號學派等六種學說，統稱之為「憎恨學派」，認為它們會置文學於絕境。本書首篇題為〈正典輓歌〉，末篇題為〈最後的輓歌〉，足見卜倫深知自己的不符時尚、違反潮流，卻也同時顯示出知其不可而為的勇氣，展現了雖千萬人吾往矣的學術良知。

正典的選擇是一大難題。西洋文學從古代希臘算起，已有兩千多年歷史。其間希臘文、拉丁文曾經是歐洲學術的共同的語言；文藝復興之後國別文學興起，作家開始大量使用本國語文創作，各國各代都有輝煌的成就，重要作家與作品不知凡幾。卜倫從其中選擇了二十六家。撇開難以避免的個人偏見不提，這本《西方正典》作家作品的挑選，顯然深受語言的影響。其中英語作家佔了十二席；非以英文寫作的作家，必須先有好的英文翻譯，才有可能對英語世界產生影響。令人費解的是西方文化文學的源頭希臘羅馬居然沒有代表；弗洛依德搖身一變而為文學大師也頗出人意表。

這本書旗幟鮮明，出版以來貶褒不一。褒揚者讚嘆卜倫的勇氣與博識之餘，也有人指出，它的出現更加凸顯提倡西方以外文學經典的必要。西方人固然應該了解他自己的文學傳統，也許更應該袪除自大與無知，進而了解世界上其他的重要傳統。而這也正是本書翻譯成中文的重大意義，《西方正典》是一塊很好的敲門磚，可以讓我們透過經典作品的討論，一窺西方文學堂奧。雖然跟多半的書籍一樣，這本書也是「一人之見」，但卜倫的意見絕對值得重視，值得用心思考。

閱讀這本書，也使我們反思，大量的中國文學經典，是否該有人來整理出類似的導讀或評論？其他的文學傳統，近如日本、韓國，

稍遠如印度、伊斯蘭、猶太，我們有沒有能力，有沒有心思，認真研究、介紹？還是說，我們以翻譯西方為滿足？（而就連西方，我們翻譯的質與量也還遠遠不及理想！）僅僅列出五十大或一百大書目是不夠的；我們要有詳盡的評論。選材的公平反而不必太在意，因為絕無可能盡如人意。

　　希望《西方正典》的中譯本，不但可以引起中文讀者對西洋文學傳統的興趣，也可以加速我們學術界對自己，以及對其他文學傳統的研究與反省。然則志仁學弟翻譯這本學術巨著的艱辛，就有了最大的報償了。

2

「演義」莎士比亞[*]

莎士比亞在世時已引起同行嫉妒

英國作家莎士比亞（1564–1616）是公認的戲劇與文學奇葩。他在世的時候，作品即已廣受大眾歡迎，甚至因此引起同行的嫉妒。與他同時代所謂大學才子的代表人物羅伯・谷林（Robert Greene）就曾經酸溜溜地說過：

> 有隻突然竄紅的烏鴉，拿我們的羽毛美化（beautified）自己，他的老虎之心披著演員外皮，自以為能夠胡謅無韻詩，比得上各位大師；這個十足的「樣樣通」還洋洋得意自認是舉國無雙的「莎震景」。

「莎震景」（Shakescene）一詞當然是谷林自創的，嵌入了莎翁的部分姓氏和舞臺場景，且有「震驚梨園」之意。莎士比亞則在 *Hamlet*（《哈姆雷》）劇中反擊，藉著其中一個角色嘲諷王子的情書裡居然寫有「最美化的娥菲麗」字樣：「這一句不好，太遜了：『美化』兩個字太遜了。」

或許正因為我們所熟知的莎士比亞只讀過文法學校，沒有念過大學，卻不僅兼擅詩、劇，著作宏富，才情更是高妙到了令人難以置信的地步，世人才會對他謎樣的身世產生巨大而持久的興趣。然而，真正的史料雖有一些，較多的還是鄉野傳奇、道聽塗說，無法據以寫出

---

[*] 原載《聯合報》副刊（2007/6/16）。宋美瑩譯，《推理莎士比亞》（Stephen Greenblatt, *Will in the World: How Shakespeare Became Shakespeare*）（貓頭鷹：2007）。

既能引人入勝又有真憑實證的正統傳記。近代研究莎翁的著名學者 S. Schoenbaum 把他在這方面的大作題名為 *Shakespeare's Lives* (1970)，足見眾說之紛紜。迄今不衰的，還包括認為「莎士比亞」另有其人的主張。因此，儘管多數人同意，研究確鑿的作品要比揣摩證據不足的作家生平來得重要，莎翁傳記仍然一本接一本問世。

莎士比亞如何成為「莎士比亞」？

現任哈佛大學人文學講座教授的史提芬‧葛林布萊（Stephen Greenblatt）於 2004 年出版的 *Will in the World: How Shakespeare Became Shakespeare* 是其中的翹楚。該書完全揚棄了舊有傳記的寫作思維，不再在「莎士比亞何許人也？」的迷宮裡打轉。正如書的副標題所示，他關心的是莎士比亞這個人如何成為「莎士比亞」這位千載難逢的奇才作家。

身為當今顯學新歷史主義學派的開山祖師，葛林布萊重視的是文學作品與歷史脈絡的聯結。他先小心求證，多方面從看似不相關連的點點滴滴史實，勾勒出莎士比亞時代的社會、政治、宗教、教育、法律、經濟、娛樂……種種樣貌，然後做出大膽假設：處於如此這般歷史環境中的莎士比亞，「必然／也許／可能」會寫下如此這般的篇章。他在該書〈前言〉裡說，「若要瞭解莎士比亞是怎樣的人，必須追蹤他留下的語言痕跡，回到他所過的生活，回到他敞開面對的世界。而若要瞭解莎士比亞如何用想像力把自身的生活轉化成藝術，必須利用我們自己的想像力。」

「想像→假設→陳述」於是成為全書寫作的基本模式。該書第一章第一句便是個範例：

讓我們想像莎士比亞從小就醉心語言，對文字的魔力深為著迷。他最早期的作品裡有太多這方面的證據，因此我們可以很安全地假設，他很早

就有此傾向，也許是從母親首次在他耳邊輕唱兒歌的那一刻開始⋯⋯

徵引了兩行兒歌後，葛林布萊說：事隔多年，莎士比亞寫作《李爾王》之時，「這首兒歌還在他腦中回響」，因為劇中有個角色吟唱了一行類似的歌詞。於是，他斷言道：

「莎士比亞」在文字的聲音裡聽見別人沒聽見的東西；他做了別人沒做的聯結；他也沉浸於完全屬於自己的樂趣中。

經由這種邏輯作出的推論豈非太危險？換了別人，也許會是。不過，在融通文史，並且對莎士比亞作品認識精深的葛林布萊筆下，讀者處處驚豔。他對莎士比亞筆下諸多生動的劇中人物之所以會成為那樣的人物，給予合理或至少有趣的解釋。

莎士比亞決定不讓世人看出他的真面目

莎士比亞作品中對許多重要議題（如君權神授、宗教信仰、性愛取向、種族歧視等）並不迴避，但從未明確表態。這種兩面手法，葛林布萊歸因於當時宗教、政治對言論的恐怖壓制；明哲保身的莎士比亞選擇了模稜兩可的態度，以免不慎陷入「政治不正確」。「證據」之一在書中第五章。他指出，來自鄉下的莎士比亞對倫敦的第一印象，「也許」是「長約八百英尺的驚人建築，一位法國訪客貝藍稱之為『世界最美的橋梁』」。細細描述了倫敦橋周遭自然與人文風景線之後，葛林布萊接著寫道：

但有一樣特別景觀必曾擄獲莎士比亞的注意；那是吸引觀光客的重要景點，總會向新來的人指出。南沃克那端的橋頭，有兩扇拱形物構成「大石門」，上面的竿子插著砍下的人頭，有的只剩骷髏，有的半烤焦曬黑，還認得出是什麼人。這些不是泛泛的小偷、強暴犯跟殺人兇手⋯⋯觀光客都會被告知，橋上的人頭原屬於因叛國罪受刑的紳士貴族。1592 年造

> 訪倫敦的一個外國遊客算了算有三十四顆人頭，1598 年另一個遊客說有三十多顆⋯⋯

葛林布萊認為，縱使莎士比亞早有戒懼之心，但倫敦橋所見景象必然更進一步提醒這個初抵倫敦的青年，「要謹慎自持，莫落入敵手；要聰明、堅強、實際；要精通隱匿與迴避之道；要保住你肩膀上的腦袋瓜。」插在倫敦橋上的頭顱，「也許在莎士比亞進城的第一天就對他說話──而他也很可能記住了他們的警告。」是寒蟬效應讓莎士比亞決定不讓世人看出他的真面目。

透過像這樣看似輕鬆的筆調，葛林布萊給讀者帶來了三重享受：第一，他對文藝復興時期英國社會文化的知識如數家珍；許多平淡無奇的素材，經由他爬梳整理，娓娓道來，好像點石成金。第二，他對莎士比亞作品的熱愛與詮釋，能使讀者深入莎翁的想像世界。第三，對我而言也是最為有趣的，即他在寫作過程中發揮的高度想像力。所以，這不僅是一本深具學術價值的文學批評，也是令人著迷的推理小說──或可名之為「演義莎士比亞」。

3

莎士比亞十四行詩*

　　梁宗岱這本《莎士比亞十四行詩》中譯，大陸的人民文學出版社曾在 1978 年，連同改訂過的其他莎翁作品，合為《莎士比亞全集》出版。兩年後，《全集》在臺灣由河洛圖書出版社發行正體字的重排版。純文學出版社這次印的，和民國六十九年的河洛版應屬同一本子，倒是這回錯印了幾個字。

　　西洋文藝復興時代的十四行詩大體上以愛情為主題；莎翁這一百五十四首也不例外。詩中主要人物有四：詩人敘述者、他的（男性）朋友、他的情婦，以及另一位跟他競爭的詩人。他們之間極富戲劇性的複雜關係，引發出詩人對愛情和友情的觀察與慨歎。他以自怨自艾、自棄自慚、自頌自禱、自大自喜種種方式，展現了愛與情的諸般面貌。在重重的疑慮猜忌裡面，在時時的焦躁不安之中，有最深情的友誼，也有最放縱的愛情。

　　莎士比亞把英國式十四行詩的辯論特色（三節四行加上兩行對偶收尾；開放式的韻腳 abab cdcd efef gg）發揮得淋漓盡致：各式各樣的愛情謊言──包括為了替朋友、替情人掩飾罪行而撒的謊──透過詩人的機智和巧喻說出，雖然明明是歪理，詩人強詞詭辯的口氣，每每令人莞爾。至於真相如何，詩人自己當然心知肚明。

---

* 原載《中國時報》開卷版（1992/7/10）。梁宗岱譯，《莎士比亞十四行詩》（純文學：1992）。

莎翁的詩句饒富變化；活潑輕俏、低迴凝重、迫促急切、委婉曲折、傲岸雄渾、不一而足。除了一語多義之處難以表達之外，梁宗岱的譯筆多半能追隨原詩，讀來趣味盎然。本集有余光中教授作序，敘述十四行詩傳統、檢查莎翁十四行詩中若干公案、並評論梁氏譯文，都有助者賞析。

4

《嘉德橋市長》*

　　在這本小說裡，哈代以十九世紀末葉的某英國農村為背景，描寫主角韓洽德的個人興衰。從一個來自外地的捆草工人幹起，韓洽德做到了嘉德橋的市長，卻又被打垮，幾乎死無葬身之地。這樣一個驚心動魄的故事，哈代用他天生說書人的才華，娓娓道來；其間對人生的順逆起伏，對人性的愛恨怨怒，都有十分扣人心弦的觀察和描繪。基本上，他的手法直樸，一如中國的傳奇小說。

　　人情世故之外，書裡也有聲音、有氣味、有顏色、有線條。誠如〈譯者前言〉指出的，哈代對建築、藝術的了解，加上對文學的浸淫，使他的描繪精確而富於詩意。

　　例如第九章的第一段：

> ……在秋天，薊花冠毛的輕飄飄的圓球飛到正街，落在店舖的門面上，被吹到陰溝邊；無數茶色和黃色的葉子沿著人行道跳動，從住戶的門口溜進過道，在地面上猶豫逡巡，發出颸擦之聲，像是膽怯女客的裙子似的。

　　又如第四十一章對水聲的描寫：

> 嘉德橋東方有一些荒原和草地，大量的河水流經其間。朝著那個方向漫遊的人，如果在一個寂靜的夜晚佇立一會兒，可以聽到流水發出的奇異

---

* 原載《民生報》讀書版（1989/4/29）。吳奚真譯，《嘉德橋市長》（Thomas Hardy, *The Mayor of Casterbridge*）（大地：1989）。

> 的交響樂,彷彿是一個沒有燈光的管弦樂隊,從荒原的遠近各處奏出各種各樣的音調。在一個腐朽的水壩的洞裡,流水奏出一個吟誦調;在一個支流的溪水從一座石造胸牆上面傾洩下來的地方,流水很歡樂地發出顫音;在一座拱門下面,流水在演奏金屬的鐃鈸;在德恩歐弗洞,流水發出嘶嘶之聲。流水演奏聲音最響亮的地點,是一個叫作「十閘門」的地方。在大潮時期,這裡演奏的簡直就是一首遁走曲。

讀起來本身就是聽覺上的享受。

而這些優美動人的文采,透過吳奚真教授一絲不苟的譯筆,得以呈現在中文讀者眼前。哈代書中用了許多典故。最常見的出於聖經,其餘包括西洋古典文學、英國文學、民謠,以及建築、繪畫、地理、歷史、音樂。吳教授一一為讀者查明出處或加以解說,增進了我們的理解,也提高了閱讀的樂趣。這在熟稔西洋文學的吳教授來說,固然是優而為之,我們在欣賞哈代的巨著之餘,不可忘記他的苦心。

本書的排印很有水準。我注意到的中、英文字錯漏,只有十處。其中韓洽德誤為「韓柴特」(頁372,555),想是編訂之誤。第185頁有兩行對話:「好,凡事只要結局好就一切都好。」「我特別希望你不要再和他見面。」這其實是韓洽德一個人說的。

小瑕不掩大瑜。哈代的名著固然仍舊值得今日讀者閱讀,吳教授的中譯更為我國的譯界樹立了良好的榜樣。

5

愛，永遠年輕——喜讀《鄉野小子》（序）[*]

如標題所示，本書作者是一個七十多年前生於窮鄉、長於僻壤的人；他從自己出生寫起，寫到進初中報到那一天。

這種經驗，你或許會問，跟你有什麼相干呢？

如果因此而錯過了這本書，你的損失可大了。因為這是一本內容豐富，而且寫得精彩的書！

隨著書中各篇短文，我們進入作者的鄉野，參與他的童年：難免有一些病痛，也有一些恐慌，但更多的是童趣，例如，打石捉魚、蜜蜂搬家、捕蟬、甩石子滾竹圈、撈蝦公、溪河釣魚、火烤筍菇、睡禾埕數星星……。就在這樣充滿寫意逍遙的山中歲月裡，作者逐漸成長。

這些經驗，作者描述得鉅細靡遺，充分顯示出他特有的好奇心與觀察力。例如記載蟬蛻的這一段：

> 起先蟬的後背會裂開，然後蟬的頭會慢慢擠出來，露出兩隻腳、四隻腳、六隻腳，然後身體爬出來，綠色的、黑色的、褐色的蟬都有，綠色的最漂亮：然後整隻蟬會爬在蟬殼上，但是蟬的翅膀是折疊起來的，好像濕濕的，只看牠慢慢抖動身體，不一會兒翅膀就展開了，這時候還不會飛，只是沿著柱子慢慢往上爬，忽然牠會飛了，從這片牆飛到那片牆，或來回的飛……。（〈拿魚換蟬玩〉）

---

[*] 黃瑞銘，《鄉野小子：我的童年紀事》（繁星：2011）。

孩童對自然界的種種本來就有與生俱來的好奇心,然而作者何其幸運,能在大自然裡上有趣的自然課。

作者所處的時代物資貧乏,但物資貧乏成了化裝的祝福,不只使人惜福,也使人更知道如何物盡其用。比方說,灶中柴火灰燼有很多用途:「我用它來洗茶壺、茶杯、茶盤,母親用它來洗鍋子、碗、盤、缸、盆。」

> 更好玩的,每當大人從河裡捉回來大大小小的鰻魚,一定將這些炭灰鋪撒在地上,把籮筐裡的鰻魚倒在上面,鰻魚愈是翻滾掙扎,身上愈是沾滿了炭灰,跑也跑不掉,我們可以很輕易的抓起鰻魚,左手握住頭部,右手握著頸部使勁往鰻魚尾巴勒過去,就把鰻魚身上的滑液清除掉了。(〈雞生蛋生雞〉)

這不僅契合現今我們努力提倡的環保觀念,也顯示出艱困的環境可以培養足智多謀(resourcefulness)。這一類的描述,書中比比皆是。

作者目睹家中大人自己蓋房子,從挖土、砌擋土牆、劈木、刨木,直到架梁柱、蓋屋頂、糊抹牆壁:在這真正一棟綠建築的新造過程中,他「看到各式各樣的工法,也看到了全家人的辛苦」(〈起新屋〉)。這樣的經驗與體會,多麼難得!

這本書令我感動,更因為作者是個有情有愛的人,而培養這份深情摯愛的,則是他的父母、兄長、師友。

從書中的描寫看來,他有典型的嚴父慈母。〈看拖拉庫〉講他如何喜歡「蹲在馬路邊,兩手握著兩根長竹竿」,「讓卡車碾壓過去,聽那『霹啪霹啪』的聲音,像放鞭炮一樣」。不巧,有一回被父親看見,非但不准吃最喜歡的芋頭,還挨了藤條鞭打、罰站。文章是這樣結束的:

> 不知過了多久,父親把我帶到他的事務桌前,叫我坐在椅子上,厲聲對我說:

「你知道你做錯事了嗎!」

我點點頭,仍然抽泣著。

「你知道你這樣做很危險嗎!」

我點點頭,還是抽泣著。

「把手伸出來放在桌子上!」

我伸出雙手,手心朝上放在桌子上,心想又要挨打了。

「手翻過來!」父親說後拿起煙灰缸,擺在我的手指上滾來滾去,時輕時重。

「痛不痛?」

我點點頭。

「這樣壓你,你就會痛,車輪碾過去,手不是斷掉了嗎?」

「……」我沒回答。

「以後還敢不敢?」

「不——敢——了。」

「去洗澡,洗完澡上床睡覺!」

我抽泣著往浴室走去,母親燒好熱水幫我洗完澡後帶我到房間,讓我在凳子上坐,然後打開衣櫥,拿了一包東西遞給我,說:「吃吧!」

我打開看,是我喜歡吃的芋頭。

父嚴母慈,都是發乎愛心;更何況書中鐵漢般的父親,不時也流露出柔情。

家中特別愛護他的,還有與他年齡相近、足智多謀的小叔,也是他的最佳玩伴。在小學裡,他的生活過得有聲有色,被老師挑選為級長,成績屢屢名列前茅,參與各項課外活動。然而,最主要的原因,還是在於他有充滿愛心、樂於為學生奉獻的老師、師母,互相支持勉勵的同學——這些書中都有感人的記載。

這是一本讓人讀了愛不釋手的感恩見證——作者對自然、對環境、對家庭、對學校、對師友之愛的感恩。想必是如此,七十年之後的今天,「鄉野小子」才能夠保持童稚的情懷,以清新的筆觸提醒我們:愛,永遠年輕。

本書最後一篇題為〈鄉野小子的前程路〉，寫他到大湖初中「註冊、上學，就此離開幼時奔馳的鄉野，走向漫長的前程路。」掩卷之際，我不禁好奇：在愛的環境中型塑人格的小子，日後的人生際遇會是如何？我熱切期待作者的續集。

6

填補歷史的空白
（《「肋」在其中》代序）[*]

　　二十世紀六〇年代，隨著女權運動的興起，有人創了 herstory（her story）一詞，以與 history（his story）抗衡。雖然英文 history（歷史）這個字源於希臘文，與 his 其實毫無關聯，但過去歷史所呈現的幾乎都是從男性觀點出發，卻是事實；聖經的寫作也不例外。這種現象有其「歷史」因素，自不待言。

　　這種現象正在逐漸改變中。讀者手上這本書就是朝向這種改變的努力——不是重寫歷史，而是填補空白。

　　無論舊約或新約，聖經中出現了許多婦女。她們當中有些人的作為改變了人類的命運，例如亞當的妻子夏娃和耶穌的母親馬利亞，大家耳熟能詳。也有些人雖然甚至連名字都沒有，卻留下動人的故事，例如患血漏的女子和撒馬利亞女人。我們閱讀聖經，看到神蹟奇事發生在她們身上，可能會感受到神奇妙的作為，進而讚嘆神的慈愛與大能。然而，聖經裡對這些當事人本身的描繪，卻往往只用簡單幾筆交代；至於她們真實的感覺如何，寫作者留下了許多空白。

　　區曼玲女士這本書正好可以填補那些空白。曼玲本身是虔誠的基督徒，嫻熟經文與教義自然不在話下；她畢業於臺大外文系，後又留學德國攻讀戲劇學與英美文學，獲得碩士學位，故能從寬廣的人文視

---

[*] 區曼玲，《「肋」在其中——聖經的女人故事》（新銳文創：2013）。

野觀察人物、深入剖析她們的心理,並以文學手法呈現。只看「『肋』在其中」的書名,就可以知道她在聖經與文學兩方面的造詣。

　　虔誠的信仰和巨大的愛心是曼玲這本書肥沃的土壤;聖經中的女人故事猶如種籽栽種其中,經過豐沛想像力的澆灌,成就了一片美麗繁茂的花園。曼玲善體神意,也善解人意;她以常帶感情的筆觸,流利地書寫女性纖細豐盛的思緒,既富創意,也有深度。收集在這本書的各篇,帶領我們進入聖經中許多重要女角的內心世界,分享她們的愛恨情仇、喜怒哀樂、愁苦疑懼等等亙古以來的人性軟弱,並從中體悟到神的偉大設計與憐憫慈善。

　　這是一本值得細細玩味品嘗的書——無論你是不是基督徒。

7

我詩，故我在：悅讀揭春雨*

> 你問，幹嘛要寫詩呢？
> 我搔了一下頭
>
> 我又搔了一下頭
> 問，那，幹嘛要吃飯呢？
>
> 你用聲音跳起來
> 活著呀，生命需要呀
>
> 我說，對呀。

（錄自〈問答〉）

第一次讀到春雨的詩作，是兩年前我應邀到香港城市大學講學時他送我的詩集《乘一朵聲音過河》。當時就非常喜歡，覺得他的詩想像力豐富，譬喻常常用得奇特而精準，創意令人拍案叫絕。時隔不到三年，又有幸收到這本新的詩集稿，在付梓之前得以先睹為快。發現不僅詩藝精湛，詩人的世界也更加遼闊：從〈蘇小小墓〉到〈偉大的所羅門〉到〈他的遺囑是一隻蘋果〉，從〈失語症〉到〈幻燈機〉到〈地鐵關門〉，古今中外、天上地下都是題材，俯拾皆是，無一不可入詩。詩

---

* 揭春雨，《一枚繡花針在肋骨間穿行》（香港：初文，2022）。

的篇幅或長或短，短者精練，只有兩三行；長者通常較為凝重，可達兩三頁，甚至四五頁（例如〈齊奧塞斯庫〉）。他的語調時而幽默俏皮，時而嚴謹端正，但讀者總能察覺背後一顆悲天憫人的心，一顆真心——抑或是一顆童心。

天地之間的人事物，都是他關懷的重心。即便寫的是個人瑣事，也有足以令人咀嚼的反思。例如〈持素之後〉：

> 持素之後我又重新吃肉
> 我把每一塊肉都好好吃完
>
> 它們也來自生命

詩人愛喝茶，素樸本然的茶。在〈花茶〉裡，他調侃道：

> 她們自己並不香
> 但總是渾身上下搞得很香很香的樣子
>
> 搞得不少人愛
> 喝——

身處香港，詩人自然有許多在地的觀察與關懷。例如〈鶴咀燈塔〉，詩裡關注的是歷史與前景；詩人嚴肅問道：「香港，你要駛往何方？」他對香港的生活有許多批判。像〈我是〉這首詩：

> 自己的囚徒；人世的囚徒；
> 人群也即牆壁尤其是消音壁的囚徒；
> 城市街道也即水泥長褲的囚徒；
> 家的也即樓層和樓價合謀高舉的鳥籠屋的囚徒；

而〈山門〉的田園風味，則讀來令人心曠神怡。它的第一節是這樣的：

> 山中，一聲小鳥就叫高了白雲
> 忙於擦拭的天空

一陣風,就吹遠了雙腳
忙於追趕的山水,一片又一片的山水

詩人的電算機背景,使他深深體會到機器人對人類的超越,乃至威脅,就連文學創作也難以例外。在〈戲答「機器人為什麼要寫作?」〉裡,他指出:「人的體能早已不如機器。／人的智能很快也將不如機器人。」然後反問:「機器人為什麼不寫作?」到了最後一節,話鋒一轉,像是自我安慰——更像是自我嘲諷,甚或預警:

別害怕,機器人
不會消滅人類。因為他們

也需要
寵物。

有些詩表現了對現代人日常生活的無奈。〈密碼〉只有三行:

終於記住了一個密碼
但已想不起

到底是用來幹嘛的

從一顆裂牙,詩人聯想到「恍如婚姻,裂縫無法修補／『只能拔除』」(〈已不能和一顆裂牙白頭偕老〉)。

詩人極為重視感情,有許多記述親情、友誼之作,讀來令人動容。限於篇幅,無法在此一一列舉。〈夏末端午——悼劉以鬯先生〉是後輩對一代宗師情詞懇切的悼念,詩人更不著痕跡地把逝者的代表作篇名或內容或喜好嵌入詩中,例如「從白夜摳出的黑,從黑夜／摳出的白」、「熱愛熱蔗的人」、「淘洗心情也掏空心靈的是酒」、「一千字的稿費」、「等一個打錯的電話／來救贖巴士站上即將被巴士撞死的人」。唯有真正的學徒,才能具現如此生花妙筆。該詩的結

尾說：

> 當你一路西行，一路西行
> 你高懸的眼睛依然照臨獅子山下的夜空
> 一輪明月，勝卻多少繁星

充分表達了對逝者高山仰止、心嚮往之的孺慕之情。

這本詩集內容豐富，美不勝收。以上所舉例子，僅僅嘗試展示它的部分面向。最後要提醒的是，詩人不僅抒情狀物、精準傳達信息，他對文字、音聲、腔調也頗具匠心，讀者不妨細心品味。

8

捧讀《雲中錦箋：中國莎學書信》*

文人相重

　　這本書搜集了自朱生豪以來中國莎士比亞學者的往來書信，包括手箚、電郵，還有照片等。這些珍貴的史料，見證了莎學在華夏的發軔與開展。細讀之後，感慨良多。在這裡我們看到了學者之間的互相尊重，互相扶持，互相鼓勵；晚輩謙虛問學，長者溫言提點。完全打破了「文人相輕」的說法。風範令人景仰！書信也勾勒出中國莎士比亞學者如何努力走向世界，如何促進兩岸交流——畢竟學術應該沒有畛域、不分疆界，才有可能開拓視野，提升研究水準。而今人瞭解前人篳路藍縷的歷程，大有助於承先啟後，繼往開來。因此這本集子的出版可謂意義十分重大，影響深遠可以預期。

夫子自道

　　於我個人而言，特別有興味的手箚是朱生豪寫給宋清如的信。朱生豪絕對不會料到這些手箚有一天會成為後人收藏的珍品，因此它的內容益加可信可貴。從這些真情流露的書簡裡，讀者可約略感受到在那物資、資訊兩皆匱乏的時代，以一人之力對付莎翁，應是何等艱辛！而他偏偏又是絕頂認真負責的譯者：

---

* 楊林貴、李偉民主編，《雲中錦箋：中國莎學書信》（北京商務：2023）。原載《文訊雜誌》（2023/6）。

> 《暴風雨》的第一幕你所看見的，已經是第三稿了，其餘的也都是寫了草稿，再一路重抄一路修改，因此不能和《仲夏夜之夢》的第一幕相比（雖則我也不曾想拆爛汙），也是意中事。……

或許因為有極大的時間壓力，他幾乎可以說是個工作狂：

> 今夜我的成績很滿意，一共譯了五千字，最吃力的〔《仲夏夜之夢》〕第三幕已經完成（單是注也已有三張紙頭），第四幕譯了一點點兒，也許明天可以譯完，因為一共也不過五千字樣子。如果第五幕能用兩天工夫譯完，那麼仍舊可以在五號的限期完成。

又如：

> 昨夜我做了九小時的夜工，七點半直到四點半，床上躺了一忽，並沒有睡去。《仲夏夜之夢》總算還沒有變成《仲秋夜之夢》，全部完成了。

但他喜歡這項工作，做起來有成就感：

> 我已把一改再改三改的《梵尼斯商人》（威尼斯也改成梵尼斯了）正式完成了，大喜若狂，果真是一本翻譯文學中的傑作！把普通的東西翻到那地步，已經不容易。莎士比亞能譯到這樣，尤其難得，那樣俏皮，那樣幽默，我相信你一定沒有見到過。

相信主要是這種可愛的自負，支撐著他漫無止境地翻譯、謄抄、一再修改。即便如此，他也承認自己過的是非人的日子：

> 我巴不得把全部東西一氣弄完，好讓我透一口氣，因為在沒完成之前，我是不得不維持像現在一樣豬狗般的生活的，甚至於不能死。

然後十分自覺的地加上一句：

> 也許我有點太看得起我自己。

他以翻譯莎士比亞為業、為樂、為榮、甚至為己任，所以有如此

斐然的成就。然而為此他也賠上了寶貴的健康。在 1936 年的一封信上，他盤算著全集四大冊譯完之後最想要做的事：

> 告成以後，一定要走開上海透一口氣，來一些閒情逸致的頑意兒。當然三四千塊錢不算是怎麼了不得，但至少可以優遊一下……

但他緊接著又寫道：

> 不過說不定那筆錢正好拿來養病也未可知。

沒想到這無心之言竟然一語成讖。就在他大功將要完成之前，二十世紀華文世界最傑出的莎士比亞翻譯家病逝了。「不能死」的他死了。何等令人扼腕歎息！

你儂我儂

既然是寫給自己的情人，信中有親密的表露應該可以預期。但收錄在這本集子裡的並不多。除了「彙報」工作進度外，最多只是有時會在信尾添上：

> 我待你好，我嗅嗅你的鼻頭（愛司基摩人的禮節）。

或

> 我覺得你確實有詩人的素質，你的頭腦跟你的心都是那麼美麗可愛。

或

> 你肯不肯給我一個吻？

或

> 你頂好，你頂可愛，你頂美，我頂愛你。

有一封信提到出版宋清如的詩集。他說：

> 你的詩集等我將來給你印好不好？你說如果我提議把我們兩人的詩選剔一下合印在一起，把它們混合著不要分別那一首是誰作的，這麼印著玩玩，你能不能同意？這種辦法有一個好處，就是挨起罵來大家有份，不至於寂寞。

這份心靈上的你儂我儂，令人豔羨。

同一封信裡，他還說：「你一定得給我取個名字，因為我不知道要在信尾寫個什麼好。」這個名字想必是兩人之間的暱稱。我不知道他的要求後來有沒有獲允；收在這裡的信末的署名，卻十分有趣。有時是「朱」、有時是「也也」（猜不透是什麼密碼）、有時是「淡如」（應是對應「清如」）。但誰能想到他會自稱「牛魔王」、「黃天霸」、「常山趙子龍」（是否對這些威猛人物心嚮往之）？相反的，他也會自我調侃，簽下軟趴趴的「豆腐」，或髒兮兮的「蠻鬆頭」、「一個臭男人」。有時他把自己想像／比擬成翻譯中的莎劇角色，例如《威尼斯商人》裡放高利貸的"Shylock"和《仲夏夜之夢》裡插科打諢的「波頓」（即 Bottom）。如果搜齊了他書信中的自稱，或許可以對這位大翻譯家做進一步研究，寫出一篇有趣的心理分析論文。

贅語

多年前，業師朱立民教授曾經遞給我一封索天章先生的手箚，信中大意是希望他推動兩岸莎學交流。朱老師說他年事較高，鼓勵我在這方面出點力。二十多年來由於種種因緣，我很幸運參與了交流，結交了大陸許多師友，獲益匪淺。如今獲邀寫下這篇讀書報告，恩師天上有知，應會頷首感到欣慰。

學術翻譯

1

艾德格・愛倫・坡的
《怪譚奇聞故事集》[*]

　　我們都是寄寓美國的異鄉客，飄自遠方的種籽；也許因此而過分堅持要做道地的美國人。儘管文學界民族主義的號角高響入雲，我們所謂的美國文藝復興也有許多異鄉的成分。美國的浪漫主義者和歐洲的不同，他們無法戀戀不捨地憑藉一個已死的文化，於是被迫向別處追求材料。歐文（Irving）以艾迪蓀（Addison）和史蒂爾（Steele）的語言描繪他的赫德遜河奇風異俗；庫柏（Cooper）把司高特（Scott）的邊境戰爭搬到美國的新開闢地；愛默生（Emerson）透過柯瑞基（Coleridge）的眼鏡來觀察自然界；梭羅（Thoreau）把自己雕塑成盧騷（Rousseau）的木刻像，藉以消磨漫長的冬夜；梅爾維爾（Melville）早年時候曾經沉迷於拜倫（Byron）；霍桑（Hawthorne）則因襲古堡式（Gothic）的模型，建築了七角大廈。十九世紀美國的文化完全是二手貨，和它的建築一樣，頹廢的帝國式錯雜著具體而微的古堡式，再鑲以那種巧妙的舶來品──漩渦形花飾。

　　類似這種花飾的文學之中，最富異國氣息也最具技巧的要推艾德格・坡（Edgar Allan Poe）───一個從不落地生根的種籽。也許正因為他最富異國氣息，坡反而更具「美國風味」，是一個永恆的遊牧者。坡生於波士頓，母親為英國人，父母都是流浪的演員；他早歲成為孤

---

[*] John Seelye, "Edgar Allan Poe, *Tales of the Grotesque and Arabesque*. 原載柯恩（Hennig Cohen）編，朱立民等譯，《美國劃時代作品評論集》（1971）。

兒，並且以流浪的身份，度其餘生，猶如梅爾維爾安處家中夢寐懂憬的伊希美爾（Ishmael）。坡被養父母——英國蘇格蘭人愛倫氏（John Allan）撫養於英格蘭以及維吉尼亞，很早就醉心於貴族理想：倒不是嚮往貴族的職責，而是嚮往拜倫戲劇性的風采，以及透過布爾瓦—李頓（Bulwer-Lytton）的小說而聞名的攝政時期的紈絝子弟。再度遷居之後——這次是到維吉尼亞州——他對近代的進步採取了騎士式的憎惡態度，並且逐漸視民主如同暴民統治。坡因為躭於拜倫式的漫無節制而被維吉尼亞大學開除（後來該校因此惡名昭彰），隨後他投筆從戎，加入陸軍——這一向都是懷有與常人不同意識者的避風港。軍旅中別具一格的法令規章以及日常的井然秩序頗能饜足坡對系統制度的需要，卻無法抑壓他的貴族渴求。他投身西點軍校，企圖滿足他的飢渴，然而他的拜倫式衝動再度償事，使他被逐出校門。

到1831年，他被西點軍校退學的時候，他已經出版了兩冊詩集——《帖木兒》（*Tamerlane*）和《境外之境》（*Al Aaraaf*）——並且在年紀輕輕的二十二歲就領教到詩歌不是可靠的謀生工具。被他的養父斷絕繼承權之後，坡逼不得已，只好抑制自己的貴族式、浪漫式脾性，順應通俗的小說市場，加入雜誌編輯與寫作的天地，一直到十六年之後他逝世為止。這對坡來講，是一個特異的環境，然而他的編輯才華卻令人刮目相看。不過，這項適應調整頗為困難；而且由於他週期性的酗酒以及不穩定的習慣，儘管他成功地使雜誌銷數激增，他還是不斷和後來的發行人發生糾紛。一些慰藉與安定來自他的姑媽——慈祥的柯萊姆太太（Mrs. Clemm）——和她的女兒維琴妮亞（Virginia）——她在十四歲時成為坡的新娘。可是等到維琴妮亞染上肺病，日趨死亡的時候，這個避風港終又變成一項折磨。

他的菲薄薪水使得這種緊張不安更形惡化；儘管如此，坡終能在雜誌界立定腳跟。靠着他的編輯權威，還有他的小說、詩篇，和散文，坡得以滿足他的貴族渴求，以及他對秩序的熱望。只要把坡

的雜誌隨便取出一期,《南方文學信使》雜誌(*Southern Literary Messenger*)或《格蘭》雜誌(*Graham's*),就可以一目了然他在向中產階級的美國人提供娛樂消遣之際,又何等成功地保存了他的異鄉身份。在那裏,作品大多是業餘作家——通常都是嗜好藝術創作的專業人士——所撰的浮誇的小說,以及無聊家庭主婦多愁善感的呢喃詩作,可能再加上某女子學院教授勉強應命的堂而皇之的道德哲學概要(分四期刊載);而坡的天份才情光彩奪目,一如鑲嵌在鉛中的青玉。坡後來生活於一種奇異的精神領域,由記憶與想像虛構而成,又為沉睡與清醒之間那種狀態的混沌所模糊。在這神祕的、內部的岸上,坡雖然見棄於世人,仍舊可以主宰他所觀察的一切。

身為成功的通俗雜誌編輯,坡自己向這些期刊投稿的時候,卻總是站在相對的立場。他未能一展他的詩才,便採取一種奇特的報復,設計峯迴路轉的推理小說,破除密碼,精心杜撰無聊的寫作理論,變戲法愚弄他的讀者,利用他有關腐敗、死亡的病態故事來震駭他們的中產階級感性,刻薄地對具有才華的作家施以攻擊,而對沒有才華的加以揄揚,他避難於神祕的事物,忽視當代的熱門問題,以乖僻的剛愎攻訐社會。坡以矛盾界說自己,創造出一個和流行風尚格格不入的文學人物,一個有教養的,折衷派的富蘭根斯坦的怪物。身兼詩人、哲學家、畫家、音樂家,他是一切浪漫天才的典型,再加上拜倫魔鬼般的狂妄自大,以及柯瑞基百科全書式的淵深博學。

這種創造出來的清醒意識使坡顯得對美國式經驗特別隔閡,因為他那種瘋狂而顯然念念不忘的宇宙觀,和當時甚囂塵上的民族主義水火不容;那時候內政方面的事務,儘管深受歐洲品味所左右,畢竟還是國家大事。像他的魔鬼般的女主角萊琪亞(Ligeia)一樣,坡的作品擲地有聲,足證意志能夠克服僅僅物質上、處境上的不足。在歐文的親切文體備受阿諛,而庫柏的冒險故事深受揄揚(和他的政治見解大相逕庭)的時代裏,坡堅持使用瘋狂、罪惡、以及死亡的主題和心

聲，遂能化邪惡為藝術。

1840 年，坡出版了一本小品及短篇故事集，是以前九年間的作品。也就在 1840 年，庫柏在《開路者》(*The Pathfinder*) 使納提‧本波復活，強調他的主角強而有力的基督性，並因此終於暴露出他的拓荒者不過是美以美會傳道士，穿着布恩 (Daniel Boone) 拋棄的浣熊皮。同年，戴納 (Richard Henry Dana, Jr.) 出版了《桅前兩年》(*Two Years Before the Mast*)，對他到加利福尼亞的往返航行有雄渾、寫實的記載，不是胡言亂語。同時富樂 (Margaret Fuller) 創辦了她的期刊《日晷》(*Dial*)，顯示超越主義者樂觀進取的豔陽光。坡的集子名叫《怪譚奇聞故事集》(*Tales of the Grotesque and Arabesque*)；就憑它的名字，這本書的特點已經呼之欲出。相較之下，大部份美國書的書名都顯得樸拙溫暖；而它的內容也證實了這種第一印象。它不是一本暢銷書，自不待言。《怪談奇聞》無法吸引那些搶購庫柏新著的「皮襪小說」(Leatherstocking novel) 的讀者；那些對年輕戴納的逼真而有力的文體大為震驚的書評家，對坡繁雜獨特的格調並不十分欣賞。而且坡不同於富樂，他甚至無法寄望於少數失望的唯一神信徒。

即使在今天，還是很少人去一頁一頁的讀完《怪譚奇聞》。這個集子裏面沒有幾篇坡最著名的短篇小說──它們要在他尚餘的七年間寫就──而且這些《怪譚》多半只是微不足道的炫技之作，充滿機智與剪貼簿式的博學，再添上一些法文片語以及拉丁文警句。〈魏廉‧威爾遜〉("William Wilson") 和〈吳宅之傾倒〉("The Fall of the House of Usher") 兩篇都寫就於 1830 年代的末期，勉強趕上出版；只有這兩篇和〈西班牙美酒〉("The Cask of Amontillado")、〈地洞歷險記〉("The Pit and the Pendulum") 以及〈殯房路謀殺案〉("The Murders in the Rue Morgue") 之類的後期傑作並列。至於其它各篇則只留下了幾個值得紀念的實驗。在〈貝瑞妮絲〉("Berenice")、〈瓶

中手稿〉（"Ms Found in a Bottle"）、〈莫瑞拉〉（"Morella"） 以及〈萊琪亞〉這幾篇「奇聞」中，我們發現坡在唯一吸引他的領域裏，刻意爭取他的地位，那個領域乃是神志近乎清醒者的危險前哨站。

如果說坡精心設計的宇宙觀指出他的異鄉意識，而他之縈繞於罪惡、瘋狂、與死亡又顯示他的文化謬誤，那麼，他的完全和美國文學斷絕手足之情要歸因於他的實際抵制西部邊境。除了一篇諷刺性的〈筋疲力竭的人〉（"The Man Who Was Used Up"）以外，1840 年的《怪譚奇聞》根本沒有任何材料涉及這種最偉大的美國經驗；而除了對歐文的《愛思托瑞亞》（*Astoria*）作過一篇失敗的模仿——〈羅德門日記〉（"The Journal of Julius Rodman"）——坡的後期作品在這方面同樣有所欠缺。正當美國朝向西部開拓的時候，坡對邊境置之不理，好像是要否認那令人心悸的無涯浩瀚之存在——在那粗野無文、不可想像的領域，強大的力量正在激戰不已。像懸垂於冉冉上升的汽球上的人，坡緊握着東方海岸不放，他的目光固定在海的另一端的大陸。像那個懸垂着的人一樣，他似乎憎惡純粹、無限空間的觀念。

空間意識充斥於美國文藝復興時代的文學。無論它是庫柏小說裏的大草原，或是愛默生永無止境的機會遠景，或是梅爾維爾充滿玄學意外事件的壯闊海洋，或是惠特曼《草葉集》裏狂風怒吼的無際空間，在坡的當代人物眼中，空間觀念似乎連繫著開拓中的國家，連繫着帝國的西移、連繫着屬於美國福祉而令人目眩的廣袤土地。可能除了霍桑之外——他和坡同樣對內在的領城感到興趣——大多數的美國作家都視空間為永無止境的可能性之開放。他們注視空間的時候，也許心存畏怯，如梅爾維爾；謹慎戒懼，如庫柏；滿懷希望，如愛默生；或欣喜欲狂，如惠特曼；然而他們總是視之為開展寬闊，無疆無涯。

一如在許多其它事物方面，坡固執乖謬地對空間抱着不同的看法。儘管他對邊疆置之不理，他却無法對海洋視若無睹；他的幾個短

篇故事,以及唯一的長篇小說——《南冰洋奇遇》(*Arthur Gordon Pym*)都是海洋的產物;這個情形適可強調他的特異的意識。因為坡的海洋總是一個巨大的螺旋,把不幸的旅人捲入廣大的、中央的旋渦。它永遠不是庫柏的跳躍、活潑的海洋,也不是梅爾維爾玄學對比的偉大交響曲。它雖然壯闊,卻是個永遠封閉的空間,是和幽閉症狀十分類似的洞穴、下降的鐘擺、圍牆、棺槨,以及他的其他故事裏的沉磚重瓦。值得注意的是,《南冰洋奇遇》的主角阿瑟·賓姆多半時間都藏在甲板底下或是被困在翻覆的船身上。而一旦他向南方移動,便捲入一股巨大的海流,被載往一個未知的命運。

坡的戲劇性的宇宙觀,他對神秘氣氛與瘋狂的喜愛,使他的怪譚和奇聞獲得裝飾與內容;然而,賦予它們形式的却是他與眾不同的空間意識。在他臨死之前才完成的《吾得之矣!》(*Eureka!*),坡企圖向純粹空間的觀念讓步,而他的宇宙論的弦外之音在他的故事中也有直接的等量物。這本反超越的《吾得之矣!》遠勝過他自命不凡、半真半假的《寫作哲學》(*The Philosophy of Composition*);它等於替坡的獨樹一幟、冥頑不化的藝術做成圖解,同時也多少說明他的偉大故事——從〈吳宅之傾倒〉開始——對甚至今日讀者的特別效果。因為坡的單一理論和愛默生以及超越主義者的迥然有異,乃是溶解消蝕的理論,是終極滅亡的理論,透過幽閉症而得以實現。宇宙迸發自空無,也將返歸於空無;其所以能保持原子的擴散狀態,純粹是上帝努力思想的結果。照坡的說法,原子藉着相互之間的吸引力和拒斥力而得以分離;但是它們同時又處於漸次還原的狀態,由地心引力拉向終極滅亡。這種張力以及它們註定的結局,早在坡的小說〈瓶中手稿〉——《南冰洋奇遇》的前身——就已經有類似的情形。

「宇宙者,」坡在〈吾得之矣!〉寫道:「上帝之設計也」;而雖然他補充說明,人類的設計和上帝的設計不同,永難臻於完美,但是他也說過,小說的藝術和宇宙的設計之間,有確切的關聯。他說,

在這個世界上，萬物之於環境，環境之於萬物，有一種「絕對的交互順應作用」。尤有甚者，人類因為表現他自己的創造力而獲得的樂趣，「和他接近這種交互作用成正比。例如在虛構文學中創造一個故事的時候，我們着眼於情節的安排，務必使自己無法推定其中任一情節究竟屬於其它情節的前因抑或後果。」坡在這裏的用語含藏了一個建築上的隱喻，暗示故事的情節有如建築的石頭，每一顆都是整體結構的一份子，却並不特別引人注目。坡在〈吳宅之傾倒〉──《怪譚奇聞》中最能證明他的空間理論的一篇──裏面特強調建築；由此看來，柯瑞基有機理論的這種衍化，意義格外重大。

坡根據二分法寫作。這個法則在〈吾得之矣！〉裏面顯而易見，因為它強調吸力與斥力、單一與繁複、物質與精神、肉體與靈魂。這和他的幽閉症一樣，同是他的技巧裏使得力量集中、造成壓縮、封閉特性的秘訣。同樣重要的是坡的繁富文體；他的描寫力求鋪張，常常不惜大事著墨於他許多陰暗佈景的內部裝飾。還有他那種緊急而不動聲色的態度──作者向讀者的招供，或是不可告人的秘密在一次緊張而可能略帶瘋狂的會面中透露出來。作者和讀者是最重要的兩位，是預料中的一對，也是隨後其他相對事物的基礎。在〈梅曾格斯坦〉（"Metzengerstein"）裏面有敵對的家族，後來變成一個單人騎士和他的駿馬，捲入最後的大屠殺之中；在〈貝瑞尼絲〉裏面有中了邪的敘述者和他那患僵硬症的表弟；而在〈莫瑞拉〉和〈萊琪亞〉裏面，舉出了許多靈魂轉嫁的例子，使配對的遊戲得到輪迴的結局。吸力和斥力是坡的宇宙之中最強大的力量，而他的病態、瘋狂的女主角恰好具有那種雙重性質──使她們相吸的，正是使她們相斥的性質。

也許坡最有名的一對人物是魏廉・威爾遜和他的另一個自我，也就是他的良心；他們的最後相遇把兩個都殺死。「『你已經贏了，我投降，』」魏廉・威爾遜聽到一個聲音在迴響着他自己的話，「『但是從今而後你也死亡──對世界，對天堂，以及對希望，都已死亡！

你曾經存在於我——而憑着這副形象，它就是你自己的形象，你瞧瞧由於我的死亡，你已經斷然謀殺了自己。』」一如〈吾得之矣！〉，肉體與靈魂、物質與精神，這些對偶的團聚造成了雙方的消亡，因為二元性不過是一元性的證明，而一元性便是死亡。二分法是分開的原則、脫離的原則、迴響的法則。然而它也是聯合的原理、多數的原理、化弔詭為完整反諷的原理。既然絕對的單一性是一個空無的圓圈，電刑電路的閉口乃是死亡。唯有保持對偶的放散，才能維持生命不斷。聚合即消亡。

在《怪譚奇聞》的所有故事當中，〈吳宅之傾倒〉最能說明坡在〈吾得之矣！〉裏的現象學。這又是對偶的問題，始於敘述者和他的昔日同窗洛德瑞克・吳舍，終於洛德瑞克和他的孿生姊妹梅德玲，他們是自己家族的最後一代，死於對方的懷裏——使他們的祖宅坍毀的致命結合。這座「宅邸」既是一個有形的建築，同時也是吳家的一個象徵；從坡對它的描繪，可以預見故事的恐怖結局。它座落於充滿灰色菅茅和白色腐樹的荒地之中，俯視着旁邊的黑色小湖，四面環繞着「空洞眸子似的窗戶」。這個片語是坡寫的，而且他重複了兩次，因為菅茅、腐樹，以及眸子似的窗戶映照在小湖裏。

敘述者頭一次勘察這座房屋的時候，他就確信這個地方有一種特異的氣體，「一種危險而神祕的霧靄、遲鈍、緩慢，依稀可以察覺，光澤黯淡如鉛。」這種腐朽的怪異霧靄加強了房屋長滿菌類的外表；這座房屋「從來沒有落下一塊磚石，」然而「它的各部份配合依舊完整而各個石頭却處於搖搖欲墜的情況，其間顯示出極端的不調合。」依然完整、依然屹立，可是這幢建築物却有「一條幾乎難以察覺的裂縫在前面……延伸自屋頂……」並且「彎彎曲曲向下伸展，直到消失於湖的凄冷水中為止。」

普遍存在的腐朽，迫在眉睫的坍毀：這種情況不但見於具有「眸子似的窗戶」的房屋，也同樣見於它的主人洛德瑞克・吳舍。吳舍的

體格和精神控制能力正在迅速退化。由於經不起對未來的不斷恐懼，害怕他自己迫在眉睫的毀滅，吳舍把他自己的情況諉因於這幢建築物對他的影響，確信「光是他家祖宅的形式與實質」，便已經「對他的精神」產生破壞的效果——物質戰勝心靈，肉體戰勝靈魂。他的妹妹梅德玲也患有這種一般病癥，犧牲於一種久久不癒的疾病，日趨瓦解死亡。吳舍在他本身以及他日益破落的宅邸的二元性之中苟延殘喘，畫出明亮的地下走廊的抽象畫，還寫了一首詩，叫做〈鬧鬼的華廈〉，詩中以建築上的術語描寫人類的心靈。讀者再度回想到俯視湖的「眸子似的」窗戶。洛德瑞克·吳舍恐懼的是：他這座房屋的牆壁，因為已經由腐朽以及遍佈的菌類合為一體，遂具有一種感覺力、一種屬於他們本身的生命。他把他家族的沒落，以及他自己的無能歸咎於這幢房屋「靜默但是騷擾不已的可怕影響」。

　　故事收尾時，過早埋葬的妹妹回來面對她的哥哥，倒在他的身上，終於把他們兩個人都送上西天，同時外面房子的四壁鬼火燐燐，一場旋風正在鬼哭神號。這個下場似乎證實了洛德瑞克對永生不朽的暗諷，因為隨着這對孿生兄妹的死亡，這幢房屋本身也在令人恐怖的最後一幕中坍毀：

> 當我橫越古老人行道的時候，暴風仍在肆虐不已。突然沿着小徑射出一道強光，於是我轉身，看看從什麼地方會發出如此不尋常的光線；因為我的後面只有巨宅和它的陰影而已。原來光線來自正在西沉的血紅色滿月，現在它正鮮明地照過那一度模糊難辨的裂縫；我已經提到，那個裂縫延伸自房屋頂，彎彎曲曲，直到底部。正當我凝神注視之際，這條裂縫迅速地變寬——一陣可怕的旋風吹來——這個衛星的整個球體頓時照射我的眼睛——我看到宏偉的牆壁猛然崩散，覺得頭暈目眩——起了一聲混亂雜沓的長嘯，像是千萬條流水的奔騰——這時，我腳邊深沉潮溼的湖陰鬱而平靜地淹沒了吳宅的殘垣破瓦。

　　這個結局在猛烈方面十分悲慘，在含義方面則包羅宇宙；和坡同

一年寫的〈艾若斯和夏米安的談話〉（"The Conversation of Eiros and Charmion"）遙相呼應。在那個故事收尾的時候，也有同樣「無遠弗屆的呼嘯聲音」，不過，這裏毀滅的是整個世界，不僅是一幢「宅邸」，而且聲音似乎來自上帝，「同時我們生存於其中的整個天際頓時迸發成為一種強烈的火焰，它那絕倫的光輝以及空前的炙熱，就連高居天堂的純智天使也無以名狀。如此這般結束了一切。」

吳宅毀滅，成為它自己畏懼的映象，世界毀滅，成為空無，因為二的極致是一，是空洞的統一，由相同的各部份組成，唯有透過藝術家的意志才能拆散，無論這個藝術家是神或是人。在故事和詩篇裏，在隨筆小品和哲學論文，原則總是相同，源於幽閉症患者坡的意識——他端坐他的房間裏，向外注視鏡中的自己坐在房間裏。他的惡夢帶來迴蕩盤旋的恐怖之情，提供給他能夠倚恃的唯一現實；設非如此，他的宇宙就可能會被困在一個堅果殼中。他寫起文章操之過急，似乎總想在債務紛擾和酒瘋發作之中保存所剩無幾的尊嚴和一個清楚的頭腦；然而憑著這一切，憑着他被斷絕繼承權以及被校方退學，憑着他和編輯們以及其他作家的惡劣爭執，憑着他絕對的放逐感——覺得自己粉碎於債務以及擯斥的兩壁之間——憑着凡此種種經歷，坡設法構築出他技巧獨樹一幟的材料。無怪乎在他眼中，真正的世界和藝術的世界合而為一；存在繫乎各種力量的微妙平衡；萬物都無情地朝向完美統一的毀滅移動；而他，和他所創造的洛德瑞克・吳舍一樣，認為一體性表示死亡，是一種無可忍受的和諧，像擴大十萬倍的音樂。

2

霍桑的《七角大廈》[*]

霍桑（Nathaniel Hawthorne）的《七角大廈》（*The House of the Seven Gables*）出版於 1851 年。和它的前一部作品《紅字》（*The Scarlet Letter*）一樣，它的來源取自麻薩諸塞茨州的清教徒歷史；在後期的這本書裏同時也有霍桑的家族史，出現在定居塞冷（Salem）二百餘年的賓卿（Pencheon）家族故事之中。時間是霍桑那個時代，為過去所籠罩。這個故事，照序言所說，「是一個延續不斷的傳說，始於距今久遠的模糊晦暗的年代，降至我們自己所處的光明白晝，並且挾帶着屬於傳說的某些朦朧霧靄以俱來。……」實際上的「大廈」乃是賓家財富的具體象徵；它是一座現已破敗的古老大廈，由最初的賓卿——一個狠硬嚴厲的清教徒——建立在霸占而來的土地上；土地的原來主人是毛爾（Mathew Maule）。賓卿上校——「本宅的奠基者」——仍舊陰魂不散地支配着今日的賓家：賓卿法官是上校的再世化身；赫奇葩是個憂鬱的老太婆；不幸的克列弗則是她的弟弟。值得注意的是，救贖全家的菲佩（Phoebe）不曾在這幢古老宅第的陰影之中成長。另外一個人物——郝格瑞（Holgrave）——以房客的身份住在這間大廈裏。我們最後發現，他是受害的毛家碩果僅存的最後一位。他的生命也受到陰霾籠罩，然而他擁有的一份自由卻是賓家的人

---

[*] Richard Harter Fogle, "Nathaniel Hawthorne, *The House of the Seven Gables*." 原載柯恩（Hennig Cohen）編，朱立民等譯，《美國劃時代作品評論集》（1971）。

無法獲得的。

儘管後世的人並不同意他的看法，可是霍桑中意這第二本小說，甚於《紅字》。他認為《大廈》比較勻稱，變化更多，更能代表他的整個心靈；其中不僅包含悲劇的憂思，也有幽默和細膩的情愫。的確，他認為這本小說比較和諧；它具有更多的色彩，完全混合成一種雅緻美好的整體，令人滿意。

任何人只要研究過霍桑的寫作理論，尤其是他對散文傳奇的理論，無疑都會注意到他把圖畫上的類比，運用於他的文字藝術。事實上，也許這種類比太多、太明顯，因此我們容易忽視，以為不必深究。而乍看之下，它們確也因襲傳統，平淡無奇。它們使人想到何瑞思式（Horatian）新古典主義的「詩歌如畫」以及英國浪漫主義的「生動逼真」。然而霍桑之與眾不同，在於他的圖畫譬喻，一如他同樣顯然平淡陳腐的象徵，正是他要表現的意義。他的圖畫譬喻運用得有始有終，而且中規中矩。在他的批評文字之中顯得不着斧痕，在他的小說裏面充份發揮作用。

這個論點和霍桑批評的一個難題──他對角色的處理──有重要的關係。個別地看來，霍桑的人物很難令人滿意，他們顯得過份抽象，過份寓意；他們全都支離破碎，不夠完整，未能盡善盡美。他們假裝栩栩如生；而如同大多數的十九世紀小說家，霍桑希望人家承認他以真實性為前提。他明知尚有欠缺，卻仍舊做着追求逼真肖似的白日夢。因此，如果我們會錯了意──而在這一點上，我們通常會弄錯──我們的作家本身應該負相當大的責任。他是在企圖欺矇我們，他是在掩飾自己的弱點，而不在發揮自己的力量。

他的力量在於他視小說藝術為圖畫的整體觀念：個別角色的作用不在個人，而在相互之間的關係，以及和他的整體結構的關係。因此霍桑的人物不應該個別地加以研究。《七角大廈》的角色本身都不夠完整。菲佩心腸太好，赫奇葩和克列弗簡直滑稽，而且他們的俯仰由

人稍嫌可鄙。描寫狰獰的法官過份黑白分明，可惡得過火；年輕的攝影家郝格瑞又太過輕描淡寫。然而，把他們當做圖畫中的各個部份和各種顏色，當做陰影和對比，合起來看，卻又構成一幅圖案。

　　霍桑如此刻畫個性，當然還有別的理由。他的人生觀通常並不容許出類拔萃的男女英雄，也不容許把持一方的惡棍。他相信善與惡，但是人並不永遠處在這兩種狀態之中；不同的環境總是可能產生不同的結果。就連賓卿法官那個鐵石心腸的偽君子，他既是閻羅王也是犧牲品。同時，霍桑並不相信功成名就那一套，也不相信客觀的行動具有永垂不朽的意義。在他的主要傳奇裏，重要的角色總是三、五成群。

　　尤有甚者，《七角大廈》和殖民時代美洲以及早期共和國的社會、心理，乃至宗教的歷史都息息相關。它也是家族史，因為得勢的賓家和失意的毛家只不過代表世居麻州塞冷的霍桑家族的炎涼滄桑。問題由是而起：法官是美國的物質主義者；從賓家的財富和宏圖之中，我們看見貴族與民主的原則在年輕、茁壯中的社會裏扞格不入。從這個美國的背景與問題之中，我們也看到較具普遍性的主題浮現出來。賓家的歷史，正是以道地美國北佬的形式，把「原罪」和「人類的墮落」加以重演；它溯自老賓卿對老毛爾所犯的罪愆。我們並且在這裏面看出一個家族的古老悲劇，就像古代希臘劇作家伊斯基勒斯（Aeschylus）的《歐瑞斯提斯》（*Oresteia*），或像伊底帕斯（*Oedipus*）三連劇，或像歐尼爾（Eugene O'Neill）以近代美國為本的《素娥怨》（*Mourning Becomes Electra*），或像福克納（Faulkner）以沙家（Sutpen）和密西西比的康家（Compson）為題的故事。

　　從他們的時間與地點的安排上看來，本書的角色乃是清晰可辨的社會上、歷史上，以及道德上的典型人物。法官是原始清教徒的近代化身，而他本人也是近代的財閥、城市元老，兼政客。郝奇葩是個貴族人家的老處女，處在一個相當民主而崇尚物質的社會裏，可憐兮

兮地硬充上流。她遲遲才領悟到,如果沒有金錢,她的價值也無能為力。故事開始的時候,我們還看到她在現實生活中獲得一個殘酷的教訓——她被迫開一爿「分毫小店」,相當於二十世紀街頭巷尾的糖食點心舖。克列弗‧賓卿是物質成功之後,看似矛盾實則必然的產物,是附庸風雅的半吊子藝術家,到頭來竟仿傚亨利‧詹姆士式的移居國外。菲佩是新英格蘭偏狹民主生活之中的花朵,是未來美國充滿希望的新式人物。她不必擺「貴婦姿態」,卻具有「淑女風範」。比較曖昧的郝格端是美國式的「新人」——這對「墮落」與「救贖」的理論似乎是一種反諷;他可以說是新英格蘭的馬克吐溫:飄搖無定、自由自在、心猿意馬、多才多藝;而跟其他的人一樣,他是一個特殊社會的產物。

在《七角大廈》裏,霍桑的〈序言〉揭示了主題。傳奇作家如果覺得合適,可以「駕馭他的氣氛工具,使光線明顯或柔和,並使圖畫的陰影更為豐富」。故事「是一個延續不斷的傳說,始於距今久遠的模糊晦暗年代,降至我們自身所處的光明白晝,並且挾帶着屬於傳說的某些朦朧霧靄以俱來,讀者隨興趣所之,可以不予理會,也可以讓它不知不覺地飄浮於人物和事件之間,以求歷歷如繪的效果」。這裏當然有時間的第四向度,而我們最好要牢記類比的限度。小說並不是真的圖畫,雖然很可以拿圖畫來做比方。話又要說回來,時間溶於繪畫:遙遠的過去是「模糊晦暗」,現在是「光明白晝」,至於「屬於傳說的某些朦朧霧靄」則是一種想像的氣氛,本身是一種整體的照明,或飄渺的透視。

按他的說法,作家不願以說教方式來破壞他的生動如畫的故事所具備的和諧。他不會「拿道德教訓」來傷害作品,「像是用鐵棍——甚或像用針刺穿蝴蝶那樣——不僅奪取了它的生命,還使它僵硬成不高雅、不自然的姿態」。然而,道德教訓本身,憑着它的光線的明暗層次,化為美景的一個和諧因素。「老實說,一項高貴的真理,天衣

無縫地表現出來,在每一階段都光芒四射,並且使一部小說作品的最後發展收到宏效,可以平添一種藝術的光采。……」

霍桑要求他的讀者和批評家把自己擺在適當的距離,以便欣賞他的圖畫。因此他對自己的作品酷似「一個真實的地點」深表遺憾。「且不談其它反對理由,這樣做會把傳奇暴露於一種一成不變而又極端危險的批評,因為讀者把他的想像圖畫簡直和當時的實際情形混為一談。」也就是說,這些實際情形會造成一種過分強大而又頗不相宜的光線,有礙欣賞。他的短篇〈大街〉("Main Street")描寫一個藝人在一個「不斷轉換的全景圖」中,展示塞冷地方兩世紀以來的滄桑。有一個觀眾不滿這項展出。那個藝人辯護道:「『但是,先生,您沒有採取適當的觀點。……您根本坐得太近,因此收不到我這圖畫展覽的最佳效果。請您聽我的話,移到這邊一張板凳來;這樣,我敢向您保證,適當的明暗會使您看到的景物煥然一新。』」

可見只要有「適當的觀點」,霍桑相信就會出現「適當的明暗」。這樣看來,過分單純、樂觀的菲佩成了和諧的素描,而賓卿法官──賓家罪惡的具體化身──是矛盾和放縱的素描;兩人形成最完全的對比。菲佩「並不驚世駭俗;她持已有節,從來不和周遭的人、物發生衝突。……她很漂亮,優雅一如小鳥;週旋於房屋之中,可喜一如透過跳躍的樹蔭而落在地板上的陽光,或是像夜幕低垂之際,舞於牆壁的火花」。她的基本意象是陽光,溫熙宜人,恰到好處。她雖然受到淡淡的日晒,卻不會完全曝露於太陽和人生的炎熱之中:有一次我們發現她使用遮陽的闊邊帽。想要了解她的性格,一如想要了解霍桑的道德價值和美學價值,答案在於中庸二字。當不幸的克列弗無法控制自己,差一點想要從窗口縱身跳到街上的時候,「凡事不喜歡過度的菲佩不禁飲泣落淚。」

另一方面,賓卿的虛偽表現於過度與極端。他在本質上是雜亂而不諧調的。第一次介紹他的時候(恰好是論到畫像),他就是中

庸與「律己」的贗品，總是有點不對勁，因為他欠缺足以相稱的內在意義：

> 樣子道貌岸然，而如果再長得高一點的話，就會成為一個日薄西山的老者的莊嚴姿態，穿著一身薄薄料子做的黑色衣服，酷似寬幅毛料。一根用珍貴的東方木材做成、頭上鑲金的手杖，在他本已十分可敬的神色上，更添加了幾分威儀，作用恰如那條純然雪白的領巾，以及兩靴的謹慎光澤。他那微黑而方正的容貌，配上深深的濃眉，自然予人印象深刻；幸好這位紳士體貼地擺出極度和藹慈祥的臉色，設法弭除了嚴厲苛刻的效果，否則就相當令人望而生畏了。可是，由於臉孔下方堆積了相當多的獸類特質，模樣反倒有點矯揉造作，而不是高超脫俗的靈性，同時流露出一種所謂色迷迷的光芒，並不如他顯然刻意想要表現的那麼令人滿意。至少，一個敏銳的觀察者或者會覺得看不出什麼仁慈寬厚的秉性，可以說明這種外在的表露。要是這位觀察者不但深刻敏銳，而且正好是個居心不良的人，他很可能會起疑，認為這位紳士臉上的笑容和他靴上的光澤頗相類似，而且一定各費了他和他的擦鞋匠不少心血，才能產生並加以保存。

由此可見，這位法官恰如一幅拙劣的畫像，充滿刺眼醒目的不諧調。他的高度和他的體格不完全成比例，他的衣服不完全是寬幅毛料，他的領巾太白，他的靴子擦得太亮。他的臉色過度慈祥，和他原本令人望而生畏的容貌格格不入。他是矯揉造作，流露出色迷迷的光芒，雖然他企圖表現高超脫俗的靈性。

和諧的菲佩發乎本能地感覺到他的美學上和道德上的錯誤，因此，在他們初次會面，法官給以兄妹式的親吻時，她就打了退堂鼓。頓時，站在對面的法官顯出真面目，冷酷無情，令人不寒而慄。「其間的差異猶如陽光普照之下和雷雨交加之前的風景，雖然在規模上有所不同；倒不是它具有後一景色的猛烈，而是冷酷無情、毫不寬貸，恰似積鬱了一整天的烏雲。」法官拚命想恢復平衡，趕快向赫奇芭投以「一笑，十分明顯而灼熱，即使只具有它顯示的一半溫度，滿棚子

的葡萄在它夏日般的曝晒之下,也會立刻變成紫色」。

　　法官和赫奇葩互為對方的鏡中影像,只是特性相反。郝奇葩略黑,甚至她的聲音裏都有一絲黑的成分。她習以為常的表情是蹙額皺眉,反映出這座陰暗憂鬱的七角大廈;她便是在其中的陰影度日。然而她的內在卻是光明的,因為她有溫柔善良的心地。她的陰暗乃是感染而來,其實是笑裏藏刀的法官的本質。敏感的享樂主義者克列弗身上沒有陰暗,但除了程度上的差別以外,他也是法官的反面,另一方面又有點類似菲佩。

> 克列弗立刻顯示出,他的本性對各種悅目顏色和鮮明光線,原先必然頗能感受。她坐在他身旁的時候,他就變得年輕。一種美——並不完全真實,即使在它最明顯之際;一個畫家必須注視良久才能捕捉這種美,將之固定在他的畫布上,而到頭來也只是枉然——可是,一種不單是夢幻的美偶然會逗弄他的臉龐,使它神采煥發。

讀者再度看見一再出現的主題。然而克列弗對現實把握如此稀薄,他的連繫如此微弱,所以他根本無法入畫。

　　不過,值得注意的是,《七角大廈》中的人物多半被視為圖畫。批評家經常提到大廈裏面真正畫像所扮演的角色,以及廈中鏡子的更加微妙的作用。最重要的是那位上校——老賓卿兼「本宅奠基者」。

> 可以說,這幅畫已經褪入畫布之中,並且躲進歲月的晦暗背後;也可以說……它已經越來越醒目,十分富於表情。……因為,軀體的輪廓和實質固然逐漸自看畫人的眼中模糊消逝,但是,這個人的大膽、冷酷,同時又喜歡拐彎抹角的個性,似乎以一種精神的浮雕呈現出來。

霍桑沉思道,「在這種情形裏,畫家對他的主角內在特性的深刻構想已經溶進圖畫的精髓,要到外表的色澤被時光磨蝕之後,才看得出來。」

　　這幅像的含義甚廣,重點亦多。它是大廈的黑色靈氣,是其邪惡

的神秘中樞。它裏面含藏有時間的向度。最重要的是,他和法官——當今的賓卿——相互作用,並且是他的註解。我們已經看出,這位法官本身是一幅畫像,然而他的內在真髓反被外部細節所朦蔽。第一次介紹他的時候,曾經說:「本可以替他畫出美好的巨幅畫像;也許現在比他生前的任何一段時間都更適宜入畫,雖然他的容貌在固定於畫布的過程之中,可能變得十分嚴厲。」

同樣也有一幅克列弗年輕時代的畫像,一幅美國畫家梅爾本(Edward G. Malbone)的彩飾畫。「這是一個青年的畫像,他身穿一種舊式的絲質睡袍;袍子的柔細貴重頗能配合冥想沉思的容貌——配上豐潤、柔和的雙唇,以及美麗的眼睛,它所顯示的與其說是思維的能力,不如說是溫文而好色的情感。對於這些特點的擁有者,我們無權加以過問,只能說,他會對這個殘暴的世界處之泰然,並且使自己幸福度日。」我們後來再度看見這幅圖畫,不過卻是經過郝奇葩的愛心理想化了的。那時候她在等待真正的克列弗——已經長了許多年,剛剛出獄。這幅畫「塗上了任何畫家都不敢嘗試的大膽阿諛,然而筆觸如此纖巧,使得肖像依然完美無瑕。梅爾本的彩飾畫雖然本自同一來源,卻遠遜於郝奇葩憑空想像的圖畫——交織着親切的感情和哀傷的回憶」。最後,克列弗本人出現,但是已經起了可悲的變化,他穿着和梅爾本彩飾畫中相同的睡袍,但是它也已經對應地有所改變。「乍看之下,菲佩見到一個老人家,穿著褪色錦緞的舊式睡袍,梳着一頭奇長的灰白頭髮。」

比這一類包含更廣的兩幅畫可以說明霍桑與眾不同的組織與和諧感。第一幅是可以說是世態畫,富美爾(Vermeer)攙上藍布朗(Rembrandt)的陰影。佈景是一張早餐桌,等待着放逐已久的克列弗的首次出現:

> 菲佩的印地安式糕餅是最甜美的一道食物——它們的光澤和樸素的聖餐臺正好相配——或者,由於它們是如此鮮黃,像是麥達士(Midas)想

要吃而變成閃閃黃金的麵包一樣。不應該忘記奶油——這奶油是菲佩在她自己的鄉居親自提製，送給她的表哥做為贖罪的禮物——有苜蓿花的味道，把鄉間風景之美散播在嵌著黑色方板的客廳裏。這一切，再加上典雅美麗的古舊陶瓷杯碟，頂端加飾的茶匙，以及一把銀製奶油壺⋯⋯擺出一個餐桌，連老賓卿上校最有體面的貴賓坐下來，也不必覺得紆尊降貴。但是這位清教徒緊繃著臉自畫中怒目而視，好像桌上沒有一樣東西適合他的胃口。

菲佩為了儘量表現她的寬宏大量，採集了一些玫瑰，還有三數朵其它的花——不是氣味芬芳，就是色澤美麗——把它們插在一個玻璃水壺裏，水壺因為老早就缺了把柄，顯得更適合用做花瓶。曙光清新一如夏娃和亞當在樹蔭下用早餐時悄然射入的陽光，閃閃透過梨樹的枝椏，橫落於桌面上。

這幅雅緻柔美的景象，是經過精心描繪的；從印第安式糕餅和奶油的閃閃金黃，以及曙光的淡金色，到嵌著黑色方板的牆壁，以及上校怒目而視的畫像。還是一種濃淡配合的效果，但是相當悅目，柔和地著上金黃的主色，同時因為梨樹枝椏的微顫而獲得律動。像在別處一樣，時間的灰色霧氣在這幅畫像以及陳舊的玻璃水壺中，扮演着它的角色，溶入我們對可憐兮兮、蒼老憔悴、神秘的克列弗的感覺之中——他馬上就要出現。

最後，還有月光下的賓家花園——霍桑以月光象徵想像力的光輝。就在這個時候，太陽一般活潑的菲佩墜入情網，變為成熟的女人：

此刻夕陽已經西下，替天頂的雲朵著上彩色；那種鮮豔的光澤要到日落一段時間之後，同時地平線的光輝也大半消逝，才看得見。月亮早就在頭上爬昇，悄然把它的玉盤溶入藍天⋯⋯現在在它的半途中，開始放出光明，寬濶而橢圓。這些銀樣的光輝已經強大得足以改變那猶自戀戀不去的日光。它們潤飾了這幢古老大廈的外貌，並使之變為柔和；雖然大廈許多屋頂的陰影漸深，踏伏於突出的樓舍之下，以及半掩的門扉之內。

隨着每一分鐘的消逝，花園變得愈來愈美麗如畫；果樹、灌木，和花叢都有一種難解的晦暗。平凡無奇的特點，在日正當中的時候，似乎是靠了一個世紀的齷齪日子才聚起來的，而今憑着傳奇一般的魔法改頭換面了。每當微微的海風向那邊吹去，拂動它們的時候，樹葉之中便傳來百年神祕歲月的喁喁低語。透過夏日小築的屋頂上的簇葉，月光前後跳躍，將銀白灑落於黑暗的地板、桌上，以及圓形的板櫈，不斷移動、變化，端看那裂罅和任性姿意的枝頭縫隙把光線透入或逐出。

這幅圖畫表現霍桑對光線、色彩、明暗、混合，以及律動所做的極端繁複的和諧，以及他具有能夠強調重大意義而不着斧痕的本領。月光加深了菲佩對事物的理解，更使她新增了一面性格。它代表霍桑鍾愛的基本藝術真理，並且闡揚他對自己的傳奇所下的定義，「駕馭他的氣氛工具，以便使光線明顯或柔和，並使圖畫的陰影更為豐富。」它代表《七角大廈》的美學理論；從適當的觀點看來，它更進一步解釋了他的角色的本質、相互間的關係，以及他們的作用。

3

惠特曼的〈自我之歌〉*

在惠特曼（Walt Whitman）的傑作《草葉集》（Leaves of Grass）的前幾頁，屹立着兩行詩，綜述惠特曼對他自己有限但却重要的成就的看法：

我自己不過替未來寫出一、兩個指示性的文字，
我不過向前挺進一步，旋即匆匆退回黑暗之中。

到現在還沒有一個人能確定他的「一、兩個指示性的文字」究竟何所指。由於他提供的有限文字的未來對象就是今日的我們，也許我們應該精讀他的作品，尋找其中包含的一切線索。惠特曼也說過：

我把自己遺贈給泥土，好從我所喜愛的草中茁長，
若是你再要我，尋我於你的靴底。

有人想盡辦法企圖把惠特曼圍限於一個特別的地位，給他一個謹慎的界說和標籤。他曾經被稱為「民主詩人」、「科學詩人」、「性詩人」、「神秘詩人」、「唯物詩人」。而令人大為訝異的事實是：他的作品像聖經一樣，可以引用來支持這些措辭的任何一個。他容許這種複雜性，因為他說：

---

* James E. Miller, Jr., "Walt Whitman: *Song of Myself*." 原載柯恩（Hennig Cohen）編，朱立民等譯，《美國劃時代作品評論集》(1971)。

> 我豈自相矛盾？
> 很好，就算我自相矛盾。
> （我很廣大，我無所不容。）

這段話乍看之下似乎很不負責，其實不然。惠特曼可以容易地接受各種矛盾，但是他對自我保持前後一致，絲毫不肯馬虎。他發表看似矛盾的見解，以便對內在的幻象保持忠實。

惠特曼歷經少小、老大，歷經喜樂、失望，而一直保持的幻象，乃是未受侵犯的自我，是強不可撼的自我意識——這是生命最可貴的財產。《草葉集》開宗明義第一行就說得很清楚：「為一個人的本身，我歌唱，一個單純、個別的人。」

惠特曼以自我意識（identity）的主題做為基礎，在上面構築他的詩的上層建築，甘冒他當時詩壇的大不韙。惠特曼出生前不到五十年，美國宣佈獨立。但是她雖然贏得了自由，却還沒有發掘出一個靈魂。心花怒放注視著這塊領域的詩人，他們以外國的眼光觀察，以過去的聲音發言。惠特曼要以他自己的眼光觀察，以現代的語言說話。

對美國的自我意識的追尋始於多年以前，可能溯至僅僅懷著夢想來到新世界之荒野的初期移民。1782 年，柯瑞弗寇爾（Michael Guillaume St. Jean de Crevecoeur）已經寫過，「美國人是新人，依循新原則行事；因此他必須容納新觀念，形成新見解。」可是一直到十九世紀末期，舊的觀念和見解仍然戀棧着這個新國家。惠特曼在 1855 年版的《草葉集》序言首段中說道，「見解、禮儀和文學之中，陳腔濫調依然揮之不去，而造成這種形勢的生活已經變成新方式的新生活。」

惠特曼當代的傳統詩人採取容易的對策，把外來的舊式觀念再度申說，把過去的陳腐主張重新強調。勃拉恩特（William Cullen Bryant）的〈致水鳥〉（"To a Waterfowl"）或是朗費羅（Henry Wadsworth Longfellow）的〈生命之聖歌〉（"A Psalm of Life"），或

是霍爾姆斯（Oliver Wendell Holmes）的〈鸚鵡螺〉（"The Chambered Nautilus"），都沒有動搖任何人的怡然信仰，也沒騷亂任何人的纖細感性。惠特曼論到過去：

> 注視它良久，然後把它忘得一乾二淨，
> 我站在我的位置，伴着我自己的時代於此。

惠特曼的選擇是有意的。他可以寫出當時流行的討喜、感傷的詩歌，〈啊，船長，我的船長〉（"O Captain, My Captain"）便是證明。要是他把目光固定於過去，他也可以寫出大量的韻文，而觀念、形式兩皆陳腐——並且老早為人淡忘。要是他僅僅沉思未來，可能把讀者的興趣淹沒於概念和理想的洪流之中。

但在事實上，惠特曼寧可深刻注視他自己的本性與時代，在其中充份發掘自我與精神，並且以氣勢雄渾、具有獨特生命的語言，把他的發現加以戲劇化。照他晚年在〈回顧來時路〉（"A Backward Glance O'er Traveled Roads"）一文裏面的解釋，他的策略來源很簡單：「這是一種感情或野心，想要以文學詩歌的形式，把處在這個時代以及現代美國的重要精神與事實之中，我自己肉體、情感、道德、思想、以及美感上的個性忠忠實實表達出來。」

一言以蔽之，惠特曼認為發現他自己便是發現美國。這種假設的根據，是他體會到美國的自我意識並不存在於她的地理形勢——她的山岳與湖沼，她的平原與海岸——而在於她的新式民主人物的內心。惠特曼明白他自己是這種人物，因此他的單純信念便是：探索他自己的存有迷宮，他就會在其中發現美國靈魂的神秘。他在《草葉集》的首行「為一個人本身，我歌唱，一個單純、個別的人」，後面補充一句：「然而倡言民主，倡言全體。」

如果說《草葉集》是美國的史詩，史詩的英雄便是代表民主人士的惠特曼。這首詩的形式——自由體詩——在拖長的，流利的詩行當

中，表現出本書基本的自由主題。惠特曼衝破了詩節的形式和韻律的模型，等於反覆申說他在他自己和他的國家當中發現的自由。他把一種和他的韻律同樣自由自在的文字介紹進他的詩歌裏面，等於替販夫走卒的語言爭取詩歌的權利。

惠特曼的語言具有熱汗淋淋、熱氣騰騰生命的直截了當性質，也有時候光輝照人，生動得像是美國大草原上的閃電。他問道：

誰到那裏去？渴望、龐然、神秘、裸裎；
何以我竟從我吃的牛肉攝取氣力？
壯得像一匹馬，深情、自負，如電一般。
我和這種神秘我們於此站立。

他又說：

神聖乃我，裏裏外外，並且把我觸摸的或觸摸我的一切變為神聖。
這些胳肢窩的氣味勝於祈禱。

他又說：

你這傢伙，虛弱無能，膝蓋鬆弛，
打開你兩腮的切口，等我把勇氣吹進你身體，
攤開你的手心，掀開你的皮包口袋，
我不容拒絕，我強迫，我有儲藏無限，而可以割愛，
而我擁有的一切我都贈予。

惠特曼令人瞠目的詩語，在本質上屬於非詩的、甚至反詩的語言，處在一個詩語多半是矯揉造作、陳腔濫調的時代；惠特曼的語言之嶄露頭角不是因為巧合或無知，而是本乎對語言民主的堅強信念。在一篇重要的短文〈俚語在美國〉（"Slang in America"）裏面，惠特曼寫道：「要記住，語言不是博學之士或字典編者的抽象構造，而是起於工作、需要、關係、歡樂、深情、趣味，歷經世世代代的人類，它具有寬而

低的基礎，靠近地面。它的最後決定者是大眾，是最接近具體生活，和真正的陸地與海洋關係最密切的人們。」為俚語下定義之餘，惠特曼其實是在敘述他自己的詩的語言組織與撞擊力量。他寫道：「俚語，細想起來，乃是雜亂無章的胚胎原素，低於一切字詞和文句，隱於所有詩歌之後，確實是一種四季長生的繁枝茂葉，是語言之中的新教成分。……如此視語言為某一大權在握的君王，他堂而皇之的大殿總有如莎士比亞的弄臣之類的人物走入，並在那裏取得一席之地，甚至在最隆重莊嚴的典禮之中扮演一個角色。」惠特曼的語言，像宮廷中的弄臣，出人意表而且鄙陋無文，有時候甚至粗魯無禮。他可以理直氣壯地說：「我在世界的屋脊上高唱我的蠻貊之音。」

惠特曼的蠻貊之音震驚了他當時的聽眾，然而今日的詩人却享受着他開創的語言自由。桑德堡（Carl Sandburg）、金斯堡（Allen Ginsburg）和費林格提（Lawrence Ferlinghetti）之類的「避世派」（Beats）以及表現在他的新書《中產詩人》（*The Bourgeois Poet*）裏面的夏比羅（Karl Shapiro）──這些只是享受到惠特曼大力宣揚的語言自由的部份作家。惠特曼以各種面貌出現於今日的文學之中，無論在國內或國外。

但是儘管惠特曼對詩的語言一再實驗，他的鑑賞判斷標準很少有疏忽之處。自他寫作以來，文學自由有過許多「進展」，我們可能會因此以為他稍嫌刻板過時，譬如我們有時候對羅厄爾（James Russell Lowell）和朗費羅的感覺。其實正相反，他的辭藻在我們的耳朵聽起來既現代又自然，他的灼熱文字顯得既悠閒又輕鬆。

比他的不朽體裁更重要的，是他的材料以及他對自我的熱烈奉獻顯出的現代精神。當代詩人流行的態度是疏異和失望的態度，以艾略特（T. S. Eliot）的普魯夫洛克（J. Afred Prufrock）的精神癱瘓為典型。現代的抑鬱起於在大眾文化之中個人變得沒沒無聞，個人被剝奪了人性並化簡為數字。

一個人若是感覺到內在空虛的沮喪不安——存有（being）重心的虛無空洞——最好的解毒劑莫過於追隨惠特曼在那首對個人做不尋常之歌頌的〈自我之歌〉（"Song of Myself"）面的榜樣：

我閒蕩同時邀請我的靈魂。
我自由自在地斜倚、閒蕩，觀察一根夏日的草。

在這首詩裏，惠特曼故意安排了一次約會，並且和他的靈魂合作完成一次交媾。這次交媾既熱情又持久，而其精神上的後裔也值得注意。他問道，「存在於任何形式，那是什麼？」他又大喊道，「這大概就是接觸了？把我震動成為一個新的自我？」

　　〈自我之歌〉是英語裏最偉大的神秘詩歌之一，然而它同時也是（這話乍看之下互相矛盾）有史以來最刻意表現肉體的詩歌。在這首長詩開始不久，惠特曼寫道：

衝動、衝動、衝動，
永遠是天地再生的衝動。
自晦暗之中，旗鼓相當的事物向前推移，永遠是物質與增加，永遠是性，永遠是編結在一起的自我意識，永遠與眾不同，永遠是一族生命。

這種性的本質、這種肉體的特性、這種基本的物質性替這首翱翔高飛的詩提供了基礎與骨架，把隨時準備完全逃逸離去的精神穩固下來。

　　因為〈自我之歌〉雖曾一度被視為「半消化詩歌材料的傾瀉」，其實不然；它是寫在時代之前的一首詩；在結構上，它不像同樣發表於 1855 年的朗費羅的敘事詩《海雅娃薩》（*Hiawatha*），而更像艾略特的《荒原》（*The Waste Land*）或龐德的《詩篇》（*The Cantos*）或魏廉斯（William Carlos Williams）的《派特森》（*Paterson*）。從它的結構來說，〈自我之歌〉是一首幻想詩，呈現出一齣戲劇——戲劇描寫詩人進入一次神秘的夢幻，開始一趟神秘的旅程，最後，筋疲力竭地自神秘的狀態醒過來。他走的這趟旅程是發現的旅程，而他邊走

邊把他的發現報導出來。

　　這種神秘經驗的敘事結構提供了本詩的骨架——在這一骨架之上，詩人得以點綴種種熱血與感情、主張與觀念、探索與確證、暗示與直覺。〈自我之歌〉有五十二組（有些批評家看出這和時間，和一年五十二星期有牽強附會的關聯）；在本詩一開始，第五組裏面，詩人進入神秘狂喜的門檻，因為和他的靈魂完成了一次交媾：

偕我閒蕩於草上，鬆開你喉嚨的閉鎖音，
文字、音樂或韻律我都不要，也不要習俗和說教，即使是最好的，
只有片刻的寧靜我喜歡，你的起伏的哼哼。

我記得有一次我們如何躺在這種透明的夏日之晨，
你如何把頭斜躺於我的臀部，溫柔地翻轉到我身上，
並且把襯衫從我的胸骨分開，把你的舌投入我赤裸的心房，
並且一直探入，到你感覺出我的鬍子，一直深入，到你制服了我的雙腿。

這幾行詩以令人狼狽不堪的方式，把靈肉難分難解地溶和在一起；其中對欣喜欲狂如醉如癡的暗示，誰都看得出來。緊接著這後面就是屬於另外一類的詩行，具有洞察力和肯定性的詩行：

迅速起身，在我四周遍佈以超乎世間爭論的和平與知識，
於是我知道上帝的手是我自己的保證，
於是我知道上帝的靈是我自己的兄弟，
於是天下的男人也都是我的兄弟，而女人則是我的姊妹和情人，
而天地萬物的內龍骨之一是愛……

　　在〈自我之歌〉的第五組裏，惠特曼似乎戲劇性地把自己描寫為正要進入神秘狀態——一種能夠把有關宇宙和有關世界的知識與事實立刻帶來的狀態。其餘的那一大部份（五十二組之中的四十七組）結果成為一次追求知識的旅程，起自這個第五節的旅程。知識的道路不是直線前進的，而是循環輪轉的；不是邏輯推理的，而是發乎本能的；不

是單純、分解的，而是繁複、擴張的；不是剎那的頓悟，而是一連串無止境的發現；不是供少數貴族過往的專利小徑，而是向萬民公開的陽關大道。

更向前進，到了第十七組的時候，詩人在他的旅途中停下來喊道：
　　這些其實是世上任何時代任何人的思想，它們不是我始創的，
　　如果它們不屬於你一如屬於我，它們便毫無是處，或幾乎毫無是處，
　　如果它們不是謎面和謎底，它們便毫無是處。
　　如果它們不是近在咫尺一如遠在天涯，它們便毫無是處。

我們做讀者的要是無法體會到自己是這首詩中戲劇的一部份，便還沒有十分深入了解〈自我之歌〉。詩中有兩個主角，「我」和「你」；隨着本詩向前推移的同時，詩人和讀者——就是「我」和「你」——之間也發展出一種親密的關係，這種關係到本詩結束的時候，幾乎水乳交融得令人尷尬不已。好像詩中的說話人——惠特曼——是在構成神秘經驗與詩篇的文字之海中游泳，而他經常從水底探出頭來，正面注視岸上的讀者，讓他知道他更深一層的發現。或者換一個隱喻來說，詩人似乎高飛而去做狂歡的翱翔，並且同樣迅捷地回到讀者身旁，把他見到的美景報導出來。然而無論是潛水或高飛，〈自我之歌〉似乎是一首自我陶醉的詩，注視着它自己最微不足道的動作、留神着它自己的行為、週期性地把它自己的健康狀態與領悟報告給讀者。總之，它似乎是一首眼看着它自己接受描寫記錄的詩。

在第三十三組裏，詩人似乎已經到達他的知識之旅的一個重要階段：
　　空間與時間！現在我知道，我猜得不錯，
　　我在草地上閒蕩之際猜的，
　　我獨自躺在床上之際猜的，
　　還有我在清晨的微弱星辰下，漫步海灘之際猜的。

> 我的束縛和壓迫離我而去，我的雙肘休憩於海峽之中，
> 我遮掩着山脈，我的雙掌覆蓋着大陸。
> 我已經開始我的幻覺。

在這〈自我之歌〉的中段，旅程的半途，詩人穿透了障礙——空間和時間；它們本來阻隔着他和他追求的終極知識。這些詩行，配合著它們自由解放的歡呼，開始了神祕旅程的新階段——這個階段最後導致超越的發現、保證與確信。

這種發現和直觀的幻象使得詩人從第四十四組開始，企圖做某種概要性的綜理，把他的知識做一種象徵性的描述。他說：

> 是解釋我自己的時候了——咱們站起來吧。
>
> 已知的事物我一概拋棄，
> 我把所有男女和我一起投入未知。
>
> 時鐘指示片刻——然而永恆何所指示？

〈自我之歌〉的其餘各組都是把神祕旅程途中獲得的領悟加以闡述。這種知識不是頭腦裏理解的，而是骨子裏感覺的；而且這種知識無法加以衡量、界說、並精確地擺進合適的字義裏。事實上，這種知識每個人必須在他自己的旅途中替自己搜集，然後他才能跟詩人在一起喊道：「我知道我擁有最佳的時間和空間，並且從未有過對手，將來也不會有。」

一如在〈自我之歌〉的第五組裏，詩人透過他和自己靈魂的親密關係，進入神話的幻境，到了第五十組的時候，他從神祕的旅程回來，功德圓滿，但是筋疲力竭：

> 有某種東西在我的內部——我不知道它是什麼——但我知道它在我的內部。

扭傷而且汗溼——然後我的身體變得平靜而涼快，
我睡——我睡得久久。

我不知道它——它沒有名字——它是一個未說的字，
它不存在於任何字典、談吐、符號。

它擺盪着某種東西，尤甚於我擺盪着地球，
對它來說，創造乃是朋友，它的擁抱使我醒覺。

也許我可以說得更多。綱要！我為我的兄弟姊妹祈求。

你可看見，啊，我的兄弟姊妹？

它不是混亂不是死亡——它是形式、結合、計劃——它是永生——它是「幸福」。

深沉的神秘幻境的一切記號都出現了。詩人被「扭傷而且汗溼」；到最後他變成「平靜而涼快」；他需要睡眠，久久的睡眠，以恢復體力。一個人苦思、費神之後，感情或精神消耗殆盡，他的身體狀態便是如此。尤有甚者，他從這個神祕經驗出來，一面還要摸索可以把他的發現委婉道來的語言——一種「不存在於任何字典、談吐、符號」的語言。他在摸索之際終於想到的文字形式、結合、計劃、永生、幸福——都是真實——真正的真實——的蒼白貧瘠的複製品；真實是無法表現的，只有心靈的深處才能了解，而那是語言無法貫穿之處。

一次大體上屬於神祕經驗的這個輪廓，用以上提綱挈領的方式說明，可以視為〈自我之歌〉的基本結構。但是只看輪廓猶如只看人類的骨髓而想要研究人類一樣。〈自我之歌〉是一首詩，其中有許多極為靈巧、柔和、美麗的篇章。舉例來說，這是描寫和大地的愛情：

我就是他，與柔和而漸深的夜偕行，
我呼喚半被夜擁抱的大地和海洋。

> 逼近袒着胸脯的夜——逼近引人的、滋養的夜；
> 屬於南風的夜——屬於寥落巨星的夜！
> 永遠瞌睡的夜——瘋狂、裸裎的夏夜。
>
> 微笑，啊，妖嬈嬌媚吐氣如蘭的大地！
> 屬於沉睡而透明之樹的大地！
> 屬於消逝之落日的大地——
> 屬於霧靄籠罩之山巔的大地！
> 屬於滿月傾瀉之玻璃光暈的大地！——滿月薄染著蔚藍
> 屬於閃閃河水之明與暗的大地！
> 屬於灰色透明之雲彩的大地！——雲彩為我而更加明亮
> 手肘無遠弗屆的大地——胸脯豐實如蘋果的大地！
> 微笑吧，因為你的情人來了。

這一段驚人之筆事實上是由詩人變成的情人寫給世界的情詩：來自一個世界性或宇宙性的情人，他的擁抱可以環繞地球以及它的多采多姿、妖嬈嬌媚的一切風光。這幾行詩是以狂喜之姿，證明在一個活潑的有形世界之中，清醒之肉體的存在是何等歡愉。

〈自我之歌〉的每一位讀者都會發現，深植於想像力的詩節以不可抗拒的充沛力量躍自書頁的詩行。在第四十四節裏，出現了一段有史以來最偉大的個性宣言，肯定在最光榮的自性中，自我之與眾不同與珍貴神奇：

> 我是已完成事物的極致，我也是未來事物的封裝人。
>
> 我的兩腳抵達眾梯頂端之頂，
> 每一梯階上都是成串的歲月，梯階之間是更大串的歲月，
> 一切都按時跨過，而我一直攀登又攀登。
>
> 一級又一級高升，幻影在我身後鞠躬。
> 遙遠的底下我看見巨大的第一個空無，我知道我甚至曾經在那裏，
> 我曾經等待著，始終不為人知，並且睡過整個冬眠的霧，

並且慢條斯理,並且不以惡臭的碳為意。

久久我被緊緊擁抱——久而又久。

適應我的準備偉大美妙。
扶助我的手臂忠實友善。

輪環運送我的搖籃,盪啊盪的,像興高采烈的船伕,
為了讓位給我,星辰避入它們自己的圈內,
它們散放出感應的力量,監督那扶持我的東西。
我自娘胎出生之前,已有數代指引過我,
我的胚胎期不曾鈍然無覺,沒有東西能夠壓制它。

為了它,星雲凝聚為一星球,
長而緩的層雲堆積起來讓它休息於其上,
無數的菜蔬供它營養,
蜥蜴般的怪獸把它含在嘴裏輸送,並且小心翼翼把它產下。

一切的力量都曾經不斷地用來成全我,取悅我,
而今在此地,我和我堅強的靈魂並立!

也許這段文字裏面的驚人之筆,是歡欣地把自我放入進化的自然過程,放入先於達爾文的世界生命進化觀念。這些詩行的充沛活力似乎愈聚愈多,然後當它進入令人目眩的焦點之際,一鼓作氣傾注下來,使那最後一行充滿珍貴的生命:「而今在此地,我和我堅強的靈魂並立!」

惠特曼在〈自我之歌〉裏的重要發現是:美國的自我意識不是別的,正是自我的「新意識」——而自我乃是你我在自由社會中都可以做的單純、個別的人。然而惠特曼歌頌的自我是必須於內在的、原始的旅程中尋找的一樣東西——一言以蔽之,就是必須由神秘的想像力加以創造的一種意識。人人都可以發現。惠特曼暗示道:

你扛你的包袱,好兒子,我扛我的,咱們快向前走。
美妙的城市和自由的國度我們將要邊走邊取用。

自惠特曼的時代以來,人類已經發明了消滅自己和地球的方法;這種悲慘結局的陰影籠罩着我們的日常生活。然而損失內在與外在的荒原又何恐怖之有?一場核子大屠殺無足深懼,除非它可能破壞某種具有價值的東西。那個價值何在,如果不在自我——無論多麼萎縮、深藏?自我乃是豐沃之創造的美景,也是對生命歡樂之活力的高超感覺。惠特曼的自我之歌便是要求收回這項可貴的內在財產的一項呼籲。我們很可以拿他對付他的時代方式來肆應我們的時代,也就是說,憑着人們泰山崩於前而面色不改的鎮定,因為他們已經發現到他們自己的以及他們國家的自我意識;而今在此地,我們和我們的堅強的靈魂並立。

〈自我之歌〉結束的時候,惠特曼向他的讀者告別,然而這次告別其實是一次招呼,預備親身去遭遇。他說道:

被發現的老鷹猛撲過來責怪我,他埋怨我洩露秘密,埋怨我游手好閒。

我同樣粗野不馴,我同樣無可改變,
我在世界的屋脊上高唱我的蠻貊之音。

白晝的最後陣雨為我而躊躇,
它最後把我的影子投出,真實一如陰暗曠野上的其他影子。
它把我哄入水氣與黃昏。

我離去如空氣,我對着逃逸的太陽搖搖白髮,
我把肉體投入漩渦,任它在鑲着花邊的行李袋中飄流。

我把自己遺贈給泥土,好從我所喜愛的草中茁長,
若是你再要我,尋我於你的靴底。
你根本不會知道我何許人也,何所意指,

然而我仍舊有益你的健康,並且濾淨、增強你的血液。

起初未能得到我,莫要氣餒,
一處尋覓不到我,找另一處,
我駐停某處等待着你。

4

亨利・詹姆士的《奉使記》*

　　《奉使記》是亨利・詹姆士於 1900 年中與 1901 年初期之間寫就的，雖然一直要到 1903 年才出版。它替新世紀的新小說開創了先河。回顧起來，我們可以認出它做為實驗小說的重要性，因為它發明了許多敘述故事的新技巧。它促成了普魯斯特（Proust）的回顧小說；它利用了一種類似戲劇的佈景方式；它預兆出古里葉（Robbe-Grillet）的攝影視覺效果（Camera-visuality）；它替喬伊斯（Joyce）、吳爾芙夫人（Virginia Woolf）、福克納（Faulkner）的內在獨白開闢了蹊徑。謹慎周密、「結構」完整，這是一次精神探險的紀錄，而不是物質探險的故事。小說裏面唯一的猛烈人物是一個來自美國鄉鎮冥頑固執的老太太，脾氣暴躁而心胸狹窄。這是一個有關文明禮儀與文明社會的故事，以傑出美妙的技巧道來。

　　紀德（Andre Gide）早就說過，亨利・詹姆士「只容剛好足夠的蒸氣逸出，推動他的引擎，頁復一頁；而我不相信有誰更高明地運用過這種精簡，這種隱晦」。詹姆士自己很清楚這種字斟句酌的審慎。他寫給愛好文學但是看不懂這本小說的一位英國公爵夫人道：「慢慢地，溫和地閱讀《奉使記》，同時要祈禱，一天看五頁——就是要這樣小心翼翼——但是不要把線索中斷。線索其實相當合乎科學地綑得

---

* Leon Edel, "Henry James: *The Ambassadors*." 原載柯恩（Hennig Cohen）編，朱立民等譯，《美國劃時代作品評論集》（1971）。

緊緊。亦步亦趨追隨著它——然後完全的魅力就會出現。」

這種魅力不僅存在於詹姆士的人性喜劇之中；從本書的形式之中，從它的對稱與精細佈景之中，還有從它的芳醇的文體之中，都可以發現。每一個時代都有成千的作家，但是永垂不朽的卻只有那些以令人難忘的方式道出令人難忘事物的人。詹姆士的文體經過多年之後才鍛鍊出來，纏夾而難懂，但是它獨具一格，令人難忘。它是為了捕捉深思熟慮者的微妙情操而設計的，因此我們必須和詹姆士的文體修好講和，一如讀者學習閱讀著魯斯特流水般的句子以及駕馭喬伊斯的紛紜錯綜。

詹姆士一向視文體為作家流芳千古的通行證。他自己的文體當然是有增無減地愈來愈煞費苦心，雕琢潤色；有時候過分標新立異，不斷擴展的隱喻以及巨大的明喻包含著無數的褶邊與裝飾。這常常是《奉使記》讀者的第一道難題。他們必須使自己習於詹姆士語言的精確性，習於這種精確性對讀者注意力所做的要求。劈頭第一句話就證明了這種困難：「史垂則（Strether）到達旅館之後，第一個問題是關於他的朋友的消息；但在得悉魏默詩（Waymarsh）顯然要到晚上才能抵達時，並不十分懊喪。」過了一句之後，我們發現史垂則受到暗示「不要絕對要求」。這些否定語句乍看之下似乎是怪癖使然。可是不久就可以看出它們具有特殊的目的。詹姆士本來也可以說史垂則「並不十分煩惱」或說他「並不掛心」。然而我們必須容許一個作家使用他的語言。我們不該以陳腔濫調來取代他的敘述方式。我們後來才發現，詹姆士從一開始就企圖使我們用心思考他的主角。史垂則似乎是個猶豫不決的人。他喜歡字斟句酌，他以否定的方式思想。詹姆士便是如此賦語言以一種描述的功用，雖然不是真正在描述。我們看出，史垂則並沒有十分肯定、十分敏銳的感覺。何況在這個階段，我們對史垂則一無所知；也沒有人告訴我們什麼。他不過已經抵達他的旅館，而我們看見他用實際行動表現出自己，詢問他的朋友或熟人魏默

詩。我們不久就發現，詹姆士以一種可謂十分「現代」的方式向我們敘述他的故事。

說它「現代」，因為詹姆士和舊式小說家不同，和狄更斯（Dickens）或薩克瑞（Thackeray）不同：他沒有使用老掉牙的敘述方式；他沒有把我們需要曉得的一切都告訴我們；他沒有把面部表情、人物、動機、目的一五一十讓我們知道。我們片片斷斷地了解故事；我們得到許多驚鴻一瞥的印象。當然，這便是我們在生活中發現事物的情形。而且詹姆士的故事極具視覺性。在攝影機的時代之前，他似乎已經知道透鏡的存在──他移動、轉向、從特寫到遠景，只把史垂則自己握有的資料提供給我們。這是一種奇異的說故事方式──是保留資料而不是提供資料，有時候甚至完全保留。在這本小說中，「鈕森姆（Newsome）他們家在麻州伍勒特製造什麼產品？」這個問題便是顯著的例子。他們家是靠這種產品發財的。它是一種普遍的家庭用品。史垂則在本書開始的時候提到過。但是他沒有指明是什麼。是梳子？手錶？髮夾？佛斯特（E. M. Forster）認為可能是皮鞋上面的絆鉤，或者，照他的說法，「如果你願意大膽不客氣地把它視為──就說是皮鞋上的絆鉤吧，你可以這樣做；但這是你自己願意冒險；作者保持超然的立場。」

其實沒有什麼危險，因為這無關緊要。詹姆士是在玩弄他最喜愛的詭計，就是讓讀者隨便怎麼去想。鈕家很富裕；他們有個留戀著巴黎的兒子；要緊的是他流連忘返的好戲，以及奉派帶他回家的使節──史垂則──的好戲：不是他們財富來源的末節。大而言之，詹姆士也許是在暗示：一個人遇見富豪的時候，並不一定知道黃金是從哪一口井湧出來的。《奉使記》寫作的年代，正當美國第一批富翁出現的時候；並且由於他的祖父在紐約州聚了一大筆財產，詹姆士一直感到興趣的是如何花錢──不是如何掙錢──以及金錢對個人與家庭生活的影響。在一本早期的小說裏，詹姆士筆下的美國主角靠製造

澡盆發了財；顯然某種類似的俗氣東西使鈕家發財。如此說來，這本小說之中，許多常見的事物都被刪除。詹姆士追求的總是絕對不扯題外閒話。《奉使記》裏的「題內話」乃是他的主角路易・朗伯・史垂則的感性。史垂則在哲斯特（Chester）遇見的小姐瑪麗亞・葛斯蕾（Maria Gostrey）說，他的名字令她想起巴爾扎克（Balzac）的一本小說。史垂則同意此說。他是因《路易・朗伯》這本小說命名的。一本差勁的小說，小姐說道。史垂則也同意，但是這段文學因緣已經確立。《路易・朗伯》是巴爾扎克的哲理小說之一。我們會發現，《奉使記》也可以算做一本哲理小說。

　　閱讀《奉使記》最重要的就是我們習慣於它的文體並且把握住它的方法。一旦我們了解我們做讀者的和史垂則一樣，也是資料的蒐集人，而不僅接受大量「故事」而已，我們就可以把握那些牢固的線索，隨着它們進入這齣喜劇的核心。表面上，故事似乎很平凡。鈕森姆夫人——伍勒特（詹姆士杜撰的一個鎮名，但它可能是 Worcester 或 Waltham）地方有權有勢的一位太太——決定要派她的朋友，中年的史垂則，到巴黎去看她的兒子查德（Chad）為何久不思歸。她要查德回家共襄家庭的事業。她自己因為身體有點嬌弱，便留在伍勒特，一如任何外交部或國務院。史垂則是她的「大使」。我們始終不會看見鈕森姆夫人，因為她具有和外交部一樣的遙控力量。它存在；它有影響；它透過使節、信差、正反命令、公共關係而採取行動；它發佈訓令；它執行策略。在薩爾度（Sardou）的五幕劇《伯納東家庭》（La Famille Benoiton）裏面，伯納東夫人始終沒有出現；然而在劇終之前我們已經對她了解甚深。同樣的，鈕森姆夫人一直在幕後。但是她的力量使《奉使記》生氣蓬勃。

　　一如所有的優秀外交官，史垂則具有開放的心胸。他要蒐集他的資料；唯有如此他才會獲得結論。可是在伍勒特的人已有定見。在年輕的查德・鈕森姆的生命之中，必然有個女人。這是鈕夫人的理論。

Cherchez La Femme（追逐女色）。史垂則卻保持開放的心胸。他是個道地的外交官——即使不是職業的——因此他是個機敏謹慎的人；他知道自己必須慎重行事，因為查德已經成年。史垂則無意干涉他的生活。那也許是查德的母親的意思，卻不可能是他的意思。他只要用眼睛看，用耳朵聽，尋找「心理上的」證據。這種憑據，詹姆士在較早一本小說裏說過，乃是唯一光明正大的證據。至於其他的呢，他說，都屬於偵探或小人的行徑。

就故事而論，這齣愉快的喜劇相當簡單。史垂則發現查德大有改變——這個氣度褊狹的浮操青年已經變為深通世故的儒雅大人；他有一間公寓，陳設美麗，高雅脫俗，座落於麥舍比大道。他有一夥背井離鄉的美國人和法國朋友，高雅可愛。他似乎是新美國的幸福子嗣；他的生活過得相當高尚講究，並且沒有俗鄙的鋪張。史垂則四下留意，看是誰造成這個奇蹟，是誰使查德不再粗鄙固陋，結果認定這個年輕人有一位法國貴婦，維安妮夫人（Madame de Vionnet），在指點著他。她半是英國人，半是法國人，已經和她的丈夫分居，有一個年已及笄的女兒。史垂則最初的想法是維安妮夫人願意把女兒嫁給查德。故事的主要反諷隨即確定。這位前來巴黎要把查德帶回家的大使反而投向查德那一邊。他自年輕時代起沒有出過國門；到了中年他重又著迷於明亮之都的巴黎以及——我們可以補充一句——查德遇遭的人物。他不僅由於自身的行為而辜負了他的使命；他還做了「錯誤的」決定。他相信查德應該繼續留在國外；這不是他本來要獲得的結論。

這本小說具有詹姆士在他的晚期小說中喜歡利用的精巧的對稱之美；故事發展至此，是全書的中點。在這以前，故事一步一步向前推展。到了大使自己來了一個一百八十度轉變的時候，鈕森姆夫人被他的信函弄得煩心，遂從她設在伍勒特的「外交部」召回史垂則。她立刻派遣一批新的使節，包括查德好強好鬥的姊姊。本書的下半段處理

史垂則的繼續「教育」以及新大使他們的工作。

詹姆士說這本小說的每一部分像是一個圓形的浮雕，一串共有十二個，掛在一面牆上，具有高度的浮凸效果。無論我們想到的是浮雕或是一排圓柱，效果都是古典的。本書分為十二部。在第五部和第十一部，也就是上下各半的倒數第二部，詹姆士都達到一幕高潮。第一個高潮是在一個美麗的晚春日子，發生於左岸的花園。那是藝術家格羅里阿尼（Gloriani）的花園；在這種環境之中，史垂則突然覺得不再有伍勒特的逼迫與嚴肅。詹姆士心中的真正花園是美國畫家惠梭勒（Whistler）的花園，設在大學街上。一個年輕藝術家的幾句話，促使史垂則發表一次長篇大論；這篇說辭裏包含了本書的哲理。「儘量生活，」他說；「不這樣就是錯。不管你作什麼都沒有關係，只要你能有你的生活。如果你連那個都沒有，你還有什麼？」這話具有深刻心聲的性質──它直接來自內心。到了中年，史垂則覺得他似乎錯過了他的火車，覺得火車已經棄他而去；於是他回想他失去的機會。當然，儘量生活，對詹姆士來說，並不是享樂主義的問題；及時行樂太過陳腐。問題在於以認知、明白、醒悟、注意自己的環境、注意自己與他人的關係，來過日子。到本書的後段，「儘量生活」一辭變成「儘量觀察生活」，前後呼應。於是生活和觀察成為相等。生命，詹姆士說，唯有當我們察覺之際才存在。沒有感覺力的話，我們不過是本能與衝動的工具。

然而這只是這部小說重要聲明的序言。我們簡直可以說，詹姆士就是為此而寫這本書的；而《奉使記》至此不僅僅是一個討論國際禮儀的令人滿意的喜劇，或是以巴黎的國際主義來衡量伍勒特的小家子氣。在此我們發現本書的「哲理」性。史垂則大聲疾呼我們必須儘量生活，之後接着又說，生命像是一個模子，由廚師用來形成肉凍或布丁；每一個人的意識都是被形成的──被形成於早年──我們今日大概會說是被制約而成；而一旦肉凍凝結，或是布丁成形，便無法加

以改變。我們是什麼就是什麼。史垂則說,一個人「總之應該儘量生活」;而這句話裏面似乎早就預兆出沙特的存在主義,比沙特早了半個世紀。我們的肉凍已經成形;我們存在;問題於是成為:我們如何處理那個存在。詹姆士提供的答案似乎很奇徑。如果人不自由,如果他活在一個命中註定的世界,並且具有一個命中註定的存在,那麼,史垂則說,他仍然具有「自由的幻想」。這使得生命可以忍受;這使得生命有趣,使我們能夠向經驗、向世界開放自己。

　　亨利・詹姆士純淨的存在主義表現在這些肯定的字眼裏。史垂則也許不高興,因為他沒有按照這個幻想過活;因為他其實是在美國一個陋鎮過著狹窄的生活;然而他的巴黎探險已經使他知道,人可以如他的感覺一般自由;而且這種自由之感是可能獲得的,即使在實際上可能被視為幻想。

　　詹姆士用盡了文體的手段和意象的魔力,使我們覺察到史垂則的不斷擴張的意識;覺察到在新世紀的巴黎的那年春季和夏季,這個美國人如何掙脫過去的束縛。他並沒有完全成功。他知道自己的改變不是根本的;但也不是表面的,因為有一種新的感覺狀態,以及對他具有的那種自由的一種新了解。可以說,他也已經改了他和鈕森姆夫人的關係。他已經為爭取自由而罷工。他可以真正讓自己的良心做他的嚮導。本書開始的時候,史垂則常常注視他的手錶,輕拍他的外衣口袋以確定他的錢包還在原位;他總是注意到計數鐘點,注意到生命依據鐘表時間滴答消逝。他在格羅里阿尼的花園的偉大演說中說他誤了火車。到書末的時候,他到巴黎某一車站,隨便揀了一列郊外火車,真的坐上去了。他並沒有特別要去哪裏。他只是轉到法國的鄉下。有一回,在波斯頓曲蒙街的一家美術陳列室裏,他看過法國二、三流風景畫家郎必烈(Lambinet)一幅畫。他喜歡畫中的翠綠;而今他搭乘這列火車前往法國鄉下,只不過為了追求同樣色調的綠。

　　就史垂則來講,這是他在本書第一部份無法做到的自然流露。而

詹姆士敘述這個故事的時候就好像他預先知道電視攝影機會被發明一樣。他的視覺把郎必烈的圖畫展現給我們；而當攝影機移向史垂則尋覓的圖畫時，它選擇了一條小河、綠色的樹、教堂尖搭。下了火車，史垂則立刻走入他所尋找的圖畫：

> 那個描金的長方畫框消除了它的界線；白楊和垂柳，葦草和小河，他不知其名，也不要知其名的小河，形成一個構圖，滿具巧思：天空是銀灰和蔚藍的一片光澤；左方的小村是白色的，右方的教堂是灰色的；全在這裏，換言之，這是他所要的；這是曲蒙街，是法國，是郎必烈。尤妙的是他在其中逍遙閒步。

史垂則發現了一種有趣的自由，首先使他脫離了時刻表、固定的旅程、指定的地點，甚至脫離了地名：「他不知其名，也不要知其名的小河。」他已經追求存在、感覺、觀察的自由──銀灰和蔚藍，白楊和垂柳。他已經逃離伍勒特的嚴格拘束，並且培養出他對自由的幻景，裏面包含著一種真正的自由，非常具有真實感。我們加入這個天真的中年美國人的個人探險──一個尋求自我的赤子。

　　史垂則下鄉這一天有它特別的高潮。這一天的開始比結束快樂。這個美國人在田園景色中走了幾個鐘頭。傍晚時分他找到一家鄉下客棧。他點了晚餐，心情仍舊自由逍遙，幾乎一無牽掛。趁着晚餐還在準備之際，他走到客棧座落其上的小河邊。他向外注視平靜的、漸深的暮色。馬內（Manet）可能畫出這幅景色；一葉小舟彎過河曲，舟上一個年輕人，還有一個手持粉紅陽傘的女人。然而藝術成了真實：那個年輕人是穿着襯衫的查德；那個女人是穿着便裝的維安妮夫人。他們看見史垂則；他們跟他一起吃晚餐，但是現在他顯然明白自己一直在拒絕正視人人都可以告訴他的事情：維安妮是查德的情婦。伍勒特固然粗鄙，卻猜對了。史垂則承認他一直天真得令人難以置信；生活在一個關係複雜、十分微妙的世界裏，他卻未能注意外界的事實。

但是我們立刻看出,他比伍勒特更了解人性的價值。他覺得悶悶不樂,因為自己未能看出真正的查德。他賦與這個年輕人的美好品格,超出他實際具有的。細察他的所有證據之後,他明白查德到底是鈕森姆夫人的正牌兒子。他厭倦維安妮夫人;他有逃避責任的本事;他十分樂於返回伍勒特——事實上,他隨時可以接受廣告的美麗新世界,可以擴展家庭的事業。史垂則只好自認他給與查德的浪漫事蹟超過情況所許可。他現在看出維安妮夫人的痛苦。

終於我們明白詹姆士對他這些有感情的美國人的歐洲經歷有什麼看法。其動機有關於藝術、有關於次文化、有關於視覺世界、有關於形形色色的人類以及外國的習俗。其中有個人關係的發展。其中有享樂與責任的問題。其中也有文明的吸引:傳統的生活方式、文明社會制定的禮儀。它們是設計來讓個人保存他們的個性。伍勒特拒絕這樣做。可是史垂則有他的困難。他無法完全歐化。他把他的歐洲看得太「嚴重」。他不能完全適應它的悠閒怡然,它的無拘無束。他的性格之中保存有積極認真的成分。向來就是如此。不知道為什麼,美國人對他們的歐洲不是顯得過份認真,就是像這本小說裏的波柯克(Pocock)一樣,只當做遊樂場所。甚至連詹姆士自己對歐洲,都可以說有一種積極的、認真的、固執的看法。歐洲一直是他最大的生命之謎——兩個世界的問題:它們的衝突、它們相異的價值。《奉使記》是一個探討海洋兩岸的故事,是一齣論及褊狹鄉土觀念和世界一家思想的道德喜劇。同時,在見識上,還是本世紀最初幾部偉大的心理小說之一。

擱下這本小說,還有什麼縈懷於我們腦際?第一,我們看見史垂則悠然漫步於巴黎,悠然卻又有點古板;欣賞彩色繽紛的城市,起先還受到他的新英格蘭意識的限制,後來才比較開放擴大;我們知道他對青年時期的回憶,還有他老早以前買的檸檬色小說;而今他竟讓自己購買八十巨冊紅色燙金的精裝書——一套雨果(Victor Hugo)。或

者我們記得他在靜謐清涼的聖母院和維安妮夫人遭遇：史垂則以俗人的姿態在那裏閒逛，她端坐着沉思、祈禱；還有他帶她到碼頭上吃午餐的經驗——一次難忘的午餐。有一種奇怪的說法，說是詹姆士的角色從來不做吃飯那樣自然的動作。但是我們記得史垂則和維安妮夫人在塞納河畔的飯店裏，點了一道蕃茄煎蛋捲，還有他們用以下菜的一瓶黃色法國葡萄酒，以及他們談話時，維安妮的眼睛如何顧盼生姿。然而也許我們最記得的，是那自由自在的鄉下日子將盡之際的史垂則。他已經找到他的郎必烈。他已經穿越它的周界；他已經找到他的青葱翠綠。他發現了自由，也發現了痛苦——維安妮夫人的痛苦；她不再是顯赫的貴婦，只是個平平凡凡陷入情網的女人，眼看着要離開她的情郎。對世故的現代人來說，史垂則的一派天真實在難以理解。我們當中有些人只好逼着自己相信的確有這種天真的赤子；而詹姆士似乎不僅想到愛默生，也想到他的朋友——小說家豪爾思（William Dean Howells）。有一天豪爾思在惠梭勒的花園對一個年輕作家說過，「儘量生活」；這句話是最初的靈感火花，感動了詹姆士的想像力，使他寫出這本小說。

　　對《奉使記》講了這番話，討論史垂則以一個中年的人而如此天真、好奇，並沒有道盡這本小說的趣味。還有一個「繩牽」角色在詹姆士筆下直如玩偶；那就是瑪麗亞‧葛斯。她成了史垂則無所不談的心腹：她和他交談，並且在他的觀察探險中，在他看透經驗的企圖中，鼎力相助。她可以算是一種合唱隊（Chorus）；她提出適當的問題，收取適當的資料。她是一個典型的詹姆士的工具，用以協助他把別處無法獲得的資料交給讀者。瑪麗亞提供了一個附加的「觀點」，一個增添的視覺角度。到最後，詹姆士對她表示滿意；他稱她為「讀者之友」；但是，他誇口說，他也已經把她從工具一變而為活生生而「有作用」的角色。

　　其他的角色代表美國式和歐洲式經驗的相反極端。維安妮夫人和

鈕森姆夫人，法國母親和美國母親：維安妮夫人把她的女兒當做小淑女撫養長大，以傳統的方式教她適應這個世界。鈕森姆夫人的孩子們比較缺乏準備；查德是個鄙夫，要等維安妮夫人把他變得文雅；他的姊姊莎拉（Sarah）粗魯得很，毫無性感與謀略。鈕森姆夫人在伍勒特以善行和「文化」自娛。維安妮夫人在巴黎只顧個人的關係。格羅里阿尼──那個歐洲藝術家──代表成功及其享受；魏默詩──發達的美國人──卻憂鬱而對世界抱着乖張的看法。史垂則深刻地受到歐洲的改變；查德只有膚淺皮相的愛。對詹姆士而言，歐洲才是試金石，而這本小說裏顯然是舊世界得勢。因此書中的歐洲角色沒有一個像莎拉·波柯克；事實上，沒有別人像她那麼討厭。

詹姆士的歐化美國人都很有趣，都是活生生的人物，並且由於離鄉背井而顯得成熟。可是卻沒有一個美國化的歐洲人，因為那有待來日。我們可以確信，如果這本小說寫於今日，詹姆士便真的不能不考慮美國在歐洲的影響。在他寫作的時代裏，這種交換還只是單方向的；而他之提出美國與歐洲之間的問題，等於是在自問今日的我們企圖回答的問題。哪些歐洲價值應當保存？哪些美國價值？異花受精的效果如何？這一大段歷史還未蓋棺論定。

許久以前，佛斯特說過《奉使記》這本書是「形式」（"pattern"）的創作，把生命安排於其中。我們已經看出詹姆士如何以兩段的方式敘述他的故事；每一段分為六部，總共十二部。佛斯特辯稱，小說通常不能「具有像戲劇那樣多的技巧發展」。他說，小說的「人性，或其材料之廣，妨礙了形式。對大多數讀者而言，得自形式的感覺不夠強烈，不足以辯解為此而做的犧牲，因此讀者的裁決是：『做得很漂亮，但是不值得一做。』」這便是《印度行》（*A Passage to India*）作者的批評：這種批評後來得到李維思（F. R. Leavis）的響應。然而在他的《小說面面觀》（*Aspects of the Novel*）的同一章裏，佛斯特先生討論了小說裏面的「節奏」觀念，並且說明在普魯斯特的作品之中，

「簡短的片語」，像范德義（Vinteuil）順手拈來的小段樂章，最能夠「使我們感覺自己處在一個均勻的世界裏」。小說之中節奏的功用，他說，「不是要像模型式樣，一直擺在那裏，而是要藉著它可愛的起伏升降，來使我們充滿驚奇、新鮮與希望。」眼看一位偉大的藝術家如何明於小說之一面而昧於其另一面，實在很有意思。我同意《奉使記》是一個形式，它的佈景像拉辛（Racine）的戲一樣，是「刻板的」。然而詹姆士是個夠格的巨匠，足以了解佛斯特其實是指：這些形式若是要具備生命，必須注入節奏、注入一再出現的意象和象徵。詹姆士的小說之所以勻稱，因為它簡單的象徵工具非常統一——一再出現的時間記號、火車、船隻——誤了火車的史垂則；坐在搖曳的小舟之中，希望史垂則登舟相助的維安妮夫人；或是本書開始不久，史垂則站在麥舍比大街仰視着查德的涼臺，未卜前途如何之際，感覺得到的節奏：還有到了書末，他回到同一地點，憶起自己過去多麼滿懷希望，天真幼稚，對自己未來探險多麼懵懂無知。而今這已成過去，一如人生之中各種事物的煙消霧散；他也已經「生活過」，觀察過，學習過。閱讀《奉使記》便是去發現它的技巧和它的親切人性，並且理解何以許多人把它當做文明的美國想像力的一部真正傑作。

5

論伊迪斯・華頓的主要小說*

　　伊迪斯・華頓夫人（Edith Wharton）生於 1862 年 1 月 23 日。先人是紐約的世家，也就是她在小說中既愛又憎的嘲諷對象。她的小說題材是她最熟悉的世界──1860 年代及 1900 年代有教養，講禮數的紐約上層階級以及新興商業勢力對此階級的攻擊。她是美國社會的批評家。她的幼年背景使她日後的視野不囿於美國新英格蘭區，同時也及於大西洋的彼岸。在這一點上，她和誼兼師友的亨利・詹姆士（Henry James）相似。

　　華頓夫人的著作甚豐。到 1937 年逝世為止，共出版過四十七本書，包括兩本詩集。她的短篇小說有許多以超自然為題材的，水準都很高。

　　伊迪斯・華頓的讀者可能覺得她的小說充滿偶然巧合。就算華頓夫人的技巧常能夠「使我們忽略這類事情」畢竟這要算「機巧而非藝術」。但從另一方面說來，任何細心的讀者都會同意哈特維（Harry Hartwick）說在四十多年前的話：「〔伊迪斯・華頓〕在所有作品之中都表現出完美的駕馭和節制能力。有所揀選和明朗清晰是她在《小說寫作》（*The Writing of Fiction*）一書中大加讚揚的兩點，而她在自己的小說中做到了……。」以上這兩種看法似乎互相矛盾，但筆者以

---

* Ching-Hsi Perng, "Reappraising Edith Wharton" (*American Studies*: Academia Sinica, 1978/3)。原載《中外文學》（1980/9）。

為，這正是華頓夫人小說吸引人之處。因為她對材料處理得當，表面結構的鬆懈遂不成其為問題。她的處理方法可得而言者有並陳法、象徵、人物刻化、一字多義，分別見於本文討論的四本小說：《快樂之家》（*The House of Mirth*, 1905）、《伊丹・傅若姆》（*Ethan Frome*, 1911）、《民俗》（*The Custom of the Country*, 1913）、《天真的年代》（*The Age of Innocence*, 1920）。

選擇這四本小說，根據的是兩種考慮：主題的代表性和技巧上的成就。尼維士（Blake Nevius）討論華頓夫人的地位，曾經歸納出她的「兩項重要而相關的主題」：

> 首先是一個寬大的本性……竟陷於自己造成的局面而與鄙俗的本性聯姻。……然後小說家再企圖界定個人責任的本質和極限，以確定他的主角能有多大的自由，能做多大的反抗，而又不至於同時危及社會的結構。

在此二之外，米樂蓋（Michael Millgate）另指出第三個主題，即商業主題；這一點使得華頓夫人有別於大多數的社會小說家。米樂蓋說：

> 費滋傑羅（Fitzgerald）和伊迪斯・華頓之成為傑出的社會小說家，是因為他們能夠在小說中，依據小說世界的條件，創造出一套新的價值標準，把生意人自然納入。

首二主題出現在本文討論的四本小說之中；商業主題在《伊丹・傅若姆》和《天真的年代》中不易看出，在《快樂之家》和《民俗》中卻至為明顯。

其次說到技巧的考慮。這四本小說有一個共同的特點：他們都能證實華頓夫人是成熟而卓越的小說家。表面看來，《快樂之家》似乎是一部漫無章法、機巧勝於藝術的作品。但已有學者指出這本小說上下兩部之間的對稱關係。再者，小說中散漫的情節實為整個作品大結構的基石。《伊丹・傅若姆》的特色在於意象運用；捨此則「讀者必會覺得人物缺乏動機，悲劇也顯得不夠自然。」《民俗》一書技巧

上的成就是人物刻劃。歸根結底來說，這本小說呈現出紐約新舊勢力的對立，透過馬沃（Ralph Marvell）及其繼承者德謝勒（Rasmond de Chelles）和莫法（Elmer Moffet）之間的消長而搬演出來。至於一般公認為華頓最佳作品的《天真的年代》，在風格上有極高的成就；其中最值得一道的，筆者認為是「天真」一詞的多義性。

一、《快樂之家》的並陳法

《快樂之家》是屬於浮世繪的小說，敘述女主角巴麗麗（Lily Bart）從一屋到一屋淪落的經過。插曲式的情節似乎成為必要，至少表面上如此。巴麗麗在每一住屋暫時居留所發生的一切都成了小說中必要的成分。這些房屋好比是一座富於變幻的大舞臺，而逐漸消失的「快樂」就在其中上演。馬丁（Jay Martin）曾經把巴麗麗枉尋快樂的途中歇腳過的住家臚列如下：

> 一、屈納（Trenor）家：富有，且仍有蛛絲馬跡顯示出先人的禮數；二、多賽（Dorset）家：與過去的關係僅足以使他們不滿於現在；三、布賴（Bry）家：家道日升，且急於躋身上流社會；四、高默（Gormer）家：有的是錢，但還待塑造出社會規範；五、海區（Hatch）家：暖氣太過的旅館世界，有東方人的怠惰和缺乏秩序；六、費里希（Farish）的冒牌上流公寓；七、芮吉娜（Regina）單調乏味的女帽廠；八、斯珠瑟（Struther）所租的斗室；九、最後是「靠門的一間寂靜臥室，來往於其他工人之間而無人聞問。」

如此漫長疲憊的旅程，包含了多少人物、場景、情節，使這本小說成為一種「浮華世界」的展示所。插曲式的性質正所以賦予這本小說可信度與廣度。

內在的需要可以從技巧與主題的糾合來看。《快樂之家》是由三組並陳事物組合而成：一是事件並陳，二是人物並陳，三是次要情節並陳。就事件來說，一般的安排是女主角巴麗麗好壞運道的交替；

泰極否來，否極泰來。這種起伏代表人生的無常，也正是巴麗麗所謂「笨拙的命運」。就人物來說，處處主動、野心勃勃的生意人和保守世家形成對壘之勢；最明顯的是代表前者的若斯德（Sim Rosedale）和代表後者的塞爾登（Lawrence Selden）之間的對峙，另有古來士（Percy Gryce）與屈納（Gus Trenor）做為陪襯。最後是次要情節的安排。塞爾登和巴麗麗的戀愛原是這本小說的主線。塞爾登對巴麗麗雖然有情，却因為巴的身分而有所顧忌。等到塞鼓足勇氣下定決心娶巴為妻的時候，已經為時晚矣；麗麗已經服了過量的安眠藥。和這一主要情節並陳的是妮迪·斯珠瑟（Nettie Struther）與喬治（George）之間的感人故事：他們的愛情完全是建立在互愛和互諒的基礎上，雖然兩人沒有塞爾登的「郎才」和巴麗麗的「女貌」。

總而言之，在《快樂之家》裏，事件的並陳，顯示出巴麗麗一生命運的起伏；人物的並陳顯示出「高級」社會的過度謹慎（以及過度疑懼），其實和崛起中的生意人的粗俗大胆同樣可鄙；情節的並陳則明白顯示伊迪斯·華頓對整個上流社會的不齒；比起下層階級來，他們似乎格外缺乏生命力。

二、《伊丹·傅若姆》的象徵運用

筆者以為，《伊丹·傅若姆》書中最主要的象徵是代表有口難言、代表壓抑、代表束縛的象徵。其中重要的事物包括僵硬場（Starkfield）的自然景觀、黑暗與牢獄的意象，還有醬菜碟。

故事一開始，敘述者就告訴我們伊丹「在僵硬場待過太多的冬天」；認識伊丹之後，他對後者做如下的描繪：

> 他像是啞然憂傷的土地景觀的一部份，是後者冰凍的悲傷的化身——他原先的溫情和感覺都已封凍於表面之下……我感到他的孤寂不僅是個人不幸際遇的結果……而是……來自在僵硬場多少個冬天積聚所得的酷寒。

通篇小說對故事地理背景的描述是一致的。讀者經常看到「鐵一樣的天空」、「獵戶星座冷冷的火光」、「夜間灰暗的」鄉間、等等，代表荒涼寒冷、孤單寂寞的意象。而伊丹的感情生活也正是寂寞而冷淒；他經常和代表冷峻、無力的黑色意象扯在一起。「黑色」、「影子」、「暗」、「晦暗」、「幽暗」、「陰影」等等不斷出現，指出伊丹內心深處的憂傷。

黑色的意象同時也刻畫伊丹和他太太吉納（Zeena）之間冷漠黯淡、了無生趣的婚姻生活。伊丹在母親逝世之後娶了吉納，一個長他七歲、「口若懸河」的女子。這樁婚事顯然由於伊丹害怕孤單而起，因為伊丹佩服吉納的只是她處理家事的才幹——這也是她當初進門協助伊丹照顧病母的原因。既然缺乏感情和肉體相愛的基礎，這場婚姻到該起變化的時候就起了變化：不到一年，吉納已經不復「口若懸河」，不復「持家有方」了。當初伊丹因為迫切需要與人溝通而娶了吉納；如今為了同一原因而疏遠了她。當然有一個第三者的介入：麥蒂（Mattie Silver），也就是吉納的表妹。麥蒂在故事中總是和象徵希望、自由的鳥相關；吉納則和象徵家居、拘束的貓相連。這一對照足以解釋何以伊丹要捨此就彼了。很明顯的，伊丹感覺自己「落入陷阱」之中。但他同時也明白外在的巨大力量——道德的責任與社會的規範。他渴望自由；道德使他毫無出路。由是束縛的母題一再出現。

最後要提到醬菜碟事件。前文已指出，化世界為牢獄的乃是伊丹的婚姻及隨之而來的道德責任。醬菜碟事件正好為這一點做註。事件本身很簡單。有一天晚上吉納不在家，麥蒂把一個灰紅色的碟子從吉納「不許動」的架子上取下盛醬菜，而被貓打破了。簡單說來，這個碟子也象徵著束縛、象徵著婚姻的責任。麥蒂自己都說：「這是個結婚禮物——你忘了嗎？」因此吉納帶著碎片走出房間，猶如帶著「一具屍體」；這便是他們已死的婚姻。而婚姻約束的象徵一經毀去，伊丹陡然成了自己的主人；言談流暢，指揮若定。但這種局面並沒有維

持多久；畢竟，伊丹已經根生於僵硬場的嚴冬之中。

三、《民俗》的人物刻劃

從結構上看來，《民俗》一書的衝突在於紐約世家的「尊嚴」和外地「入侵者」的「無禮」，表現在馬沃和莫法的刻劃當中。人物的刻畫更顯示出作者做為旁觀者的立場：舊族沒落，新興勢力抬頭之際，伊迪斯・華頓對兩方面都加以譴責。

第一部裏，馬沃打着紐約世家的招牌，決意「下娶」史布拉（Undine Spragg），一個花容月貌的「入侵者」。就馬沃來說，他這樣做毋寧是完成一件高尚的事——免得史布拉和他的家人慘遭色狼范迪楨（Van Degen）的毒手。馬沃的對手莫法在第一部中曾經多次被提起，卻一直到很後面才正式出場。他在戲院包廂亮相那一幕很有象徵意義：「閃閃發亮的襯衣領子」，「用一顆大大的養珠繫起來」；「一張肥胖紅潤的朝天臉，形成某種角度，看來比剃刀還利」。這幅畫像和馬沃的翩翩風采自然是強烈的對比，但有它的作用。那顆「大大的養珠」明白顯示其主人的庸俗淺薄。把他的臉喻為銳利的剃刀正好指出這個拚命賺錢者的效率和無情。

在第二部裏，馬沃和史布拉到歐洲度蜜月，但兩人的婚姻已經前途暗淡了；由於無法滿足妻子物質上無饜的需求，馬沃簡直束手無策。在另一方面，莫法却一再成為大家商談或私議的中心。為了史布拉要二遊歐洲，連馬沃都得和莫法合夥做一次房地產生意，而這生意「事後想來好像有點不對勁」。莫法下次出現的時候，是在巴黎和史布拉一起。史已經和馬沃離了婚；開銷太大的她正愁沒有財源，這時莫法授她一計：利用馬沃愛子之心，加以勒索。馬沃果然中計。走投無路的他於是又求助於莫法，而受到最大的屈辱：他發現原來莫法和史布拉在九年前結過婚！這種屈辱感終於導致他在

第四部結尾時自殺。

馬沃之死對紐約世家固然是致命打擊，新舊勢力之間的衝突卻仍然繼續，要到莫法確定成為征服者為止。馬沃的繼承人是德謝勒，代表法國的貴族社會，比舊式紐約更為保守。史布拉嫁給德謝勒之後，經常拿他和馬沃來比較，發現兩人有許多近似之處。事實上，兩人落敗的情形也頗相類。最重要的區別在於馬沃只能以死來逃避羞慚和忿怒；德謝勒博大深厚的歐洲文化使他能夠從戰場中撤退。終於，史布拉和莫法團圓了。只有莫法「和她說同樣的語言、明白她的意思，而且能夠本能地了解到她內心深處的需要──這是她的語彙不足以表達的」。

史布拉大概是書中最受嘲諷的人物，但如日中升的「入侵者」和家道日衰的「土著」同樣得到了應有的批評。莫法的最後勝利並沒有增加他的高貴或體面；馬沃可悲的下場也無法逃過作者的譏刺。從人物安排與刻劃的小心謹慎看來，伊迪斯・華頓在這一場對抗中是個冷靜公正的觀察者。

四、《天真的年代》的一語多義

一語雙關對伊迪斯・華頓的讀者來說並不陌生。前述三本小說中已不乏例子。《伊丹・傅若姆》裏面的「僵硬場」就和全書的中心意象密不可分。《快樂之家》的書名來自聖經舊約的傳道書：愚昧人的心在快樂之家──高高興興的題目裏已經隱含譴責之意。《民俗》的書名既可以指一般美國夫婦之間缺乏溝通與了解這件事實（這是小說裏談到過的）；也可以指美國人喜歡做的二分法──分生意人為出外工作和在家休閒的兩種。要之，一語多義，使得華頓小說的意義格外豐富。

在《天真的年代》裏，天真一詞的意義之重要超出前述諸例甚多。這本小說的力量來自三個主角的相互關係──亞紐蘭（Newland

Archer）是故事的情報中心；魏媚依（May Welland）是紐蘭的未婚妻，後來嫁給了他；歐愛倫（Ellen Olenska）來自歐洲，是媚依的表妹。這三人各自展現出「天真」的一面，格外加深了書名反諷的意味；「天真」一詞的多義使小說的意義更為複雜。

歐愛倫的天真，主要因為她來自國外。在一個規矩繁多重視傳統的社會，她是個明顯的外地人。於是她一再鬧出笑話。由於背景不同，歐愛倫算是一個自由派甚或反抗派。她大胆問道：「亞先生，這兒的人難道都不想知道事實的真相？」她老遠從歐洲來，為的是要追求自由，把過去一切——包括不幸的婚姻——一筆勾銷。但在紐約，想要「像別人一樣」就必須犧牲自由。亞紐蘭的情況略為不同。他在重視傳統的環境中長大，却自命有一顆寬大自由的心。然而這只是他自己的想法；他的傳統觀念還是太深，做不了真正的叛徒。他和歐愛倫相愛，責備愛倫不肯跟他遠走高飛。愛倫生氣說：「不是你勸使我放棄離婚的打算——因為你證明離婚多麼自私、邪惡；你說做人必須維護婚姻的尊嚴……不要辱沒家門？……為了媚依和你，我照着你的意思做了……」。亞紐蘭很久之後才明白「個人」的重要性。他的天真和無知同義。

天真一詞用在魏媚依身上就有意思多了。媚依的背景和亞紐蘭類似，是一個傳統式的人物；但她予人的印象是天真爛漫，沒有心機——和紐蘭的雅好深思恰巧相反。紐蘭覺得媚依是「社會制度的可怕產物……對事物一無所知而又期望甚多」。實則這又是紐蘭無知的一例。媚依自己說過：「你別以為女孩子所知的就是她父母以為的那一點」。又說：「人家有耳朵也有眼睛——人家有感覺也有想法」。正因為亞紐蘭忽略了她的想法和感覺，魏媚依在必要的時候就使出渾身解數來保護自己。且舉兩例子說明。她發覺紐蘭和歐愛倫的戀情後，立刻改變主意，決定提早結婚，並且「順便」打了一通電報通知愛倫，使她知難而退。但婚後的紐蘭還是不安於室，於是媚依在還未

確定之前(兩週之前)就告訴愛倫,說自己已經懷孕了。她向紐蘭解釋的那段文字很動人:

> 她的臉更紅了,但是她正視着紐蘭的目光。「不錯,我那時候還不能確定——不過我告訴她〔愛倫〕說我確定了。你看,我猜得不錯吧!」她高聲說着,藍色的眼睛含着勝利的淚水。

這的確是一場勝利,因為歐愛倫得到這個消息之後決意束裝回歐。魏媚伊的天真其實並不簡單。歐愛倫的天真是坦率而不造作;亞紐蘭的天真是強不知以為知;魏媚依的天真則是以童稚無邪為掩護的純潔加上權謀。

6

尋尋覓覓：從燕昭王的黃金臺說起[*]

　　如果各位是來聽「燕昭王黃金臺尋覓記」的旅遊報導，或者說，如果我是個頭腦靈活，又頗上鏡頭的考古學家，在《國家地理雜誌》上發表作品，那麼，各位可以設想，這下子要看看那著名古跡的夕照，用柯達彩色軟片拍攝出來，品味高雅。各位也可以設想我要談的是，我經歷過的千辛萬苦（你們心裏可能想到不懷好意的土著，身穿連著頭巾的衣服，橫眉豎目），也要聽聽我最後如何找到一方泥堆、焦土或碎石，而那就是傳說中燕昭王的黃金臺的舊址。

　　然而各位知道我研究的是中國文學，因此看到這個題目，心中早有準備，我要講的不會是炎炎的日晒和筋疲力竭的工作。但是，至少對我來說，這件事的趣味並不因此而稍減。因為我所要講的，是基於兩個根本的觀念，而這兩個觀念，相信你我都會同意的。第一、從長遠的觀點來看，東方人和西方人相似之處多於相異之處（這個理論我覺得應該多加闡揚）。第二、對以上說法的觀察和評論，乃是我輩學者的最大貢獻，也是使我們努力振奮不稍間斷的源頭。正因此我們才能從事研究多年，樂此不疲。

　　三十年前，我寫過一篇文章，討論張正郎的一項理論。他認為一位叫胡曾的唐代的三流詩人，可能影響到中國通俗文學「平話」中最通俗、最有名的某些歷史傳奇的形式。我們的朋友胡曾，雖然也寫過

---

[*] J. I. Crump, Jr.（柯迂儒）原作。原載《中外文學》（1987/3）。

其它的詩,但是,他的名氣(其實也不大)卻完全奠定在一些專門歌頌若干歷史人物和地點的詩作上。中國的歷史說書人總愛在適當的時候來一段詩。他們很喜歡胡曾的詠史詩,因為這些詩似乎正好捕捉到一般大眾對若干歷史地點、事跡和人物的看法。我在五〇年代中期,透過了歷史傳奇中的胡曾的詩,才第一次窺見了燕昭王的黃金臺。

在戰國時代(約當西元前第三世紀),北方燕國的昭王大敗於南鄰齊國。據歷史記載,他的復仇意願高到「食不甘味,蓆無寧刻」的地步。在我談到的「新刊全相平話樂毅圖齊」裏,有人建議昭王廣召賢士到燕國,教他破敵之策。故事接著說下去:

> 王遂宣樂毅上黃金臺,置酒管待樂毅。遂封樂毅為亞卿,任以國政。怎見得燕國黃金臺招賢?有胡曾詠史詩為證。詩曰:北乘羸馬到燕然,此地何人復禮賢?欲問昭王無處所,黃金臺上草連天。

聽起來,好像胡曾曾經到過黃金臺,並且在那裏冥想它所象徵的偉大事跡。於是我翻查當時最好的詞書《辭海》。《辭海》裏有這一段:

> 燕昭王於易水東南……築黃金臺,延天下士;後人慕其好賢之名,亦築臺於此,為燕京八景之一。

這樣,事情就差不多解決了。我當時揣測,這個故事的來源或許可以在司馬遷西元前第一世紀寫的《史記》裡找到。後來過了一段日子,我終於在《史記》卷三十四〈燕昭公世家〉讀到燕昭王野心勃勃的計畫。「啊!」我自言自語道:「現在我們可以看看黃金臺的故事,最初是怎麼說的了。」但是,沒有這回事,根本沒有黃金臺。只說:「於是昭王為郭隗築宮而師」。既無黃金,也無臺。我想起可以查《國語詞典》。在當年要查這類資料,這是第二好書:

> 燕昭王……為郭隗築臺,布金於上,以召致四方豪傑,稱為黃金臺。

也許這就是解釋。那座宮就是黃金臺。但這故事從何而來？多年之後，我沒有什麼正經事可做，就翻譯了整本《戰國策》。當然不只為了尋找燕昭王黃金臺的故事，但我知道《史記》的資料來自《戰國策》，所以特別留意。我並沒有真正發現黃金臺，但就在它應當出現的地方，我找到了一段中國古典文學中最美麗最值得珍愛的寓言。容我在此引用，以顯示中國古典時期的作家如何整理昭王的故事和他為先人雪恥復仇的意願：

> 王誠博選國中之賢者，而朝其門下。天下聞王朝其賢臣。天下之士，必趨於燕矣。昭王曰，「寡人將誰朝而可？」郭隗先生曰，「臣聞古之君人，有以千金求千里馬者，三年不能得。涓人言於君曰，『請求之』。君遣之，三月得千里馬。馬已死，買其骨五百金，反以報君。君大怒曰，『所求者生馬，安事死馬，而捐五百金？』涓人對曰，『死馬且買之五百金，況生馬乎？天下必以王為能市馬，馬今至矣。』於是不能朞年，千里之馬至者三。今王誠欲致士，先從隗始。隗且見事，況賢於隗者乎。豈遠千里哉？」

這段文字的結尾正如我們在《史記》所見：「於是昭王為隗築宮而師之」。

我不禁搖頭掩卷而嘆。司馬遷原來是跟希臘史家西羅多德士（Herodotus）一樣喜歡精彩故事的人，不知為什麼竟忽略了「千里馬」這段精彩的譬喻。同時我開始好奇，想知道昭王的建築物是在什麼時候，在什麼情況下著上昂貴的金色？因為這在兩個古典故事來源中都沒有。如所週知，這時候漢學界出了一本真正了不起的大辭典：諸橋轍次的《大漢和辭典》，我就去那裏找。但我知道結果會如何，因為我那時已經寫過一篇叫〈模糊的景象〉（"Dans un écran de radar obscurément"）的文章，發表在 1961 年的《亞細亞學報》（*Journal Asiatique*）。我在文章裏就中國中古時期和歐洲中古時期中傳說的建立做了一個比較。比方說，在歐洲中古時期，維吉爾（Virgil）已經不

僅僅是一位拉丁詩人；在目不識丁的一般老百姓心目中，他已經成為有魔法的術士，法力包括能夠製作一隻銅蠅，替羅馬除掉一切蟲災——看來是沒有任何現代殺蟲劑的不良副作用。

顯然，我們從東西方的歷史可以了解，我們距離過去的偉大事跡愈遠，對它的資料也愈少，最後只知道「偉大這回事」。這一情況使得偉大的原因有了偏差；後人專在自己重視或認為了不起的特性上去尋找，而這可能和他們的先聖先賢風馬牛不相及。因此在中古時期才會以維吉爾的作品來做卜算之用。他們把維吉爾的著作隨便翻開一頁，讓手指隨意落在該頁上的某一段，然後解釋那一段來決疑卜卦。在無知的人想來，像維吉爾這種偉大人物應當具有這種超凡的能力；他們只是把兩者合而為一。在他們簡單的看法裏，一個受到古人如此推崇的人必定是位魔術師，而魔術師的著作當然含藏了魔法玄機。古典時期的「大名」不知不覺地漸漸改成後代的「大能」；這種大能又經常以法術或鉅富的形式顯現。維吉爾在中古時期被視為術士；他之能獲得令人羨妒的神奇法術，其實種因於他在古典時期所受到的敬重。誠如康巴瑞提（Domenico Comparetti）在《維吉爾》（*Virgilio nel Medio Evo*）一書中指出，「無疑地，維吉爾〔在古典時期〕的名聲遠非後代〔中世紀〕所能了解；他的傳說的偉大性遭受極大的誤解，因此才使他獲得迷信式的崇敬。」

同樣的，在中國中古時期（約從西元 300 年起到蒙古人入侵為止），昭王為郭隗築宮，尊他為師的故事，本身似乎難以吸引天下才智之士趨之若鶩。然而，那座房子若是輝煌耀目的黃金臺——或用金子築成、或有黃金置於臺頂——那倒是連不識字的中國人也能了解的，這就很可能讓大家趨之若鶩了！夢想未必都能夠成為事實，但在故事裏，成功的紀錄相當驚人。

說到這裏，讓我們回到我在《大漢和辭典》的發現。這本辭典裏收了我以前見過的所有資料。但又增列一條：說王隱的《晉書》提到

黃金臺（他稱之為太子丹的黃金臺）。王隱成名於西元 317 年左右。《大漢和辭典》又引《水經注》，作注的酈道元，卒於西元 572 年。這就把黃金臺傳說的起源牢牢定在中古時代的初期，也正如我的推想。可是，這個說法也不是完全無誤，因為《大漢和辭典》還引用了《述異記》（一般說是任昉〔460–508〕所著），其中並沒有說那座建築物是黃金臺。《述異記》裏這樣記載：

> 燕昭王為郭隗築臺，今在幽州燕王故城中，土人呼之為賢士臺，亦謂之招賢臺。

這麼說來，燕昭王黃金臺的傳說在西元第四世紀時已經開始流傳，並且鍍上了璀燦的黃金——而在中國中古時代後期的俗文學中，這一點倒成了故事的主要特色。一旦我們明白中國和西方古典文學在中古時代的轉變，在高臺頂上擺黃金簡直成了意料中事。中古時期的老百姓經常把神奇的色彩加在古典時代的歷史；這種現象反映出中古時期的想望，更甚於神跡所描述的古代。

但事情還不那麼簡單。在西元五世紀的《述異記》裏又跳出了另一個基本的人性傾向。《述異記》確認了一個「特定」的地點，因為它說「今在幽州燕王故城中」（聽起來像是一堆土丘或開挖一半的廢墟）做為古代那座高臺的位置。但是我們前面才注意到，要到中古世紀初期，高臺本身才出現在小說裏。老百姓珍惜他們這個古典遺產，但因為想據為已有而加以扭曲。以認定某一傳說發生於某一特定地點的這種方法來接近古代，也是人情之常。這甚至可能是宗教需要的一部分；用這種方法，可以把老百姓最願意相信的事情賦予實質，而那老百姓就是你我。無論如何，這是一種東西方同然的衝動。

早在鮑薩尼亞（Pausanias）所著的《希臘導遊》（*Guide to Greece*）裏，西方人就把真正的地點和「依菲吉娜亞（Iphigenia）之墓」或「天后希拉（Hera）分娩所在的柳樹」等等混為一談。鮑薩尼

亞是西元第二世紀前半期的人。提供給他這類資料的人是當代的人，他們因為珍視自己的傳說，才在傳說中加上實實在在的泥土或石頭或樹木，好使傳說變得更直接，也變成他們日常環境的一部分。

再舉一個西方的事例。在《伊絲瑞亞遊記》（*Peregrinatio Aetheriae*）裏，我們還聽說那位虔誠的女修道院長，在經過聖地的途中，下了何烈山（**Mount Horeb**），然後：

> 從山谷的前頭出來。那兒……現有一座教堂，因為就在矮樹叢所在之處……這就是那樹叢……當年主在那裏，在火中向摩西說話。教堂前面有個非常怡人的花園，裏面有佳水極多，樹叢本身就在花園裏。

就我們所知，伊絲瑞亞朝聖之旅啟程自法國南部，時間是查世丁尼大帝統治的初期。查士丁尼死於西元五六五年。

然而，賦傳說和信仰以實體的人性需求並非由鮑薩尼亞開始，也非由伊絲瑞亞結束。這種需求至今仍然存在。若干年前我在英國參觀溫契斯特城堡。其中樓下已經劃歸法院的部分有一面牆，牆上掛了一張橡木桌面，它的對角線整整有八英尺長，五顏六色塗著錐形式樣。我心裏正納悶，不知道這是什麼東西。這時，我聽到灰髮的導遊跟其他旅客說，那是亞瑟王的圓桌。我後來過去問他，看他是否真的相信他對觀光客所說的話。他對我這個懷疑溫契斯特堡古物的可憐鄉下土包子，真的是不屑之至。他從來沒有想到，這並不是亞瑟王的傳奇中那張重要的圓桌。

昭王的黃金臺和幽州的某高臺合而為一，這顯然是中國式的辦法，把傳說發為具體過程中的一部分。若非昭王的復仇意念，便是賢人紛至杳來這件事實，像是看不見的果刺，使未來傳說的種籽牢牢鉤住了一般人的心靈彩布。然後在那裏緊緊掛著，直到形體日壯資料漸詳，可以獨立生活為止。事實上，有時錦繡般的民間傳說和未經文飾的史實長久並存，相安無事；兩者之間的矛盾一般人都不以為意，何

況我們這些心懷同情的人？

然而，有一件事必須在此一提。三本一流的中國大辭書都在說到黃金臺的時候，採用了民間流行的說法，繪形繪影。但黃金臺乃是中古時期的虛構故事，在古典作品中並無其事。我們只能說，這些辭書的編者也許不知情，否則就是知情而不報，認為這一事實並不重要。

總有些時候，做學者的為了保護某些不可侵犯的「聖牛」，或避免授庸人以柄，難免想要對某些事實三緘其口或稍做扭曲。我的理論是：這種做法當然有損於學術，而且想像中的害處常常也只是想像而已。

讓我們假定（其實這是無法證實的），中國辭書編者知道黃金臺是虛構故事，卻故意不加理會，因為它象徵了中國傳統社會中最根深蒂固的信仰──也就是說，執政者應該盡全力吸收博學有才之士來替他們治國。（而這些編者也相信，歷史上中國的明君的確這麼做了。）事實或許不然，因為君主愛用的是親戚、走狗、和阿諛的人；但虔誠的願望又是另外一回事。

身為學者，我必須追求線索，設法了解昭王高臺如何變得金光閃亮，因為這是我做學者的責任。但是，說也奇怪，我並沒有摧毀任何象徵！倒是因為證實了黃金臺並不存在於古典時期的著作中（而且這種建築可能從未有過），我反而能看清中國和西方的相似之處；中國辭書編者比較狹隘的眼光則無法看清。釐清了這個傳說的日期和來源，我發現傳說在某一時代的形成，對中國人和西方人是同樣的普遍；這其間並沒有文化上的關連，卻是一種基本的人性活動，不因人類地理及社會根源而改變。在我認為，**觀察這種現象的能力正是學術研究的中心**。

我說我並沒有摧毀任何象徵，因為我並不只是個學者。我也是人，是個熱愛中國文學的浪漫派。學術的誠實固然使我明白黃金臺的基礎只是泥做的，我卻不會因此就放棄了對中國文學的愛。正好相

反,比起正史輕描淡寫的「為隗築宮」四個字,民間歷史的說法比較生動,也令人滿意多了。我因為個性浪漫,所以不願放棄昭王的黃金臺以及它所代表的意義,就跟中古時代中國說書人的聽眾一樣。因此,儘管我的學術研究未能替那傳說找到任何真正的遺跡,我卻知道,在另一個層次上,黃金臺確實仍然存在某個地方,召喚著賢人志士去參與崇高的事業。

譯按:本文原以書信體寫成,是作者致 Jaroslav Průšek 的一封「信」,收入 *Etudes d'histoire et de littérature chinoises offertes à Professeur Jaroslav Průšek*(Paris, 1976),是捷克漢學家 Průšek 的祝壽論文集。1986 年 12 月,柯氏應邀參加中央研究院舉辦的第二屆國際漢學會議。會後在臺大以中、英文各發表演講一次。本文即為中文演講稿,因此原文的「您」變成了「各位」。

7

莎士比亞佚失的一齣戲[*]

與約翰・福雷徹合寫《卡丹紐》

　　許多作品，即使出自最偉大的作家，都已失傳，沒有留下蛛絲馬跡。埃司基勒斯（Aeschylus）的八、九十齣劇作，索福克里斯（Sophocles）約一百二十齣劇作，只各留下七種；尤瑞匹迪斯（Euripides）和艾瑞斯妥芬尼斯（Aristophanes）稍好一些：前者九十二齣留下十八齣；後者四十三齣留下十一齣。當然，他們都是2500 年前古代希臘戲劇家。愈是接近我們的時代，重要作家的多數作品就愈有機會流傳下來。

　　至於活在 1564 到 1616 年間的莎士比亞，他的作品流傳更為複雜，因為他似乎對自己劇作的出版不感興趣，也沒有參與。不過他的名聲太響亮了，所以現知他的作品中，有一半在他生前印行過——大眾不僅樂意買票看他的戲，也樂意付錢讀他的劇本——其他作品則在他死後七年，由約翰・何明斯（John Heminges）和亨利・康斗（Henry Condell）這兩位友人兼演員夥伴精編出版（即「第一對開本」）。除了收入這部集子的劇作外，現代學術界只添加了一齣戲——一部叫作《兩貴親》（*Two Noble Kinsmen*）的晚期作品，是莎士比亞和後輩同事約翰・福雷徹（John Fletcher）合寫的。

---

[*] Stephen Greenblatt, "Shakespeare's Lost Play." 原載《聯合報》副刊（2013/07/05）。

出道之初，莎士比亞最早期的幾個劇本是和一兩位當代作家共同執筆的。雖然團隊合作是戲劇的本質，但大部分冠上莎士比亞之名的作品似乎是他的獨立創作，至少他是主筆者。直到寫作生涯的晚期，他才又與人合寫；顯然他擇定了約翰・福雷徹作為主要合作者及接班人。莎士比亞跟他合寫了《兩貴親》、一齣原名《都是真的》（*All Is True*）的歷史劇（現在通稱《亨利八世》[*Henry VIII*]），以及今已佚失的第三齣戲。

這齣戲叫作《卡丹紐》（*Cardenio*）。國王財務大臣檔案中，有這齣戲在1613年5月20日及6月8日各演出一場的紀錄，註記了付款給何明斯。1653年，書商亨福瑞・莫斯理（Humphrey Moseley）在書業公會記錄簿（Sationer's Register）——這是所有即將出版的作品都必須登錄的正式文書——登錄了「卡丹紐傳。福雷徹先生與莎士比亞著」。因此這齣戲毫無疑問曾經演出，而且起碼也曾公告周知其出版意圖。

莎士比亞和福雷徹的《卡丹紐》沒有一本傳世。失傳的理由並不清楚，但絲毫不令人訝異：十六、十七世紀的劇本，只有一小部分保留下來。當年沒有保存出版品的機制——沒有中央政府的收藏處——而大學圖書館員和私人藏書家不會蒐集當代劇本。儘管莎士比亞生前已頗負盛名，卻也要到十八世紀才被人狂熱崇拜到珍惜他生活和作品遺留下的點點滴滴，而這時候許多資料都已經亡佚，包括《卡丹紐》。

《卡丹紐》手稿可能燬於祝融

1728年，身兼劇作家、詩人、企業家的路易・奚額寶（Lewis Theobald）宣布，他找到了莎士比亞─福雷徹的佚本劇作。奚額寶甚至還宣稱，他握有手稿三份之多，其中之一「有六十年以上的歷史，是知名老牌提詞人黨斯（Downes）先生親手所抄；據我獲得的可靠資訊，它早先屬於大名鼎鼎的貝德騰（Betterton）先生所有，而他有

意公諸於世。」奚額寶聲明，他在都儒里道（Drury Lane）成功演出的劇作《雙重背叛；又名，悲慘情人》（*Double Falsehood; or, The Distressed Lovers*）便是以這些手稿為底本。《雙重背叛》的戲文曾經發行，也流傳下來，然而據稱是它所本的珍貴手稿卻沒有倖存。

雖然奚額寶自己編輯過莎士比亞作品，雖然他也熟識當代其他莎士比亞編者及學者，但他卻不曾給任何人過目那些手稿，讓它們接受個別檢閱或認證。如此，難免啟人疑竇，認為他所謂對《卡丹紐》有重要發現的說法乃是個騙局，是為了上演他自己那齣戲的宣傳花招。他自稱擁有的那些手稿假如確曾存在，則他過世後，即會成為科芬園劇場（Covent Garden Playhouse）的財產，而這個劇場，連同它的一切書籍文件，於1808年完全燬於祝融之災。

歷史上重大的文學邂逅

當然，《雙重背叛》沒有十七世紀早期的印記，卻多的是奚額寶當時的思維與風格。只憑這一點並不能說它跟莎士比亞和福雷徹的劇本毫無關連，因為十八世紀早期的習慣是改寫伊莉莎白與詹姆斯一世時期的劇作，包括莎士比亞的，使之符合當代觀念。《雙重背叛》的文本曾經有人仔仔細細檢驗過，尋找跡證，看是否多多少少源於更早的手稿，也有一些高明的學者相信他們確實發現了這種痕跡。然而許多其他學者依然存疑，所以結果至多是尚無定論。

莎士比亞和福雷徹的戲劇情節顯然取材自塞萬提斯（Cervantes）《吉訶德先生傳》（*Don Quixote* [1605]）第一部裡以插曲方式敘述的卡丹紐故事。這兩位劇作家幾乎絕無可能讀過塞萬提斯傑出小說的西班牙文版，但《吉訶德先生傳》相當快速地由一位流亡在外的的天主教徒湯馬斯・薛爾敦（Thomas Shelton）翻譯成英文。略經耽擱之後，薛爾敦的譯本於1612年出版；到了1613莎士比亞和福雷徹劇本首演那年，想必已經轟動了倫敦文壇。

令人既震撼又感動的是，英格蘭最偉大的文藝復興時期作家閱讀了西班牙最偉大的文藝復興時期作家，兩人相遇於生命將盡之際（非常奇妙，他們注定要在 1616 年 4 月的同一天過世）。畢竟，在《哈姆雷》和《李爾王》等戲裡，莎士比亞曾經沉思過瘋顛的怪誕幽默與極度哀傷；所用的那種強烈專注的心思，在他同代人物中，唯有塞萬提斯可以比擬或勝出。

　　然而，這一重大文學邂逅焦點並不在我們會預期的那位精神失常、輕易上當的拉曼查騎士，反而是如莎士比亞和福雷徹的劇名所示，在塞萬提斯小說裡面，大多數漫不經心的現代讀者難得有印象的一段插曲。卡丹紐故事和吉訶德先生及其跟班桑秋・班薩（Sancho Panza）的冒險活動有一搭沒一搭打交織著，是典型的文藝復興時期男性友誼與外遇的悲喜劇；從早期的《維容納二紳士》到晚期的《兩貴親》，莎士比亞在寫作生涯中對這種故事始終興味盎然。

故事梗概明顯得自《吉訶德先生傳》

　　卡丹紐和盧仙姐是一對青梅竹馬的戀人。在尚未徵得雙方父親允諾婚事前，卡丹紐就被迫離家，到一個權貴的宮廷服侍，成了貴族之子斐南度的親密好友。斐南度曾以結婚為餌，誘姦過出身卑微的德若苔，而今反悔；為了躲避德若苔，就隨卡丹紐返鄉。在那裡，不負責任的貴族之子立刻愛上了盧仙姐。斐南度藉故支開他的朋友卡丹紐，向盧仙姐的父親提親；盧仙姐的父母樂於高攀，遂不顧女兒反對，斷然答應這門婚事。極度失望的盧仙姐寫信給卡丹紐，他急忙趕回。抵達時，卻只能從簾幕後面目擊結婚典禮。他看見所愛之人伸出手來應許嫁給奸詐的斐南度，便絕望地衝出現場。他沒有看到盧仙姐在那最重要的一刻暈倒了。在她的緊身胸衣裡發現一張字條，宣稱她要刺殺自己。於是，斐南度勃然大怒，氣極奔出。盧仙姐則逃到一間修女

院。對這些後續發展毫不知情的卡丹紐棄絕了文明，一如荒野中的李爾王，像瘋子般遊蕩於席厄拉山脈。於此同時，被始亂終棄的德若苔聽說斐南度和盧仙妲的婚姻無效，就像《維容納二紳士》裡的居里雅一樣出去尋找他。她跟居里雅及其他許多莎士比亞的女主角一樣，打扮成男孩子，然而這項權宜之計並無法保護德若苔。她為了免遭姦汙，把侵犯者推落山崖。之後她也逃到席厄拉山脈。六個月過去。斐南度發現盧仙妲在修院，就劫持了她。卡丹紐和德若苔在山間遇；德若苔告訴他，盧仙妲在字條裡宣告自己因為已經許身卡丹紐，所以不能嫁給斐南度。卡丹紐因而重新燃起希望，神智也恢復清醒。他們跟別人一同來到某客棧，裡面有位神父在店主的書堆中找到一個故事，便大聲念給眾人聽。這個故事敘述新婚的安塞摩要求他最要好的朋友羅賽柳設法勾引自己妻子，以考驗她的貞潔。他的妻子和那朋友墜入情網，合謀欺騙丈夫。這場愛情糾葛的結局是人人都絕望而死。說書的插曲過後，斐南度和被挾持的盧仙妲也恰巧來到同一家客棧。德若苔責備斐南度不該如此待她，斐南度羞愧之餘，答應娶她為妻，讓卡丹紐得到盧仙妲。皆大歡喜。

這個故事梗概，莎士比亞和福雷徹明顯得自《吉訶德先生傳》，但這故事還沒有成熟到可以擷取的程度。塞萬提斯把它和沉迷於俠情的武士之冒險犯難糾纏在一起；為了故事流暢，兩位英國劇作家勢必要解開極為複雜的線團。卡丹紐故事的橋段僅僅在吉訶德來到席厄拉山脈，決心為了愛上杜西妮亞而瘋狂之後的際遇空隙間，**斷斷續續冒**出來。

塞萬提斯以特有的神祕、刻意、自我指涉方式打斷敘事，根本沒有按照著故事先後次序呈現。兩位合作的英國編劇努力從塞萬提斯刻意製造的一團混亂中，梳理出清晰連貫的情節，想必覺得啼笑皆非。他們達成任務的唯一鐵證在於這齣佚失劇本的劇名不叫《吉訶德先生傳》而叫《卡丹紐》——還有奚額寶在十八世紀聲稱尋獲手稿的改編

本。拉曼查騎士,以及神父朗讀的警世故事這類敘述中斷手法,在《雙重背叛》裡完全消失。留下來的是審判卡丹紐和盧仙妲這一段直白有力的轉述。

　　這樣的轉述可就是莎士比亞和福雷徹在 1613 年要提供給大眾的精髓嗎?事隔這麼久,加上沒有進一步的證據,我們無法確知。我們能夠確知的是,莎士比亞經常改寫他人的作品,而他也預期自己的作品同樣會被人改寫。

文學作品翻譯

1

叔叔的夢*

我的叔叔麥立克,可算是世界上最糟的農夫了。他對自己的利益,有太多的幻想與詩意;他追求美。

還記得那不堪回憶的一年,我曾為他栽過一百棵石榴樹。也記得,我曾和他駕過約翰・狄爾牌的曳引機。現在想起來,那純粹是美學,而非農耕,叔叔他所喜歡的,是種樹,看着它們成長。可是,由於土壤的原因,它們並不長。

這是一塊貧瘠乾躁的沙漠,可是叔叔却對著這塊他買來的六百八十畝地招手,陶醉地說:

「在這塊光禿的土地上,
將有一座花園開花;
甘泉渤然湧出;
所有美麗之夢,
會在此成為事實!」

「是的,叔叔。」我應道。

我是看過他這塊土地的第一個也是唯一的親戚。他瞭解我在內心也是個詩人。他並相信,我能了解那帶引他光榮而徹底失敗的偉大的衝動。他和我一樣明白,他買的是不值錢的沙漠——在西厄拉內華達山腳下,遠離文明的沙漠。長滿了各種沙漠植物;遍地的土撥鼠、松

---

* William Soroyan, "The Pomegranate Tree." 原載《拾穗》(1965/5/1),筆名貞士。

鼠、角蟾蜍、蛇及各種小動物,空中只出現各種的老鷹——這真是一塊寂寞、空洞、真實而莊嚴的地區。

我和叔叔把福特車開到沙漠中央,然後下車步行。

「這塊土地,」叔叔說:「是『我的』土地!」我們慢慢走着,一邊兒踢着乾土;一隻角蟾蜍從叔叔腳旁爬過,叔叔嚇了一跳,抓住我的肩膀,停住了。

「那是什麼?那個長了角的老鼠?」

「我也不大清楚,好像叫什麼『角蟾蜍』吧。」它在三尺前方停下來。叔叔瞧着它,問道:

「這玩意兒有毒嗎?」

「您是問吃起來有毒還是咬人有毒?」

「兩者。」

「我想蟾蜍肉不會太好吃,」我說:「不過也不咬人。我就曾抓過好些個。它們被捉了以後,會顯得很傷心,但不咬人。」

「要不要抓這個?」我問他。

「請便。」

於是我悄悄走上前去。叔叔在注視着。

「得小心哪!」他說:「你真有把握它沒有毒嗎?」

「放心,我抓過好些個呢!」

我把角蟾蜍拿給他看,他儘量裝出不害怕的樣子,不過,聲音却不很自在:「好一個可愛的小東西。」

「您要不要抓抓看?」我問。

「不不不,你抓住。」他忙道:「我從沒有和這種東西如此接近過。還有眼睛呢!我想它可以看見我們。」

「不錯,它正盯着您。」

叔叔的兩眼瞪着蟾蜍,蟾蜍的兩眼瞪着叔叔。隔了半鐘分,蟾蜍終於把頭偏向地上。叔叔這才鬆了口氣,道:

「我想一千隻這玩意兒，足可殺死一個人！」

「蟾蜍是不結伴的。」我說。

「一個大蟾蜍也許可以咬死人！」

「這隻已經夠大了，它不會再長了。」我說。

「不管怎麼樣，就這麼小的動物來說，它的眼睛已大得嚇人了。對了，你真有把握它不介意你把它抓起來？」

「我想我一放下，它就會忘了的。」

「真的？」

「我想它的記憶不太好。」

叔叔於是伸了伸腰，深深地吸一口氣，道：

「把它放了吧！既然這玩意兒既無毒，又不再大；又不成群結伴；更沒有什麼記憶力；那麼，放了它吧。」

「是，叔叔。」我把它放回地，任它爬走。

「這種小動物，已經在這種土地上活了幾世紀。」我說。

「幾世紀了？真的？」

「噢，我沒什麼把握。總之，它們現在還活在這兒。」

叔叔看了看四處的荒漠和植物，又抬起頭看看天空，叫道：「他們都吃什麼？」

「我不知道。」

「你猜呢？」

「我猜它們吃昆蟲吧？」

「昆蟲？什麼樣子的昆蟲？」

「小甲蟲之類的吧，我不知道它們的名字；不過，我想明天在學校可以查出來。」

我們繼續走著，看到地上有些洞，叔叔問了：

「洞裡是什麼？」

「土撥鼠。」
「土撥鼠是什麼？」
「唔——有點像老鼠，屬於齧齒類。」
「這些傢伙在『我的土地』裡搞些什麼名堂？」
「叔叔，它們並不曉得這是您的土地哪！它們住在這兒好久啦！」
　　叔叔似乎又想起了那角蟾蜍。他說。
「我想那角蟾蜍以前一定沒看過人的眼睛。」
「嗯。」
「你想，我有沒有嚇了它？」
「這我怎麼曉得？」
「假如我嚇了它，我絕非故意的。」叔叔接著說。
「將來有一天，我要在此蓋一座房子，一座豪華的房子。」
「可是，這兒離城很遠呢！」
「不過一小時的路程吧。」
「不錯。假如您每小時走五十哩路的話。」
「沒有五十哩，才三十七哩。」
「您只算了大路，小路沒算。」
「不管了，總之，我要建一座世界上最好的房子。對了，這塊土地上還有些什麼東西？」
「哦，還有三、四種蛇。」
「有沒有毒？」
「多數沒有毒。不過，響尾蛇有毒。」
「你是說，這塊土地上有響尾蛇？」
「響尾蛇常住在這種土地上。」
「多少？」
「您是說每畝地上有多少還是一共有多少？」

「每畝。」

「唔——保守的估計，約三條。」

「每畝三條？」叔叔叫着說：「還只是保守的估計？」

「可能只有兩條。」

「那麼共約多少？」

「我算算看：每畝兩條，六百八十畝，大約有一千五百條吧。」

「一千五百？？」他吃驚地說。

「一英畝蠻大的。每畝兩條響尾蛇，並不算多。」我安慰他。

「還有什麼有毒的東西？」

「別的我就不知道了。我想，別的都不妨；對，連響尾蛇也不妨，只要你不踩了它。」

「好，那麼你走前面吧。提防著，別踩了響尾蛇。我不希望你十一歲就死掉。」

「是，叔叔，我會小心。」

我們繞了回來，走向車子。一路上，我沒看見響尾蛇。上了車，叔叔點上一根香煙，開腔了：

「我要在這塊荒土上建立一座花園。」

「是的。」

「我知道我們的困難在哪兒，也知道該怎麼解決。」

「怎麼解決？」

「首先，」叔叔說：「僱用些墨西哥工人來工作。」

「做什麼？」

「清理土地呀。」叔叔說：「然後，我要他們挖水。」

「在哪兒挖？」

「當然在地上囉。當我們有了水以後，我要叫他們耕地，然後呢，就該開始栽種啦！」

「種些什麼？麥子嗎？」

「麥子？」叔叔叫道：「要麥子幹嗎？麵包每個才五分錢，我要種石榴樹！」

「哦，石榴什麼價錢？」

「這村裡的人還不知道什麼叫石榴呢！」

「整塊土全種石榴？」

「不，我還想種點別的。」

「桃樹？」

「大約十畝。」

「杏樹如何？」

「杏樹很可愛，味兒香，仁兒好吃。」

「希望那些墨西哥工人找水不麻煩。」我很懷疑，「這種地底下會有水？」

「當然。」叔叔說：「重要的是開始。我會教工人們提防響尾蛇的，你再說下去，桃、李、還有呢？」

「無花果怎麼樣？」

「三十畝。」

「桑樹呢？桑樹很好看。」

「桑樹嘛──」叔叔的舌頭在嘴裡動了一陣，「好。你說種多少？」

「差不多十畝。」

「就十畝吧！還有什麼？」

「唔──我想，這種土地不適於種蘋果樹。」

「不錯。而且我也不喜歡蘋果。」

叔叔開始發動車子。車子像個球似的，慢慢蹦著，一直到我們開上了大道，速度才加快些。

「還有一件事情。」叔叔說：「希望回家後，你別把這農場的

事,告訴家人。」

「是的,」我應道。不過,我心裡在想:「農場?這也算農場?」

「我要讓他們驚喜,你也曉得你祖母的脾氣。」叔叔說:「我先進行我的計劃。等一切都弄好了,再把全家帶來,讓他們吃一驚。」

「哦!」

於是,墨西哥人開始清土了。差不多兩個月的時間,清了二十畝地。他們用的是鋤頭和鐵鍬,似乎什麼都不懂,也不抱怨,只管領工資就是了。工人們是兩兄弟和他們的兒子們。終於有一天,老大,叫做「狄阿哥」的,很禮貌地問叔叔,他們究竟在幹什麼。

他說:「老闆,您要我們在這兒挖沙漠,究竟為什麼?」

「我要弄個農場。」叔叔答。

別的工人紛紛用墨西哥話向狄阿哥問,我叔叔說了什麼。狄阿哥就用墨西哥語轉告。

他們似乎相信,告訴我叔叔這塊土地不可能變為農揚,只是白費口舌。所以,就各自挖土去了。

但是,挖好的土地,只能維持一段時間。最先清好的土地,終於再度成為沙漠了。叔叔很奇怪地觀察着。

為了這件事,他跑去跟芮昂先生商量。芮昂先生是做農場用具生意的。他就告訴叔叔,最新式的,該是用曳引機,則一年的工作,可在一天內做完。

所以叔叔買了約翰・狄爾牌的曳引機。由芮昂公司派了一位技師來教狄阿哥如何使用。第二天,當我們到那塊土地上時,老遠就看到了曳引機正在操作,聽到了隆隆的聲音,響徹了整個空曠的沙漠。這聲音聽起來頗為可怕,可是,叔叔卻以為很美妙。他說:

「真是一大進步。世界進步了;一萬年以前,得用一百個人,花一星期的工夫,來做今日曳引機一天做的工作!」

「一萬年以前?」我說:「您指昨天?」

「管它！總之，沒有比這些方便的工具更令人舒服了。」

「曳引機也不是太方便的工具。」

「什麼？難道駕駛員不是坐着？」

「哼，他跟本沒法兒好好站。」

「別吹毛求疵了，只要能讓你坐着，那就是一大方便。對了，你會吹口哨嗎？」

「會的。叔叔喜歡聽什麼調兒？」

「什麼調兒都不要，我要你吹給曳引機上的工人聽。」

「幹嘛？」

「你別管幹嘛，只管吹吧。我要讓他知道，我們在這兒，而且對他的工作很滿意。瞧！他已經耕了二十畝了。」

我把兩手的食指和中指放到嘴裡，用全力去吹。吹得又好聽又響亮，然而狄阿哥似乎沒有聽見。

叔叔說：「再來一遍。」我又試了一次，狄阿哥還是沒有聽見。

「大聲些！」

這回，我使盡了吃奶的力氣。叔叔忙用手搗住耳朵，我的臉也脹得通紅。狄阿哥總算聽見了。他把曳引機慢下來，轉了個彎兒，向我們開來。

不到一分半鐘，人車俱到。這墨西哥佬似乎很高興，揩了揩臉上的灰塵和汗，下車道：

「老闆，這玩意兒好得很。」

「是嗎？我很高興你喜歡它。」

「您要不要試一下？」他問叔叔。

叔叔躊躇地望著我，然後說：

「你上去試試看。」

狄阿哥先上車，再拉我上去。他坐在金屬座墊上，我站在他背後，拉緊了他。曳引機先是抖著，然後跳着，最後才開動。速度

很快，聲音極大。狄阿哥繞了一個大圈圈，又開向叔叔處。我跳了下來。

叔叔說：「好了。你去工作罷。」這墨西哥佬把車開回他的工作地點。

幾個月以後，依然沒有水。到處都挖了井，就是沒有水。叔叔不是沒有馬達，只是用了馬達水還是不出來。叔叔無可奈何，終於把挖水專家羅埃和他的兩個弟弟，從德克薩斯請來。他們一口答應了。花了三個月的工夫，終於有水了，可是水流很小，而且水還很混濁。專家告訴叔叔說，這情形不久當可改善。然後，他們回到德克薩斯。

現在，一半的土地已經清好而且耕過，水也有了，所以該輪到種植了。

我們種的石榴樹，品種很好，也很貴。種了七百株。我自己種了一百，叔叔種不少。從此，在這遠離文明的荒漠上，我們有了二十英畝的石榴果園。這是一樁你所能想像得到的最可愛的荒唐事。而我叔叔却為它發狂。只有一點美中不足——叔叔的錢快光了。於是他決定把所有的時間，精力，金錢花在石榴樹上，而不再圖謀在這六百八十畝地上搞什麼花園，叔叔說：

「這只是目前。等到我們開始銷售石榴，把錢掙回來，我們再……。」

「是的，叔叔。」我應道。

雖不是十分肯定，不過，我料想得到，至少兩三年內，從這些小樹苗，我們將得不到多少值得一提的石榴。但我沒說出來。

叔叔辭退了工人們，改由他自己和我來照顧農場。我們自己有一部曳引機和一大塊土地。偶而我們會到農場上，開著機器耕地，翻土。這樣過了三年。

叔叔說：「不久，你將會在這沙漠上，看到世界上最美麗的花

園。」

可是，水的情形，老不見好轉；偶然嘛，也會突然挾著鵝卵石，迸出大量的水；這時，叔叔就極為高興。然而，一到第二天，又變回涓涓細流了。那些石榴樹勇敢地為生存而奮鬥，只有沒有足夠的水來結果實。

第四年，總算開花了，對叔叔來說，這真是一大勝利。每次看到了，就欣喜欲狂。

花是開了，却啥也沒結，花誠然美麗，但也僅止於此，紫色而孤單。

這年，叔叔收穫了三顆小石榴；我吃掉一顆，他吃掉一顆，還有一顆保存起來。

次年，我十五歲了，好些令人興奮的事發生在我身上。請別誤會，我只是說。我唸了好些名著，並且長得跟叔叔一般高了。「農場」還是個秘密。它花了叔叔很多錢，叔叔却一直想像著，他很快地就可以賣石榴，把錢掙回來，再繼續他沙漠花園的計劃。

那些樹長得並不順遂，長大了一點點，不很顯著。也有不少枯萎，甚至死了。叔叔說：

「很平常，每畝損失二十株，是很平常的。暫時，我們不再補充，以後再種新的吧！」

又過了一年，叔叔收穫了約兩百顆石榴，工作是由叔叔和我做的。這些個石榴，樣子實在乾癟醜陋，我們用精緻好看的盒子分別裝了十一盒，叔叔用船把它們運到芝加哥一家批發商那裡。

一個月了，還沒有下文。於是叔叔打了一通長途電話。那個批發商，德阿鈞斯提諾，告訴叔叔，沒有人要買石榴，叔叔握住電話大叫：

「你每盒開價多少？」

「一塊錢！」對方回叫過來。

「什麼？那怎麼夠？五塊錢以下不賣！」叔叔叫道。

「一塊錢一盒人家都不要！」

「為什麼？」叔叔叫道。

「他們根本不知道石榴是什麼。」

「那你算那門子的批發商？」幾乎是怒吼了，「告訴你，這叫『石榴』！每盒賣五元？」

「嘿！抱歉，我賣不了，我自己嚐了一顆，我看不出有什麼美妙。」

「你瘋了！再沒有比石榴更好的了！五塊錢一盒，還不夠本錢的一半！」

「那你要怎樣？我是賣不了的，我不想要它們！」那傢伙似乎也光火了。

「唔──」叔叔的聲音變小了：「把它們運回來。運費由我付。」

這一通電話，花了叔叔十七塊錢。

當然，十一盒石榴回來了。叔叔和我吃了大部份。

第二年，叔叔付不出維持費了，只好把土地契約還給了賣他這塊土地的人。簽字時，我也在場。叔叔說：

「格里費斯先生，我不得不把你的財產還給你；但，我想要求一點好處：我種了二十畝的石榴樹，假如先生允許我照顧這些果樹的話，我會十分感激的。」

「照顧那些果樹？」格里費斯先生說：「那為什麼？」

叔叔想要解釋，但是不能夠。實在，要想跟一個毫無同情心的傢伙解釋，是太難了。

這麼一來，叔叔失去了土地，也失去了果樹。

約五年以後，他和我特地來到這塊老地方。我們一塊兒步行到石

榴果園，只見樹都死了。除了那些個死了的樹外，其他的一切，都跟它的原來面目一樣。

在果園繞了一陣子以後，我們走回汽車。上了車，開回城裡。

我們什麼也沒說，因為，要說的實在太多了；究竟用哪一種語言，才能說得明白呢？

2

爸爸・小提琴・我[*]

　　爸爸離家去料理北部的鐵路。回來的時候，以斷然的手法，把家裡弄得天翻地覆。不顧我以前學聲樂的失敗，他依然堅持要我們學習音樂。他把我們幾個男孩子喚到跟前，叫我們一定要學一種樂器。他說我們現在恐怕不會感激，不過以後會的。「克列潤斯，你學小提琴；喬治，你學鋼琴；朱立安——唔，你現在還太小。但你們兩個大孩子得學。」

　　這道命令著實惱人。在十來歲這種年紀，任意剝奪了一點自由，就好像大不幸似的。放學後遊戲的時間本來已嫌不夠，現在又有每週三次——從來竟改為每天一次——討厭的練習，占去不少玩耍的時間。

　　喬治坐在客廳裡的鋼琴旁，老老實實地亂彈一氣。他可真運氣，雖然不是個天才，至少有點兒「音樂的耳朵」，何況他練的是很結實的樂器，用不著擔心摔下來，也沒有打碎的危險。

　　再者，他還不必校音。鋼琴實在有不少優點。

　　而我卻得嚐一種悲慘可怕的苦頭。煦日下在街頭玩得正開心時，被迫回到家裡昏暗窄小的地下室練琴，已經夠慘了，但這還只是以後長期奮鬥的開端而已呢！

　　從頭到尾都叫人毛骨悚然。小提琴本身就是個古怪、脆弱、像雪

---

[*] From Clarence Day, *Life with Father*. 原載《拾穗》（1967/3/1）。筆名澎湃。

茄煙盒樣的東西，須得小心翼翼伺候，絲毫不能大意，放進盒子裡的時候，誰都容易將它打碎。再談老師吧，也古怪得很，可是現在我敢說，他實在一點也不怪；他和我通常遇見的人不一樣。他或許抵得上一打普通人，可是我那時怎麼知道？他是音樂協會的一位小提琴師、一位絕佳的演奏人，嚴肅，瘦小，已近中年、出於不得已才做教師。

他穿着一件黑色微縐長達兩膝的大禮服，掛着褪色的金錶鍊，還有一副小小的黑邊眼鏡——不是玳瑁邊而是細金屬邊；他的琴是黑色的、光澤而華貴，而且能由他隨心所欲的演奏。

我的則是個既大且笨的新琴，色澤淺而粗陋。

小提琴原是要讓對音樂有狂熱的人玩的。我可不是那種人。我只喜歡聽聽樂隊演奏一曲進行曲，而過後連口哨也不會吹——雖然我努力嘗試。我的老師可不曉得，他還把我當一個「可能的天才」看待。

他先教我怎樣把這新玩意兒塞到下巴底下，手指怎樣在弦上移來移去，我又學習怎樣拉弓鋸弦，……

不知道做母親的能不能記得她孩子的第一聲嬰啼？我是忘不了那個新提琴的第一聲怪叫。

我的老師赫艾姆先生像一下子喝了一大杯醋似的，倒抽一口涼氣，兩眼閉得緊緊的。當然，他並沒有期望我一開始便能拉出甜美的聲音；可是，這一聲初啼却有點來自地獄的味道。他把小提琴一把搶過去，細細檢查，重新調整了琴弦，然後換上他自己的樂弓，輕輕的撫弄它。我的琴只是新而已，並不挺好，而他拉起來，可美妙得多了。雖然還算不得絕響，至少不會令人毛骨聳然。

他把提琴還給我，小心的叮嚀了一陣。我再度把它塞在下巴底下，緊緊握住一頭。我依照他的吩咐絲毫不差地握好弓。抬起頭，只待他一聲令下。

「拉吧！」他緊張的說道。

我慢慢舉起弓，朝下一拉……

這一次我們的小地下室起了兩聲可怖的叫聲。一聲來自我的新提琴，另一聲則發自赫艾姆先生。

　　赫先生迅即恢復知覺，向我強作微笑；並說，假如我要休息一會兒，他會允許的。他似乎認為我會需要躺一會以恢復元氣。我並不覺得需要躺下，我要的是把這一課上完。可是，赫先生支持不住了，他沒法子讓我繼續。他絕望地環視四周，看到了教本，便說，現在要教我讀譜。我們在窗口並坐著，書放在他的膝蓋上，他用手指把音符一一指給我看，把名稱告訴我。

　　過了一會兒，空氣稍覺和緩，他便拿起他自己的提琴，叫我留意怎樣撥絃。然後，他鼓起餘勇，讓我再拿起提琴。「輕點，孩子，輕點。」他哀求地說，並把臉朝向牆壁……

　　我們勉強的熬過了那天下午，他時而為我的不斷犯錯而發狂，時而有如老實的可憐蟲。閉著兩眼，猶如患了重病；時時掏出錶來搖一搖，看它停了沒有。總算讓他撐了一個鐘點。

　　那天是星期三。第二次授課是星期五，這兩天當中他是如何掙扎的，我現在只能依稀地想像，而在當時，我自然是不會在意的。第二次來時，他已有所改變──他已經堅強起來了。以冷酷代替暴躁；以嚴厲代替沮喪。倒不是他待我不好，只是我們不再是一夥兒的了。他低聲自言自語；有時拿出一張紙，憂心忡忡地加加減減，隨後又把紙頭撕掉。

　　第三次上課時，我看得出他眼淚盈眶。他從地下室跑上去，找到了父親，說他得抱歉，無法勝任。憑良心說，我在這方面確實永難成器。

　　爸爸不高興了，他說他確信我有天才。三言兩語就打發了赫先生。這位打定主意，寧可犧牲收入也要說實話的可憐人，兩分鐘後又回到了地下室，臉上的表情像是失魂落魄似的，精神都要崩潰了。他的情緒低極，時而嚴酷地批評美國，時而怨懟命運。

然而,他不再掙扎了,他把這事當做天數。認為我是不幸的東西、被摒棄於人類以外的東西,而他得盡力容忍。

在所受的痛苦上,他並不是唯一的一位。

媽媽雖然早就抱最壞的打算,也還曾懷過一絲希望。可是,過了一兩個禮拜後,我聽到她跟瑪嘉莉談起這件事。那時我正在地下室殺猪似地練琴,媽媽在門外廚房裡悄聲說道:「喂!瑪嘉莉……」

我注意的傾聽。瑪嘉莉正在烤餅乾,她抬起頭,舉起雙手,又握拳把手一甩。

「我不知道該怎麼辦才好?瑪嘉莉。」

「這可憐的小東西,」瑪嘉莉悄聲道:「他真的不行。」

這使我勃然大怒。她們直把我當成大笨牛。我要給她們一點顏色看看。

我現在決心要學好這玩意兒。歷史上有許多殷鑑,告訴我們,許多用錯的決心,實在是人類生活最不幸的一面,因為它們帶來許多不必要的痛苦。但是,那時我對歷史知道得太少了——我只看到了它浪漫的一面;任何英雄式的角色,不管它是多麼沒道理,却都能吸引我。

當然,這不是說我在地下室看到了什麼可以表現英雄本色的機會;相反地,我看到了自己的小丑相,我的自尊心因而大受損傷。我原無意學什麼提琴的,但是,既然甩不掉,我就要讓他們知道:我其實也「行」。小孩子常會以為人們認為他很可笑。因此花很多工夫,想證明他並不那麼可笑。

大約就在這時候,赫先生發現我有近視。由於小提琴這東西擋在前面,我便沒法子看清楚樂譜。起初他不知道我常常因看不清而犯錯。一旦曉得原來是這個毛病,他又燃起新的希望,希望我的癥結全在此,而一經矯正,終究可以奏出「人類的樂章」。

我們兩人誰也不敢跟父親提起件事——我們知道要使他相信我的

眼睛不好，實在是太不容易的事。因為我是「他的」兒子。他必會以為我們存心給他找麻煩，而憎惡我們——這又何苦來哉？所以赫先生乾脆把他的眼鏡借給我。這倒是相當有效，原來的一片灰暗變成了光亮的世界。但是要緊的是，它使我看清了更多的音符。啊，我還記得清清楚楚那兩片小玻璃。又老又舊的東西。赫先生還擔心我會不小心摔壞了呢。

整個漫長的冬天，我從不間斷地幹着這件苦差事。當然，我沒有考慮過家人，倒是他們考慮到我。我們家裡靠一個大火爐取暖，火爐有幾條粗暖氣管，穿過牆壁，通往各房間；因此聲音很容易由寬大的錫管傳到家裡各處。我練習時，誰也不能定下來安靜的做事。假如有客人來，他們總是很快就告辭了。媽媽甚至沒法子哼催眠曲，她巴望著掛鐘，練琴時間一過，立即下樓尖呼時間已到。

對媽來講，這是艱苦的一個冬天，她經常擔心她的嬰兒。她有時向爸爸請求，但誰能說服爸爸？他依然故我的強烈反對停止我的訓練。

叔本華在他的辯證法則裡說過，要贏得一場立論脆弱的辯論時，應如何神不知鬼不覺地把論點挪開，而從一些不相干，但攻不破的角度去論理。爸爸不知道叔本華何許人，也不會偷天換日，但是，他還是有辯論的天份。第一：他的聲音強烈粗暴，一說話，必足以擊敗對手，始終不稍懈。其次：他始終相信，他的對手都是錯的。所以呢，即使對手們在某些論點上贏了，也沒有什麼用處；因為爸爸會把爭執的焦點拉到只有他和真理存在的地方。

當媽媽說，很明顯的，我沒有音樂天份時，你知道他怎麼答？聽！他說：小提琴乃人類發明的樂器中，最為高貴者。在這堅強的前提下，媽媽啞口無言了。他接又道：所以，能有機會學小提琴的孩子，實在是幸運兒。哪個孩子也別想一天學會，這需要堅毅不拔的精神。無論做任何事情，他發現，都得要有堅毅不拔的精神。

他說，他這一輩子不管處境多麼艱難，他都沒有沮喪過，而且也絕不屈服。他還有意要我也學他的榜樣。他說我們誰也不能想像到他以前非經歷不可的難關。假若他碰到第一個障礙就放棄了，則我們這一家人現在會是個什麼情況呢？答案很顯然：要不是早已不存在，就是以撿麵包皮裹腹。甚至還沒有我們這些小孩子呢！

　　跟父親偉大的克苦耐勞的精神比起來，我練琴的這點小小困難又何足道哉？我還是死心塌地的去練吧。連老師也深深為父親的這番見解所感動；雖然他的年齡比父親大，但却沒他那麼會賺錢，所以只有向他低頭。赫先生要是成功了的話，就用不着來教琴，也不會跌進這暗無天日的深淵了。自此他更明白他必須順從世俗。爸爸比手劃脚，告訴他應如何才能爬到頂峯，賺得大錢；他在一旁必恭必敬，如奉神明。得到堅忍必致大富的教訓。

　　結果，地下室依舊是騷亂之源。

　　赫先生幾經猶豫，在一本破集子裡，挑了一支最簡單的曲子——對我和鄰居都最適合的曲子。現在已經是春天了，窗戶都已打開，這一曲也就聲名大噪。

　　假如那位精心作曲的音樂家地下有知，得知四鄰的人竟會詛咒他的曲子，不知作何感想？我已使鄰人對此曲有深不可磨的印象：不是它的真面目，而是經過我的修改。因為我但知此曲，自然就一練再練。

　　任何事一再重複之後，也就會漸漸失去它的原形。我每次拉出來的聲音，就沒有一次相同過。毫無疑問的，我汗濕的手拉出來的曲子，尚能保持它的大體，但每當顫顫巍巍地拉高聲調時，總得重新再來好幾次。以後每次到了那個時候，鄰居們不管正在幹什麼，都先放下來，不耐地等着，等那隨時來襲的怪叫。

　　到底是什麼使得我奏的曲子每天每天不同呢？且聽我解釋：小提琴的弦原是拴在一端的釘子上，然後試音，試得差不多，便不再上

緊。赫先生每回臨走都會替我校好，但絃斷了該怎麼辦？或是釘子鬆了又如何？絃一鬆便拉不出聲音，這時候我只有自己動手了。我早說過我沒有「音樂的耳朵」，對調弦自是毫無把握。

鄰居們永遠不會曉得我上絃上得多緊。連我自己也搞不大清楚。我只記得上得「夠緊」就是了。

整個春季，這一支倒霉的曲子，不論晴雨，每天總有一小時要從我的窗口飄蕩出去，翻騰於空中。整個春季，鄰居們和我都得強自忍受它高音的刺耳和驟然降低的悲鳴。

終於，媽媽被逼得非採取行動不可了。她跟爸爸說，事情總該結束了吧，徹徹底底地結束。「這場可怕的惡夢不能再做下去。」她說。

爸爸輕蔑地哼了一聲。

媽媽哭了，她說她實在受不了。爸爸反說她神經過敏；說她對我所造成的聲音描述得過甚其詞；說她老是太偏激，應該學習鎮靜。

「可是，你自己進城去了，自己耳根清靜！」

爸爸還是不相信。

媽媽不斷的告訴他，說鄰居們怎樣的不滿，就是為了我的琴聲。而這件事情爸爸應該負全責。

爸爸自有他另一套看法。假如有什麼不愉快的事情，則我應負全責。他的推論是：他已經提供了優良的師資、良好的樂器；簡而言之，他已盡其所能。沒有別個做父親的能比他更好了。有了這麼優厚的條件，我要是還拉出令人憎惡的聲音，則過錯必然在我。他還說，必要的話，媽媽應該更嚴厲地管教我，加強練習。

這末後一句話太使我受不住了。我還能再進一步努力嗎？媽媽把爸爸的判決告訴我時，我一句話也沒有說；但是我的身體開始反抗。自制力總歸有限度啊。我要出去！現在是春天哪。每當我看見別的孩子在外面玩，我就心灰意懶地混時間。我故意遲回，甚而逃課。漸漸

地，課停了。

爸爸極為震怒。我還記得，他最後堅持的是：我的小提琴花了二十五塊錢，假如我不練，這錢就白費了，他可經不起這般浪費。有人就說，我弟弟朱立安將來還用得上。還好夏天畢竟來到，我們到海濱渡了三個月的假。爸爸高興之下，還了我的自由。

到了秋天，一個下午，小朱立安被帶走了，囚進地下室代我受罪。我記不清他們把他關了多久，總有幾年吧。無論如何，他有點天分。我認為他拉得相當不錯。這原可以讓赫先生好好下臺的，可惜老師已經不是他了。

3

富蘭克林與痛風夫人的對白[*]

時為 1780 年 10 月 22 日午夜。

富蘭克林（以下簡譯為「富」）：哎！呦！哎！我做了什麼孽，竟要受這般痛苦？

痛風夫人（以下簡譯為「痛」）：才多呢；你暴飲暴食，又慣壞了你那兩條腿。

富：是誰在責怪我？

痛：不是別人，正是我，痛風夫人也。

富：什麼，是我的仇家本人？

痛：哪兒的話，不是你的仇家。

富：我再說一遍，——是我的仇家；因為你不只要把我的身體折磨到死才罷休，你還壞了我的好名聲；你責備我是老饕，是酒鬼；現在告訴你吧，世上凡是知我者，都會說我既非老饕，也非酒鬼。

痛：世人愛怎麼想，隨他們去；他們一向待自己十分寬厚，偶爾也會如此待朋友；但是我很清楚：一個做適度運動的人的肉量酒量，對另外一個從來不運動的人來說就太多了。

富：我！——哎！唷！已經儘我可能地——哎！——運動了，痛

---

[*] Benjamin Franklin, "Dialogue Between Franklin and the Gout." 原載《拾穗》（1969/6/1）。筆名彭敬分。

風夫人。你知道我的工作多半要我坐著；而這點也不全是我的過錯；所以，痛風夫人，你似乎應該多加包涵。

痛：才不呢；你的花言巧語，你的溫文有禮，我一概置之不理；你的道歉也沒有用。如果說你的工作要你靜坐，至少你的娛樂消遣該活潑些吧。你應該散步或騎馬；或者，如果天氣不好，你也可以打打彈子。但是，讓我們檢討一下你的生活起居。當早晨的時間很長，而你有空可以到外頭走走的時候，你幹了些什麼？哼，你不去做增進早餐食慾、有益身體健康的運動，反而去閱讀那些一般說來是不值一顧的報章書刊。然而你的早餐又異常豐盛：四杯茶，攙奶油、還有一條或兩條塗上牛油的土司，夾上風乾牛肉片，我想這不是容易消化的東西。用過餐後，你馬上坐在桌旁書寫，或者跟有事相商的人談話。時間就這樣過去，直到下午一點鐘，沒有一點身體的運動。不過，這一切，看在你的工作份上，我都可以原諒。可是你午餐後的運動又是什麼呢？有頭腦的人一定會到與你共餐的朋友的美麗花園去散步；你呢，你情願坐定下棋，一下就是兩三個鐘頭！這就是你固定不變的消遣，而這對坐寫字樓的人是最不相宜的；因為這非僅不能促進體液的活動，反由於需要嚴密的注意力而遲滯循環，妨礙體內的分泌。你因囿於思索這可惡的遊戲，糟塌了自己的身體。對這種生活，能有什麼期望呢？

要不是我痛風夫人不時攪動攪動你的體液，做一番滌淨化散的工夫，使你得以稍稍喘一口氣的話，你的身子怕早已盈滿臭惡的體液，隨時隨地可以一病不起了。假如是在巴黎的偏居僻巷，根本沒有行人道的設備，則你在飯後稍事奕棋猶有可說；但是你到了柏西、奧德悠、蒙馬特、或是薩那伊，也還是依然故我；這些地方有最優美的花園與

走道、清純的空氣、漂亮的女人、以及最悅耳最有益的談吐；這一切你只消多走走就可以享受得到。然而這些都為那可惡的棋戲而被冷落一旁。去你的吧！富蘭克林先生。但我只顧教訓你，幾乎忘記了最有效的治療；所以你預備些吧，——來了！

富：唷！哎！唷——！痛風夫人哪，隨你怎麼教訓，隨你怎麼責備都可以，但是求求你，夫人別再治療了！

痛：不行，大爺，絕對不行，對你這麼有益的東西，我一丁點也不能減少，——所以嘛——

富：唷！哎——！說我沒有運動實在太冤枉，因為我時常出外用餐，來回都坐我的馬車。

痛：如果你是指懸在彈簧上的馬車的活動，那在所有可以想像的運動中，是最最微不足道的了。我們觀察各種不同活動所產生熱量的多寡，便可以估計它們所提供的運動量。因此，舉例來說，如果你在冬天拖著一双冰冷的腳出外散步，只消一個鐘頭，你就渾身像火燒；騎在馬背上的話，四個小時的快跑也難有同樣的效果；但是，如果你懶洋洋地躺在馬車裡，像你剛剛說的那樣，你可以旅行一整天，然後高高興興到最後一家旅舘的火爐邊暖暖你的腳。所以呀，你別再自以為馬車上半個鐘頭的兜風當得起運動的美名。天老爺只讓極少數人在馬車上晃蕩，但他給了每個人一雙腿，還是方便管用不知多少倍的工具。因此，你應該感戴他的恩典，好好利用你的雙腿才是。但願你知道，在把你從甲地挪移到乙地的過程中，它們是如何促進你體液的循環，走路的時候，注意一下，你全身的重量輪流落在左、右腿上；這就對那條腿的血脈產生極大的壓力，並排擠其血液；當重量換到另一腿上，因而鬆弛下來，這時血脈又得以重新補充，然後重壓再來，

又排擠；就這樣增加血液的循環。在一定時間內所產生的熱量，要看這種增加的程度而定；體液經過震盪而變得稀薄，分泌順利，渾身就舒通暢快；双頰紅潤，可以確保健康。你且看你在奧德悠那位美貌的朋友吧。這位女士從慷慨的大自然中得來的具有實用價值的學識，比起半打像你這類冒牌哲學家從你們所有書上獲得的還要多。當她惠然光臨時，她是用走路的。白天她都用走的，把懶惰以及伴隨懶惰而來的惡疾都讓她的馬兒去忍受。但是，你去奧德悠的時候，非坐馬車不可，雖然柏西到奧德悠跟奧德悠到柏西的距離並沒有兩樣。

富：你講的道理愈來愈叫人心煩。

痛：多謝指教。我將保持緘默，繼續盡我的本分；來了！

富：唔！唔——！說下去吧，我求求你。

痛：不，不；今晚我有好多苦頭夠你受的，而且請放心，明天還有更多的。

富：什麼，火氣那麼大！我要發瘋了。唔！哎！沒有人能替我分擔一些嗎？

痛：去求你的馬兒吧；牠們對你一向忠心耿耿，服務周到。

富：你怎麼能這樣拿我的痛苦開玩笑？

痛：玩笑！我是說正經的。我這裡列了一張表，清清楚楚記載著所有危害你自身健康的罪名，可以證明我加諸於你的每一痛楚都是合情合理的。

富：你就說出來吧。

痛：那樣太囉嗦了；不過我可以舉其犖犖大者。

富：說吧。我洗耳恭聽。

痛：你記不記得，多少次你答應自己在第二天早晨到布龍森林、到德勒穆特花園，或到自己的園子裡去散散步；然後自己食

言,不是諉稱天氣太冷,就是說太熱、太潮、或者風太大,或隨便找個理由;而事實上什麼也不是,除了你自己無法克服的惰性?

富:那種事情,我承認,偶然也有過,可能一年十次吧。

痛:你的供認與事實相去太遠;這筆大數目是一百九十九次。

富:這可能嗎?

痛:豈止可能,事實如此;你可以信賴我所說的正確無訛。你曉得白瑞倫先生的花園,以及其間美麗的走道;你曉得那節漂亮的百階梯,從涼臺伸展到底下的草圃。你每個星期素來要拜訪這可愛的家庭一次,都在飯後,而且你自己的格言是:「上下樓梯走一哩,勝過十哩平坦地。」在那裡,你利用這兩種方式運動的機會有多好!你有沒有利用它呢?多久一次?

富:我不能馬上回答這個問題。

痛:我替你回答吧;一次都沒有。

富:一次都沒有?

痛:正是如此。夏天的時候,你在六點鐘到達那裡。你發見那位和藹可親的女主人,以及她的兒女、朋友,很想跟你一塊兒散散步,愉快地談天;然而你的選擇是什麼呢?哼,坐在涼臺上,耽於美麗的風景,瀏覽底下花園裡好看的花木,一步也不屑走下去。相反地,你叫人把茶跟棋盤送上來;啊!你在位子上一直坐到九點鐘,午餐後的兩小時棋局還不算;然後呢,你不肯走路回去,舒活舒活筋骨,反倒踏上你的馬車。要靠這一切粗心大意能使你保持健康,你想該多荒唐,除非我插上一腳!

富:我現在算是服了窮李察的話:「我們的債務與罪惡永遠比自己想像的要多。」

痛：一點不假。你們哲學家理論上是聖人，在自己行為上却是傻瓜。

富：在我的罪名中，是不是有一項說我從白瑞倫先生家坐馬車回來？

痛：當然；因為你坐了那麼久以後，無法抵拒當天的疲累，少不了要借助於馬車了。

富：不然你要我把馬車怎麼樣？

痛：把它燒掉，假如你願意；這樣子你至少可以取一次暖。或者，假如你不喜歡那個建議，這兒還有一個：看看可憐的農人，他們在柏西、奧德悠，色洛等村落的葡萄園裡工作；在這些值得尊敬的人們當中，你每天都可以發現有四、五位老先生、老太太，因為歲月的重壓，再加上長久辛苦的勞動，而彎腰駝背或跛拐著腳。經過極度疲勞的一天後，這些人還得跋涉一、兩哩路，回到他們烟燻的茅屋去。叫你的馬車伕搭載他們吧。這是一項有助於你靈瑰的行為；而在這同時，你拜訪白瑞倫一家後，如果徒步回家，則對你的身體也有裨益。

富：啊！你這個人真討厭！

痛：哦，那麼，回到我的職守吧；別忘了我是你的醫師。來了！

富：唷——這算那門子魔鬼醫師喲！

痛：你這個人真忘恩負義，竟敢說這種話！難道不是我，以你的醫師的身份，使你免於癱瘓水腫、中風？多虧有我，不然其中隨便一種可能早都要了你的命。

富：我認輸了，並且多謝你過去的照顧，但是我求求你以後不要再光臨；因為，在我看來，一個人寧可死了，也不願忍受這種痛苦的治療。請容我指出，我對你並未有過絲毫惡意。我沒有聘請任何醫師或郎中來跟你做對；所以，如果你不肯還

我清靜,那麼也可以說是你忘恩負義了。
痛:我不能承認你這話算是什麼反對意見。要說江湖郎中,我瞧不起他們;不錯,他們可能致你於死,但是無法傷害到我。至於正牌醫師,他們至少還相信痛風這玩意兒,在像你這種病人身上,還算不得病症,反而是良方;那又何必剷除良方呢?——且言歸正傳,——!來了!
富:唷!唷!——看在天老爺的面上,離開我呢;我忠實地保證不再下棋,而要每天運動,生活有節制。
痛:我對你清楚得很。你的保證很好聽;但是,享受過幾個月的健康之後,你那甜密的誓言就要像去年雲朵的形狀一樣,忘得一乾二淨啦。所以,還是讓我們結束這一段過節,然後我就走。不過,在臨走以前,我保證會在適當的時間和地點,再來拜望你;因我是為了你好,你現在也該明白我是你的真心朋友吧。

4

一枚胸針*

一

　　白吾福從旅途回來的時候，總要替席麗亞和兩個女兒買點禮物。這一回白吾福交上了鴻運。他撬開一個保險櫃，偷了七百四十盧布。此外，搭乘二等火車的途中，他碰到過一個俄國闊佬，並且一場牌戲中贏了他一百五十盧布。白吾福早就認為凡事全憑命運：有時候每件事情都倒霉，有時則不然。至於這一趟旅行，從開始就很順利。為了好玩，他試偷人家的口袋（撬保險櫃的可不是扒手），結果掏出了一大把鈔票。之後他去洗一次土耳其蒸汽浴，而在那裡發見一隻金錶！在這種「生意」以後，他總要感謝上帝，並且在救濟箱裡丟進一枚硬幣。白吾福不屬於任何賊黨，平日的舉措也令人尊敬。他知道偷竊是一種罪惡。然而生意人又好到那裡去？難道他們不是便宜地買進來再貴貴地賣出去？難道他們沒有把窮人的血都榨乾？難道他們不是每隔幾年就宣告破產，只賠人家一小部份了事？白吾福曾經在魯比陵做過一陣子鞣皮工人。可是他受不了那灰塵、那炙熱、那惡臭。工頭常常對工人大聲吼叫，而且永遠要他們做更多的工作。掙的錢只夠煮麥片。還不如死在監牢裡好些。

　　從那時起白吾福就一直以賊為業。他被逮捕過幾次，但都輕而易

---

* Isaac Bashevis Singer, "The Brooch." 原載《拾穗》（1969/11/1）。筆名彭敬兮。

舉地獲釋了。他曉得該怎麼對警察說：大爹……我有妻子兒女……！他從不頂嘴，並且不會擺出硬漢的樣子。在牢裡的時候，他不但不跟其他的難友打架，反而跟他們共享他的錢財和香烟，並且替他們寫信。他的父親是篤實的人，做過油漆匠。他的母親賣過豬肚牛腿。白吾福他自己是他家裡唯一做賊的。已經快四十了，他的身材中等、肩膀寬闊、眼睛是棕色的、啤酒般黃色的鬍子像波蘭人式地捲起。他穿的是馬褲，靴面很緊，使他看起來像個紳士；波蘭人相信猶太人不可能穿這種靴子，因為猶太人的腳總是橫向發展而不修長。白吾福的帽子有個皮帽舌；他的襯衣前懸掛一條錶鍊，還附着小小的掏耳挖子。別的竊賊帶有槍械或彈簧刀，然而白吾福身上從不携帶武器。槍遲早會發射；刀遲早會刺戳。可是何必流血？何必自找嚴厲的刑罰？白吾福是個自制而謹慎的人；他喜歡思索事物，愛看故事乃至於報紙。娘兒們總是使出她們的媚力去引誘他。然而白吾福只信一個上帝，只有一個妻子。別人具有的哪一種優點不能在席麗亞身上找到？放蕩不檢的女人惹他厭煩，他從來沒有踏進妓院的門檻，並且他厭惡喝酒。他有一個忠實的妻子以及兩個教養良好的女兒。他在果子盧有一棟花園房屋。他的女兒都上學。普珥節那天，白吾福送給老師一件禮物。踰越節之前，附近的長者來他這裡替窮人募捐。

　　這次回家，白吾福已經在魯比陵前一個珠寶商買好一對金耳環，是要送給席麗亞的；至於他的兩女兒——瑪莎和安珂——他也備了兩件圓形浮飾。在維瑞茨後一站以前，他都是搭火車；然後換坐馬車，跟馬車伕並肩坐在前面，幫他駕駛。那些生意人坐在車廂裡跟那班女人打情罵俏，白吾福實在無法忍受。他們總是想叫白吾福也加入談話，但他情願默默注視樹木和天空，聽鳥兒啁啾。田野裡的積雪開始溶化；冬日的穀子正在發芽；太陽掛得低低，金黃的顏色像是抹在畫布上的。偶然他看見母牛在草原上一點一點咬嚼嫩草。暖暖的和風從樹林飄來，好像樹叢裡藏着一片夏日之地。偶然會有

一隻野兔或小鹿在林邊探頭探腦，不然就有一隻烏龜，像活動石頭一樣，緩緩爬過馬路。

　　向來，白吾福一年要出四趟門。事情順利的時候，他絕不在外逗留六個禮拜以上。他前往相同的城鎮，相同的市集。果子盧的人都知道白吾福幹的是哪一行──但是他從來不吃窩邊草；而他不在家的時候，席麗亞總能在店裡賒賬。這一切賒欠都登記入賬，白吾福回來就付得清清楚楚，一文也不少。有一回白吾福在徇役監獄關了幾個月，可是果子盧的商人並沒有叫席麗亞失望。他們讓她預支了好幾百盧布的東西。很多次，席麗亞向白吾福抱怨，說店主人給她的東西不夠或尺碼不足，要不就添加了賬單，然而他不願爭辯。世事本來如此。

　　跟往常一樣，白吾福回到果子盧，念念着席麗亞和女兒們，饞涎着席麗亞精緻的菜餚，這是他在路上吃不到的，還盼望着那柔軟的床舖，勝過任何客棧。席麗亞的枕頭和被單乾淨得近乎奢侈，滑得像絲，聞起來有薰草的香味兒。席麗亞總是梳洗得頗清新才進到臥室去就他，頭髮紮成辮子、腳著絨球拖鞋、身穿精心挑選過的睡衣。她像新娘子般親吻他，把甜蜜的話悄悄灌進他耳裡。女兒都長大了：一個十歲，另一個十一；可是她們像小孩子一樣，爬到他身上到處親吻他，讓他看她們的課本，她們的作文，她們的成績，她們畫的畫兒。他的孩子跟上流人家的一樣，穿着漿燙打摺的衣服，還有羊駝呢的圍裙、頭髮絲帶、光亮的皮鞋。她們不但講意地希話、也講俄國話和波蘭話。她們會談到白吾福聽都沒聽過的外國城市；她們精通君王和戰爭的歷史，也能背誦出詩歌。白吾福一直奇怪，這麼多的知識，怎麼能擠進這麼小的腦袋裡。她們父親的職業從來沒有被提起過。她們以為他是個到處旅行的售貨員。他家座落在教堂街，靠近收稅橋邊。非猶太教的鄰人不知道他幹的什麼，或者可能假裝不知道。聖誕節和復活節的時候，他常常送點禮物給他們。

　　載白吾福回家的馬車停在市場上。雖然普珥節才過不久，太陽已

經有點逾越節的溫暖了。金色的小水道在泥中滴流。鳥兒們在馬糞裡挑揀穀粒。農婦光着腳走在泥地上，販賣蘿蔔、荷蘭芹菜、甜菜和洋葱。白吾福給了馬車伕車錢，並且以大城市的作風，外加二十洋「啤酒錢」。白吾福拾起他那帶着銅鎖和側袋的皮製手提包，向教堂街走去。家家店主人的目光都瞪著他。妞兒們打開窗帘布，擦掉玻璃上的霧。呆子查理基不知道從哪裡冒出來，白吾福遞給他幾個角子。連肉舖子的狗都不停地擺尾巴。

謝天謝地！白吾福要在家裡過逾越節了。席麗亞要準備一次逾越節盛宴；他會喝乾四大杯，飽啖薄肉餅、薄肉丸、還有碎魚。既然他帶了大把鈔票回家，他就要把家裡好好佈置一番。幹他這行的，最好立刻把錢花乾淨。白吾福突然聞到一股熟悉的氣味。原來是走過一家薄肉餅舖子，他停足向窗子裡面看進去。女人們通紅着臉、穿著白圍裙、頭上戴著頭巾，正在滾薄餅，不時停下來用玻璃片刮她們的趕麵杖。有個婦人在倒水；一個在揉生麵；另一個用一根尖棍子在餅上刺花。爐邊一個男人正把烤好的餅鏟出來。他身旁另一戴着便帽的男人打着手勢，做出一臉苦相——是個監督的。白吾福忽然想到他的雙親。他們如今安在？最有可能是在天堂。不錯，他們的兒子沒有走上正途，不過他却在他們的墳上安置了一塊墓碑。每年，他都點一根紀念燭、誦讀哀悼經文，並且僱了一個人研究經籍，紀念他們。上帝待罪人很寬大。不然的話，他早該降下第二次的大洪水。

二

白吾福走進教堂街時候，突然覺得一陣恐懼。一種超乎人類的力量，似乎在警告他不要得意忘形。他的內心似乎有一種聲音說：現在還不到逾越節；你還沒有享受踰越大餐。白吾福腳下遲疑了。是席麗亞病了嗎？孩子出了什麼事故嗎？還是他，白吾福，註定要在牢裡終其一生？但是怎麼會呢？……他從來不留下任何蛛絲馬跡。為了企圖

驅散這種預感，他開始踏着輕快的步子，走在路當中。兩旁的房屋低矮，像是侏儒住的，四周圍着尖尖的籬笆。半溶的雪，一個個小洞像篩子般，去年向日葵的枝芽冒了出來。馬勤斯基的房頂上，鶴鳥已經回來，正在修補去年的窩巢。白吾福很快就到了自己有個屋頂像香菇的家。白色的炊烟裊裊升自烟囱。前窗的一方玻璃映出日中的太陽。啊！萬事平安——白吾福安慰自己。他打開房門，全家人都在。席麗亞身穿短襯裙，站在厨房灶前；她的金髮向上梳，頂端打了個結；臉蛋兒白白嫩嫩；腰肢緊束；腳着一雙紅拖鞋，豐腴的腿肚，細細的腳脛。他覺得她的模樣兒從來沒有這樣清新迷人過。女兒都坐在高腳櫈上、拿骨棍做遊戲。

　　一聲高呼，她們全向他跑來。席麗亞幾乎碰倒灶上的鍋子。女孩子纏着他親個不停。隔室的鸚鵡顯然認出了牠主人的聲音，於是開始尖叫。白吾福一觸到席麗亞雙唇，渾身都衝動起來。他一再親吻她。瑪莎和安珂搶着要他。過一會兒，他打開皮包，拿出禮物，於是又一聲高呼。白吾福去招呼鸚鵡的時候，單腳站在籠頂上的這隻鳥拍拍地展翅，落在他的肩膀。白吾福親了牠的喙，並且讓牠嚐一口他在盧必陵特地為牠買的椒鹽餅干。鸚鵡已經脫盡牠的冬羽，開始長出鮮艷的新毛。鸚鵡開腔了。

「爸爸，爸爸，爸爸。」

「你愛爸爸嗎？」

「愛，愛，愛。」

噢，何必杞憂呢。白吾福用專家的眼睛審視房子一番、每件東西都很光澤明亮；地板、灶上的銅鍋、銅製茶壺。習慣上，每年逾越節之前要粉刷牆壁，但是他看不出污點。「世上再也沒有更好的妻子了，」白吾福大聲說道。今天早些時候，坐在馬車上，他曾經覺得疲倦，幾乎睜不開眼睛，然而他現在却十分清醒，有精神。席麗亞端給他一盤安息日點心和維西尼亞克酒。他們兩人在房裡待了會兒，席麗

亞閃着明亮的眼睛，開始發問。

「生意怎麼樣？」

「只要我有你，萬事皆如意，」白吾福回答，覺得自己的職業很可恥。席麗亞一向不過問他出外幹了些什麼，而他也很少說話。可是她現在似乎已經跟他謀生的方式有了默契。白吾福馬上開始說到替她和女兒製新裝的事。席麗亞不信有哪個裁縫願意接受新客戶，因為逾越節已經這麼近了。不過，他們還是決定，到店裡挑選一些料子。席麗亞喜歡逛街。白吾福遞給她一叠鈔票，她帶着兩個孩子一塊兒走了。逛街的時候，她順便也把欠帳付清。白吾福倒在沙發上，想睡一會兒。他曉得席麗亞會做一頓豐盛的晚餐，所以他想要先休息。他立即瞌睡過去，夢見他在盧必陵。他站在洞坑裡，光着半個身子，在槽邊洗澡；他的身體散出一股臭味兒。他又成了鞣皮工人。一扇門打開，一個臉髒兮兮，假髮凌亂的女人探進頭來，怒聲對他喝道：「你要洗多久，該吃逾越大餐了。」白吾福倏然驚醒。這是什麼夢？他的嘴裡覺得很苦。這個夢歷歷如繪，不比尋常。他的鼻子裡還可以聞到生皮的臭味。白吾福伸手到胸袋去拿哈瓦那雪茄，這是被他贏來二百五十盧布的那個俄國人送的。白吾福沒有吸過雪茄；可是他現在好奇地想嚐嚐每根值半盧布的雪茄。他想起自己從前有個鑲金的琥珀製雪茄烟斗。既然他要抽一隻哈瓦那，何不豪華一番？

白吾福起身尋找那隻烟斗，却找不到。他最厭惡遺失東西。他打開所有的抽屜、搜了每個角落、遍尋橡木櫃子。在亞麻布料衣櫥的一個抽屜裡，有個錫製的盒子，白吾福用來保存出生證明、結婚證書、抵押文件以及其他一些平常很少用得着的重要交件。雪茄烟斗根本不可能放在那裡，然而白吾福還是打開了那個錫盒子。雪茄烟斗果然不在，但是結婚證書上却橫着一枚鑲有大鑽石的胸針。白吾福楞住了。這是怎麼回事？他懂得珠寶。這些都是真的鑽石，不是贗品。這枚胸針看來像是古物。白吾福愈是細看，愈覺得吃驚。這枚胸針怎麼會跑

到這兒來？既不是他的，也不是席麗亞的。難道席麗亞攢夠了私房錢，花上幾百盧布為她自己買下一隻胸針？可是這麼好的貨色在果子廬買不到的呀！白吾福仔細審視這枚胸針，發現在後面刻有兩個猶太字母；一個 A 和一個 G。過一會兒，他把胸針揣進他的內袋。他變得十分沮喪。他回到沙發，閉上眼睛，企圖解答這個難題，但是無論他費煞多少心思，總想不出一個答案。最後他又瞌睡過去，於是他再度在盧必陵那個山坑裡洗身。再度地，有生皮和鞣皮化學藥品的氣味。頭髮蓬鬆，滿臉皺紋的女人又警告他，說他趕不上踰越大餐了。白吾福醒過來。能怎麼解釋呢？是不是席麗亞有了情夫，送她這枚胸針做禮物？白吾福口腔裡覺得一陣苦。他打起呃來，一股臭味從他的胃裡騰起。他朝手帕裡呸了一口。唉，總該有個答案。但是 A 和 G 還兩個猶太字母是什麼意思？難道果子廬有猶太人願意勾搭一個有夫之婦？可是，席麗亞可能做出這種事嗎？白吾福愈想愈覺得這件事情必有蹊蹺。他在房裡踱步。他對鸚鵡說：「你知道真相。儘管說吧！」

「爸爸，爸爸，爸爸！愛，愛，愛！」

薄暮低垂，窗子變成綠色，落日餘暉的紫色映射在壁上抖動着。鸚鵡進到牠的籠裡，準備睡覺，白吾福點上哈瓦那雪茄，坐在黑暗中，猛吸。奇異的芬芳使他陶醉。他一再把手揣進他的內袋，撫摸那枚胸針。外面一有什麼動靜，他就凝神諦聽。他的妻子在哪裡？她為什麼去了這麼久？他決定，孩子上床以前絕不吵架。過後一會兒，他聽到腳步聲和說話聲。席麗亞回來了。她和兩個女兒，三個人都拿着大包小包，興高采烈衝進門。席麗亞快活地說：

「白吾福，在不在？你幹嘛坐在黑暗裡？你吸的是什麼？——雪茄？」

「火車上一個俄國人給我的。」

「這氣味叫我頭昏。我們已經把店買空了。慢著，我來點燈。」

「我有過一個琥珀製的雪茄烟斗。在哪裡？」

「在哪裡？我不知道。」

兩個女兒抱着大小包裹昂首闊步。席麗亞先亮了桌燈，然後才點燃用鋼鍊自天花板垂下來的吊燈。席麗亞買了不知多少碼的各種衣料：絲的、毛的、絨的，並且她已經跟裁縫雷澤談過，他答應在逾越節以前趕出幾件衣服。現在，以家庭主婦的姿態，她開始做晚餐。通常孩子們很早就寢，但是她們的爸爸回來這一天是放假的日子。席麗亞已經准許她們明天不用上學。

三

白吾福坐在桌旁，誇獎席麗亞做的菜，跟孩子們談笑；然而他並不像先前那樣快活。他草草吃完晚飯，吃得不多，而且不時瞪着席麗亞瞧。茶和薑餅的點心一喫過，他就催兩個女兒去睡覺。她們抗議，說她們慶祝爸爸回家還沒慶祝夠。她們要給他看她們的書、她們的地圖、她們畫的畫。可是白吾福堅持說，這一切可以等到明天，而且小孩子不該熬夜不睡覺。

討價還價，拖拖拉拉一陣子以後，兩個女兒終於道出晚安。席麗亞似乎跟他站在一邊，可是同時她又有意地微笑。顯然他是急着要跟她溫存。你迫不急待，是不是？她的表情似乎還麼問。白吾福走進臥房，寬下衣服。他的靴子挺立在邊，像當兵的一樣，靴筒筆直。他坐在剛舖好的床上。席麗亞跟她每次就她丈夫之前一樣，正在厨房梳洗。她穿著一件新睡衣，身上灑滿香水，並且學大城市裡人們的樣，用牙膏刷牙。看着鏡裡自己的影子，她想：他一定不會耽誤自己的時間……席麗亞希望白吾福立刻熄燈，和她做愛；然而他還是端坐他床上，睨視着她。

「請把門關上。」
「怎麼回事？」
「把門關上。」

「已經關了。」

白吾福從他的枕頭底下拿出那枚胸針。「這是哪裡來的？」

席麗亞抬起眼來，她的表情變了。她注視着胸針，臉色驚惶、灰白。

「我已經有它很久了。」

「多久？」

「幾年了？」

「哪兒來的？」

席麗亞沒有馬上回答。終於她揚了揚眉毛。「我撿到的，」她回答的聲調就不期待人家相信。

「你撿到的？在哪裡？」

「在做禮拜那裡。」

「妳多久去做一次禮拜？」

「那是新年的時候。」

「而妳沒有問是誰丟的？」

「沒有。」

「妳為什麼一直瞞著我？」白吾福停了一下問道。

席麗亞搖搖頭。「我不必事事告訴你。」

夫妻倆說話的聲音很低，因為女兒還沒有睡着。白吾福沉思了一下。

「後面刻着兩個字母：A 和 G。」

「不錯。」

「是誰的？」

席麗亞緘口不言。她回頭看看門，確信已經關上。她移動位置，好像要用她的身子來遮擋他們的談話，不讓孩子們聽到。白吾福第一次看到她眼裡露出傲慢之色。

「畢竟，你不是檢察官！」

「是誰的？！」白吾福拉高嗓門。

「別叫。艾蒂・吉特的。」

霎那間，白吾福明白了一切。他記得很清楚。

「艾蒂・吉特在奉獻節──不是新年，掉了她的胸針。全鎮都起了騷動。」

「隨你怎麼說。」

「妳怎麼弄到的？」

「我撿來的。」

「在哪裡？」

「在街上。」

「一分鐘以前妳說是做禮拜時撿到的。」

「就算我……？」

「艾蒂・吉特在德博拉・李的婚禮時遺失了她的胸針……。」白吾福半對席麗亞，半對自己說。「妳當時在場。……妳還告訴我人人都被搜身。……我記得妳跟我說過。……好吧，你當時藏在哪裡？」

席麗亞立刻笑了。「瞧他如何盤問我！人家還以為他是個聖人呢！」

「妳是個賊，難道不是？」

「如果你是，我為什麼不行？」席麗亞迅速而低聲說道。「何必大驚小怪？全鎮的人都知道你幹什麼。我們的孩子被人家嘲弄。老師拿她們取笑。如果有那個女孩子在學校裡丟了什麼東西，就懷疑我們的瑪莎和安珂。我沒有告訴你這一切，因為我不想傷害到你，然而我一天要受辱十次。你現在幹嘛忽然做起正人君子？我如果是個好女人，也不會做你的妻子了。這是很明顯的。」

「妳真的偷了，是不是？」

「是的，我偷的。」

席麗亞的眼睛揉合笑意和恐懼轉向他。

「妳怎麼偷的？」

「我從她的披肩上取下來──趁說笑話的人高聲朗誦的時候。我自己也不知道為什麼會這麼做。它擺在這裡好幾年了。你為什麼翻我的抽屜？」

「我在找雪茄烟斗。……」

「你的雪茄烟斗──我沒有拿。」

誰也沒再作聲，白吾福直挺地坐在他床上，臉色木然僵硬。倒不是他生氣了，而是他感到一種悲哀，好像他聽到一個近親遲來的訃聞。這些年來，他一直以為席麗亞是個誠實的女人，所以他一直在責備自己糟踏了好人家的女兒。偶然她也會埋怨他所選擇的謀生方式太辛苦、跟他訴說鎮裡的人如何冷淡了她、提醒他孩子受到良好教育有多重要。後來，幾年前，他在荷奴被捕、幾乎被嚴重處刑的時候，前往荷奴營救他的，就是席麗亞。她告訴他，說她如何跪倒在檢察官的膝下哭哭啼啼，直到他終於釋放了他為止：「起來吧，美人兒，我不想再看到妳的淚珠了。」白吾福以前從來沒想到這個故事可能不是全部的真相。好幾次在都市裡，身份曖昧的女人曾經設法誘他入彀；然而他總是回答說，他在果子盧有個忠貞的妻子、一個身兼慈母的好太太。他曾經冒自由的危險，為的是使她無所匱乏。他甚至還不讓自己到比較昂貴的餐館和戲院。如今這一切都是白費。他心裡有種東西在發笑：你是個笨瓜，白吾福，一個大笨瓜！他覺得噁心，而且，好像就在這幾分鐘裡，蒼老已經攫奪了他。他聽到席麗亞的聲音。

「要不要我熄燈？」

「隨妳便。」

席麗亞吹熄了燈上床。好一陣子，誰也沒有吭聲，白吾福諦聽他自己。一種冰冷包圍着他，像是冷冷的藥糊繞着他的胸部。

「妳跟那個地方檢察官睡覺沒有？」

「我不知道你在胡說些什麼。」

「妳心裡有數！」

「你一定瘋了。」

白吾福伸直身體，闔上眼睛，默默躺在涼涼的被單上。兩個女兒還在隔室嘰喳輕笑。早來的春日微風在外面輕吹，拂動了百葉窗帘。月光穿過裂縫漏進來。席麗亞的床不時發出吱叫。白吾福滿懷對席麗亞的熱情回來，而今萬般渴望都已棄他而去。一切都完了，他自言自語，七個美好的年頭已成過去。他心裡覺得很難過。誰曉得？也許這些孩子不是他自己的？何必到火車上去擠、住在便宜的客棧、在市集裡拿自己的命冒險？如果她是個賊，我必須做個堂堂正正的人，他喃喃道。一家容不了二賊！白吾福自己都無法理解這個怪想法。不過，他知道沒有其他的辦法。他默默躺着，在黑暗中凝神諦聽了許久。而後他把腳放在地板上。

「你要去那裡？」

「到盧比陵。」

「三更半夜？」

「三更半夜。」

「到盧比陵幹什麼」

白吾福答道：「做個鞣皮工。」

5

正好眠[*]

　　我的小睡——平均每週總有三、四次吧——大多在傍晚時分，五點或五點半左右，有電視新聞的輕聲作為背景。地震、瘟疫、縱火、掠奪、以及種種腐敗的報導嗡嗡傳來，我且睡我的覺，成了現代人漠不關心的最佳寫照。這種覺一睡約摸二十到三十五分鐘。（《戰爭與和平》裏的老王爺波空斯基說過，「飯後一小睡，美妙有如銀；飯前一小睡，美妙有如金。」）要是睡到一半，電話鈴響起來，我就用格外清晰而且清醒的聲音回話——平常，我要是真的清醒，才懶得那樣做呢。有時睡過之後會覺得軟弱無力，但這種現象旋即消失。通常，這種小睡都有它的功效，也就是幫我撐過一晚。

　　小睡的品味因人而異。前不久我問過一個英國朋友他有沒有小睡的習慣。他回答說：「逮到機會就睡。」躺著還是坐著？「躺著。」在床上還是在躺椅上？「床上。」穿著長褲還是不穿？「通常不穿。」睡多久呢？「那，」他說，「就要看那些貓咪高興什麼時候離開。」[小說家]康拉德寫過這話：他的職責是「透過書面文字的力量，使讀者聽得到、使讀者感受得到——最重要的是，使讀者看得到。」我那朋友跟幾隻貓咪躺在他身上打盹的畫面，要看不見也難。

　　我坐飛機、火車、巴士、轎車都能睡，聽演奏和演講的時候功力尤其高。逼不得已，我也有本事站著打盹。若有某些特定人物在場，

---

[*] 摘自 Joseph Epstein, "The Art of the Nap," *Narcissus Leaves the Pool*.

我巴不得自己能在他們說話時睡著。我還沒學會在自己說話時打盹,雖然有過這種念頭。我以前一個朋友,名叫華德‧史高;這位仁兄都快七十歲了,常在自己夫婦作東的十一、二人的聚會裏打瞌睡。你回頭一望,華德果然在那兒,下巴貼著胸部,兩眼闔上,安穩的夢周公去了;他真該在胸前掛上「釣魚去囉」的告示。而後,過了半個鐘頭左右,他也不提自己剛才開溜的事,卻順順當當拾起話題,絲毫沒有遺漏,若無其事的回到話陣裡來。我親眼見識過他這種本事大概有四、五次,每次都佩服得五體投地。

　　某些工作似乎有(大家心照不宣的)瞌睡特權。[美國文學家]孟肯在1931年寫的文章裡就說過,測驗好警察有一法,就是看他有沒有「一晚上在車庫偷偷小睡三回而不被巡官發現」的天分。放電影片的可以睡個過癮,不在話下。計程車和禮車司機一定需要小睡。工作的時候打盹,在心理分析師和其他精神病行業人員說來應該是司空見慣。(有一幅漫畫,畫的是精神分析師的病人剛剛跳樓,但見他的雙腳;文字說明則是那昏昏欲睡的醫師兀自喃喃的「唔哦」。)我真心想打盹的唯一工作,是在密蘇里州、德克薩斯州、阿肯色州的寒夜裡擔任陸軍停車場守衛的時候。啊,要是能溜到兩噸半卡車後面,快速呼呼鼾睡它半小時該有多爽!然而,恐懼,這良心的第一道催促劑,畢竟是贏家,於是我勉為其難的保持清醒。

　　我念大學的某個暑假,在一家唱針公司打工,有個維修工人定時會到四樓睡個四十分鐘。我見過許多人在公司會議和大會上打瞌睡。華盛頓的某個悶熱的夏日,國家藝術基金會的全國諮議會在賓州大道舊郵政局大樓開會。我注意到整整半張桌子的委員點著頭、抽動著脖子、垂著眼皮──一場都市計畫的幻燈展示真有催眠果效。我當時妒忌他們,也無疑應該會加入他們才對,怎奈自己剛剛參加過一場談前衛意義的愉快催眠演說。

　　我聽演講的時候一向睡得蠻好的;要是講員笨到要把房間的燈變

暗來放幻燈片,那就最理想不過了。演講或課堂裡的小睡通常是我所謂鞭繩式小睡——睡的時候腦袋瓜總像是在搗蒜似的。芝加哥大學的義大利文藝復興課還是它的藝術史課,我多半是在睡中渡過。如今自己當了老師,天道好還,學生在我的課上睡覺。倒不是說他們成群結隊去夢周公,而是我——該怎麼說呢?——教書生涯中頗讓一些學生得到鬆弛。起初,我發現自己很不喜歡學生在我課堂上睡覺。然而我早已不以為忤了。我逐漸以慈祥長者的態度面對。這些可憐蟲,他們前一晚都沒有闔眼,幹了些什麼事體我寧可不去想它。我對學生在我課堂上打瞌睡的看法是:管它的,假如他們無法聽了我的課而得到啟發,起碼讓他們醒來時精神抖擻⋯⋯。

6

夢*

　　有時我也會做惡夢，但次數不致於多到令我失去對夢的喜愛。

　　第一，我喜歡做夢這回事，喜歡上床然後靜靜躺著然後，透過某種怪異的魔術，迷迷糊糊走進另一個世界。小時候，我看到大人對任何假期都鄭重其事，卻對夢若無其事，覺得大惑不解。這到現在我還是不明白。有些人說他們從來不做夢，對這個話題似乎也興味索然；這種人令我納悶。這比他們自稱從不出門散步還要叫人訝異。多半的人好像不把做夢視為生活的一部份——至少多半西歐人如此。他們似乎把夢當作煩人的瑣碎習慣，跟打噴嚏或打呵欠一樣。我一直無法理解。我做夢的時候固然不比醒著的時候來得重要（別的不提，至少做夢的時間少得多嘛！），但對我而言，夢是重要的。就好比世界至少平添了兩塊大陸，可以在午夜和早餐之間的任何時刻前往做閃電式的旅遊。

　　再說，夢境固然每多怪異混亂以及不愜人意的地方，卻也有它的好處。已死的會出現，談笑自若。過去的會出現，有時支離破碎一團混淆，但偶爾也清新一如雛菊。而且，可能像鄧恩先生說的，未來的也會出現，向我們眨眼呢！這樣的夢境經常因為龐大離奇的焦慮而顯得黯然失色——譬如無法打包的箱子和拒絕讓你趕上的火車；夢中無論人事或景物全不似在醒的時候那麼牢靠實在，於是張三和李四合

---

* J. B. Priestley, "Dream," *Delight*.

為一體而王五又一分為二，浴室門外又有密密的樹林，而餐廳不知怎的成了劇院包廂的一部份；而且夢裡世界有時淒涼可怖，遠甚於我們在陽光世界所經驗的。然而這自成一格的生活自有它的趣味，它的歡樂，它的滿足，以及難得幾回有的平靜的幸福感或驟然的狂喜，猶如瞥見另一種迥異的存在，是我們睜著眼的時候無法比擬的。

愚也罷，智也罷，可怖也罷，美妙也罷，夢總是另一番經驗，是入夜之後的紅利，是人生不同切面；而按我看來，我們從來不夠領情。不過是一場夢！為什麼「不過」呢？夢都夢了，你曾經擁有過。詩人畢達士問道：「如果有夢出售，你要買什麼？」我一時說不上來，但必然是傾家蕩產也買不完的。

7

一舉成名？*

　　我十六歲的時候就在寫文章，四處投稿，哪管編輯是誰，只要找到地址就寄。這些文章分兩種。第一種，高傲的署名「傑・博文騰・普瑞斯里」的，真個道貌岸然，文章裡面盡是「復興」、「意義」、「不幸後果」之類的字眼，好像作者有一百五十歲。這種文章沒人要。送都送不掉。哪個編輯有如許高齡的讀者群來看這種東西？另一種文章是滑稽短文和詼諧諷刺還有一般搞笑之作，是以學生刊物那種一絲不苟的幽默觀點寫的。其中一篇被錄用，刊登在倫敦某幽默週刊上，還支領了稿費。我成名了。（家父不願在這種場合顯得寒酸，就送了我一根值四便士的雪茄；其實——我想他心知肚明——我偷偷試抽他這種雪茄已經有好幾個月了。）

　　刊登我大作的那一期週刊堂堂問世了。我坐電車從德渥巷到卜瑞福鎮高文街，看到一個中年婦人正在打開那本週刊；我忙不迭對自己說，她殊不知週刊的一位優秀撰稿人就近在咫尺。我盯著看她一頁一頁翻。她翻到了那一頁；略一猶豫；停下來，開始看我的文章。啊！好樂！然而，樂的卻是我，不是她。而且我也沒有樂多久，不過一秒鐘，因為這時她臉上凝滯一種表情，我此後見過上萬次，多年來也儘量不去理會——就是讀者、看官、客戶、主顧的標準表情。該怎麼描述這種怪異的臉色呢？其中帶有某種純真——否則我想

---

* J. B. Priestley, "My First Article," *Delight*.

我早就封筆了——但是，這可敬的純真之中又摻著些戒懼的意味，似乎就是起疑，這就有點討厭了。曖昧的神色在問：「唷，這是什麼玩意兒？」於是乎，那位春風得意笑吟吟的詩人、創作者，登時落入萬丈深淵，信心蕩然。因此，自從那次搭乘電車的經驗之後，每當瞥見讀者、看官、客戶、主顧，我都恨不得立刻鑽進疑慮的黑色深淵上面的岩縫裡。在這同時，只見青色羽翼一閃而過——但喜樂的鳥兒已經飛走。

8

小品斯洛伐克：十二帖[*]

前言：2011年9月12日至17日，中華民國筆會代表陳義芝、梁欣榮、歐茵西、彭鏡禧等四人參加國際筆會（International PEN）在塞爾維亞首都貝爾格勒舉行的第77屆年會。參訪地點之一的科沃奇撒（Kovočica），鎮中居民絕大多數是斯洛伐克裔，至今仍操原母語。該鎮近一世紀來，以「天真畫」（naïve painting；或稱「素人畫」）著稱於世；題材以日常生活為主，畫風天真簡樸。

斯洛伐克筆會會長格斯塔‧穆林（Gustáv Murín）博士與科沃奇撒巴卜卡畫廊主持人巴偉爾‧巴卜卡（Pavel Babka）合作，由斯洛伐克筆會作家提供詩文，邀請塞爾維亞畫家配合作畫（亦有少數是既有的畫作），結合了兩國文化，圖文並茂，印成精美的桌上型月曆，致贈與會各國代表。透過穆林會長協助，我們取得作家與畫家同意，將詩文譯為中文，連同圖畫介紹給國人，或可略窺斯洛伐克與塞爾維亞的的人文藝術風貌。

一月：風中

文：Mária Bátorová (1950–)

要掌握風
與之飛翔
再度感受
她內裡深處：
憂愁

---

* 原載《當代臺灣文學英譯》（中華民國筆會英文季刊）（2011/12）。精彩配圖請見筆會季刊。

消逝
於高處
肺葉充滿空氣
以迎接那默劇演員：
隨著春天他再度
光臨

二月：地平線

文：Juraj Kuniak (1955–)
英譯：John Minahane

　　天海相遇之處令我著迷。地平線。其上有海鷗、飛機、雲彩停駐。下面的水滿是鯊魚、章魚、以及致命的水母。然而也可以反轉過來：上面是颶風、旋風、龍捲風、暴風、塗鴉似的閃電……下面是海豚、迷人的大堡礁、深水的寧靜……

　　上面的不盡然美善，下面的不盡然邪惡。神不在上面，魔也不在下面。神和魔都存在於各處、各樣事物，穿透物質的中心，直抵人的靈魂；因此人要選擇：

神或魔。我愛神。
然而為什麼有魔？為了騰出空間給自由意志嗎？

自由意志帶我來到這裡。
我凝望地平線，百看不厭。

三月：重生的灰姑娘

文：Vladimira Komorovská (1961–)

　　灰姑娘辛德瑞拉和他優雅的白馬王子過著幸福的日子，直到他去世為止。她為他哀傷哭泣了很久，但終於學會一個人過日子。當暮年造訪，她就坐在水晶宮陽臺上的搖椅裡，膝上是她醜陋的雄貓鮑伯，緬懷著自

己的青春。

某日午後,一朵小白雲自天而降,走下善良仙子,來到陽臺。灰姑娘大吃一驚,高呼:「善良仙子,你來幹什麼?」

「親愛的辛德瑞拉,我看妳過著貞潔的日子。我來是要滿足妳三個願望。」

迷惘的灰姑娘考慮之後,皺巴巴的雙頰泛紅起來:「我要坐金搖椅」——她吞吞吐吐地說。

頓時雷聲大作,搖椅變成金的了。受驚的雄貓緊緊依偎著她。

「妳的第二個願望是什麼?」

灰姑娘低下頭,注視自己衰敗的身軀,懇求道:

「我想要恢復青春。」

一彎閃電劃過天空,不一會兒她就恢復了從前的美貌。就連她後母逼她從廚灶掃出來的灰都掩蓋不住;真的,她感覺到一股奇異的力量。

「第三個願望呢?」

灰姑娘看著雄貓,回答道:「我希望鮑伯是個王子,不是貓。」

一陣地動,雄貓變成了美少年。善良仙子祝福這對新人之後,飛回天上了。灰姑娘著迷地凝視鮑伯;鮑伯雄壯的手臂緊抱著她,在她耳邊輕聲說:

「只是現在妳一定遺憾把我閹割了,對吧?」

四月:低地

文:Vladimir Skalský (1972–)
英譯:Michaela Rosavá

我來自卡帕斯林地,但我的腳步總是受大一片廣袤低地的改變。被來自約那斯(Jonas)繪畫的巨足踏平:一片低地。低,但終歸是一片土地。有人說,假如你種一顆鈕釦下去,會長出一件外套。這塊土地,上面每有一個斯洛伐克同胞,地下就有十個。每失去一間學校、一座教堂、一家劇院,祖先就以骨骸恐嚇。生長偉大人物的偉大低地。我特別承繼了兩位偉人。我的人生方向因為一位巨人的吸引力而改變。他在革命時拿起衝鋒槍佔領了一處收費處。後來,他的黑髮因著百萬根香菸的菸灰

而轉灰；他的眼因著幾千頁文章而疲憊。他並不知道，但他的確改變了我。一個學物理的學生進了納德拉克（Nadlak），離開時卻擠入一個很不一樣的軌道。這位偉人心碎的時候，我在他的墓旁。墓園裡，農夫用寬大的手掌把馬鈴薯種在辣椒旁。這種辣椒我會從納德拉克帶回家。然而你知道結果會怎樣。一個知識份子進了廚房：一根睫毛掉進眼裡，我用一根手指揉眼睛。我不曾流過那麼多淚水。接著消息傳來。繼翁德羅之後，雅諾（Jano）也走了，在這片低地的另一處。他的客房是我第一次在斯洛伐克低地大中心的巴司基佩脫維（Bacsky Petrovec）睡臥之處，那地方地圖上根本找不到。這位先生很偉大，也很渺小。他有一家既大又小的藝廊。在倉房內。

五月：草原

文：Kamil Peteraj (1945–)
英譯：Kamil Peteraj Jr.

草原上的漣漪
好似海水變綠
自一幅畫流出
流經一個朝著我走來的少女的腳
從那偉大幸福的夢土

我那時以為愛就是如此
當我對她還一無所知
她已把熾熱的木材投在我腳前
引誘入她的殘酷
她會寫信給我，投灑雲中
逼我透過她的想像觀看事物
盲目沿著乾涸之海的岸邊行走
傾聽空洞海貝的呢喃

在春日我總是等待這女孩
而來的是別人

但這首詩無關失望
無關不幸的伊甸園放逐
無關吃草嚼沙
無關來到深淵邊緣
膽怯地躍入空無

草原上海一般的漣漪依舊
但如今少女面露憂容
好似要訴說一個故事
是關乎一枚遺失的戒指，其中
躺著業已埋葬的初戀的極樂
兩滴淚水交會
光明已遭永遠踐踏
到那些年歲的草裡……

六月：婦人

文：Tamara Heribanová (1985–)

　　她有櫻桃氣味。嚐起來像完全意想不到的彩虹。她眼中有制止的、脆弱的自由喜悅，她尖銳的聲音體現了歡樂夏夜的自由。直到現在，她的淚水只有在歡欣的時刻才會流下臉頰。但她不習慣悲哀、傷慟、悔恨、失望、焦慮、虛無。不知真實生活為何物。她只知道，前此發生過的一切都不成熟。而今後的一切不再可能新鮮、純真。突然她感覺到，青春正緩緩消逝。不要離開我，親愛的青春！畢竟，我們是一起成長的！不要棄我於此，一個人！妳是我擁有的最重要的東西！少女對著她的青春大喊；她的頸項依然可以感覺到青春氣息。青春還未離去，仍然溫柔地撫摸少女的秀髮。就在那裡，青春的背後，站著她有備而來的姊姊。她的名字叫成熟。青春，穿著半透明的薄紗，仙子般乘著雨珠匆匆遠去；成熟捲起她的黑色長髮繞住少女的身軀。內在的聲音變得強而有力。骨骼停止成長。乳房定型。雙手似乎不再熟悉。成熟控制了她的全身。少女變成婦人。她大聲叫喊。她才不要像她母親、姑嬸姨媽、其他婦人，

行走、生育、老死。然而,要怎樣停止流逝的時間?怎樣凝凍那使她前行數千日子的轉變?怎樣停駐在花苞裡,不讓未得滿足的生命掉落,如乾癟的花瓣?沒多久,深呼吸一口氣之後,她感覺陽光更烈,空氣更薄,地土更乾。而她無法阻止這一切,因為她沒有那力量。她或許可以改變世界,但改變不了最重要的東西。她的年紀。

七月:愛我,以溫柔

文:Zuzana Kuglerová (1955–)
英譯:Lívia Ottisová

天依然鎖著
但在深處它感覺
時候已到
該解開深鎖了。

睡在它深處的
小星星
渴望妳的觸撫。
它憶起美麗、
騷亂的火花,
輕盈降落在天使翅膀,
樂園之鎖的解開。

天依然鎖著
但它已在等待妳的鑰匙。

緩緩地愛我
並且,以溫柔……

八月：組織完善的絕望

文：Gustáv Murín (1959–)

　　參加實地考察幫助農人的學生不僅收割馬鈴薯，也屠殺田鼠。每一次，拖拉機拉著收割機劃開一道新的犁溝，灰色的小小受害者就在剛剛翻起的土堆上躲躲閃閃，結果還是殘酷地定時遭到瞄得準準的馬鈴薯擊碎。只消短短尖銳的小東西穿入後頸，就會擊裂牠們脆弱的頭殼。

　　從早上起，學生們就以這種競賽取暖，而那些灰色受害者一無所知，只知道牠們的角色需要跟奔馳於無止境跑道的跑者一樣的頑強。牠們總要過一陣子才弄清楚這是怎麼回事。然後開始起跑。這是一場公平的戰鬥。只有奔跑中的田鼠會受到攻擊、殺戮。至於猶豫不決的，只消輕輕一踢，就可以幫助牠啟動。有時候牠們會攻擊鞋子；有時候，急昏了頭，牠們會緊抓住鞋子，躲到鞋底下。有些會以出乎意料之外的快速狂奔，成功地穿梭於馬鈴薯的轟炸。牠們跑啊跑，還是白費氣力，因為，最後總有一顆意外準確的馬鈴薯會擊中牠們。牠們仰躺著，四腳在空中顫抖，尖聲抗議。又一陣馬鈴薯砲轟，拒絕了牠們的訴求。

　　不過，有時也無須如此。田鼠很快就僵硬，因疲於奔命的四腳成了橡膠似的，不聽使喚，像那跑抵終點的短跑選手。頓時牠們凝凍於空中，猶如撞入一幅相片裡。

　　空氣凜冽清爽，任何偶然的動作都很清楚，具象了地上每一聲可怕的嘆息。

　　好個完美的轟炸日。

九月：秋的脫衣舞

文：Mirka Ábelová (1985–)
英譯：Mario Marcinek

秋日來臨
彩葉落在我頭上
是太陽對夏季的已死記憶

風把它從我心裡吹走
它跟其它葉子懶散於地上
我愛嗖嗖地走過

沒關係
早晨清道夫會把它們掃走

十月：花園

文：Etela Farkašová (1943–)
英譯：Heather Trebatická

多年來這座花園
一直在教導我看見
瓶中每一朵花背後的
灌木叢，
每一朵菊花
（藍菊或什麼的）背後的
花圃
它成長的地方
每一顆蘋果背後的
夕陽
它彎腰呵護
樹頂
麻雀
坐在
枝頭
（以不成調的歌
喚醒我們於清晨）
或是搖曳的草
讓熟透的果子
軟著陸

每一片段背後的
完整的輪廓
裡面且有一處
容納我自己的故事

（……這座花園）

十一月：殺豬宴

文：Ľubo Belák (1951–)

　　老家在塞爾維亞低地的庫爾賓村。每次探親都很特別，很多采多姿。冬季的「殺豬宴」之旅也不例外。

　　那個大日子的清早四點鐘，姊夫拿了一杯梅子白蘭地叫醒我：「盧波老弟，把這喝完，可以保暖！」

　　後院已經動起來了，忙著各種活。男人大多是庫爾賓的近親，正在準備一切。他們說，不要讓我只做個旁觀者，要我加入「謀殺特攻隊」，扮演一個重要角色。我聽了既驚又喜。

　　「要我做什麼？」我問。我單純地認為，在真正行動之前，可以跟他們討教「殺豬」的種種。然而，他們卻告訴我，我的任務是握住豬尾巴，抬起她的後腳，以免她把腳戳進地裡。

　　肥胖壯碩的豬帶到院子裡來了。屠夫長簡單指示後，我馬上抓緊豬尾巴，抬起了她的後腳。有點勉強。我渾然不知這個角色有多危險。豬立刻明白會發生什麼事。她轉了一個大彎，把我連人帶尾巴甩到空中。我摔了下來，手中仍然穩穩抓住她的尾巴。她拖著我繞行院子約摸一分鐘。當她如此舞蹈的時候，行刑隊其他成員大笑不已。當然，那正是他們的本意！一場精彩的殺豬宴怎能沒有精彩的笑料！我就是那個負責提供笑料的。沒錯，我被取笑，可是，當天在庫爾賓村裡，沒有一個更出風頭的人。村民低聲指指點點：「他就是那個跟豬摔角的。」

十二月：今天來談水

文：Ivan Popovič (1944–)
英譯：Zdenka Valent Belič

　　曾經──不知道現在是否還這樣──南斯拉夫一路外銷 "Muskavoda"（翻譯為：男人的水），直到美洲。我當年品嚐過──沒有什麼特別礦物質味道，沒有氣泡；自來水的味道更好！我很好奇，斯洛凡尼亞人他們怎麼有本事成功地外銷像那種毫無味道的東西。

　　重點是，據說那神奇的水可以增強男人的性能力。因此，大西洋彼岸才會對它有這麼大興趣。

　　一個普通的美國人喝了這「壯陽水」之後，嗯，立刻變成了牛郎。如今，各種乳液、真空唧筒、威而剛都在使用⋯⋯但在當年⋯⋯我那時還年輕，或許因此才不喜歡它的味道！

　　有一晚，我坐在亞德里亞海邊一家酒館裡，跟一個老水手聊天，一瓶好酒在側。蟬鳴不已，海水低吟，不時有女郎經過，搖擺著曬成棕褐色的屁股。當然，「男人的水」也成了話題。

　　「知道嗎，伊凡，」老水手說：「伏特加歸伏特加！但女人的撫摸是女人的撫摸。」

　　而今我明白了。你可以把這幾個字刻在石頭上。

紀念

1

師恩難忘[*]

　　每個人在一生中都會接觸到無數的人,這些人在我們身上必然留下或多或少、或好或壞的印記,成為我們前行的助力或阻力。

　　我何其有幸,在朦懂幼稚的童年,因為就讀古亭國小,領受了來自師長與同學豐盛的慈愛、友愛。這不只使我度過歡樂充實的六年,於我日後的學習與工作也大有助益。

　　記得是剛進學校的第一天,在亂哄哄的教室裡,素未謀面的陳照明老師竟然指定我擔任班長。不知道班長是做什麼的我,回家告訴兄長時,還被他們取笑了一陣子。回想起來,這個班長職務給了我學習領導、負責、協調的功課,一生受用。

　　四年級的導師陳彰龍先生,暑假期間為同學補習數學,免費指導堪稱家境清寒的我。六年級的張慶月導師和藹慈祥。有一次我調皮地「設計」,使他回頭時「誤觸」我高舉的毛筆,一團黑墨塗在他臉上。圍觀的同學大笑之後立時寂靜下來。然而我忐忑等待的處罰並沒有出現。聯考放榜後,他還帶著同是考上建國中學的倪德全同學和我搭火車到福隆海水浴場玩了一整天,作為獎勵。那是我第一次的豪華之旅。教作文的曾濟群老師鼓勵同學閱讀名人傳記,學習文字章法之外,更學習人格的培養。他借給我的《俾斯麥傳》在我書架上逗留過一段日子。

[*] 寫於民國 101 年。

多年之後，我自己忝為人師。有一位學生送我一方漂亮的小木牌，上面題著英文："Those who love teaching help others love learning."我在古亭國小六年，親炙了許多熱心教育的老師，使我喜愛學習；當了老師以後，也以這種教學風範自勉。

　　師恩難忘。際此母校一甲子的校慶，感念母校的栽培，祝願質樸純真的古亭校風能夠繼續發揚光大。

2

施與受*

「恭喜你,鏡禧,你得到了下一學年度的全額獎學金!」所長在辦公室跟我道賀。

「啊,真的?太好了!」我太高興了:「謝謝您替我寫推薦信。」

「哪裡,」魏大可先生(所長 Charles Witke 的中文名字)和藹的眼神從金邊眼鏡透出,他誠摯而愉快的說:「我們才要感謝你呢!這項獎學金是由全校研究生一起競爭,你能夠得獎是本所的光榮。」

那大概是 1975 年三月下旬吧!密西根大學比較文學研究所辦公室外,薄薄的積雪在日光照射下已經開始融化。然而所長的話比冬陽還要溫暖。我並沒有真正修過這位拉丁文學教授的課,可是他對我的信心和鼓勵,一直是我修業期間的一大動力。

回家的路上,我玩味他那句話,洋洋自得的內心,逐漸感到陣陣的悸動。學生得獎,老師高興,是件平常事;由老師來感謝學生,我倒是頭一回聽說。

仔細想想,他的話也並非全無道理:每件事情總可以用不同的角度來思考、判斷。只是,以眼前這個例子來說,有多少人會採取魏大可教授的角度?更何況這件事他也出了力。

我們常愛把「施人慎勿念,受施慎勿忘」掛在嘴上,因為實在不容易做到。如今這位「施主」非但不居功,還反過來向受施者道謝,

---

* 原載吳榮斌主編,《800 字小語》⑨(文經社:1996)。

使我不禁要問：這等寬大的胸襟從哪裡來？回想起和所長的幾次接觸，他總是站在對方的立場說話。你若有求於他，而所求又屬合理，他那一定會謝謝你提醒，讓他去做他應做的事，好像您才是施主。

那一天，我領悟到了施與受之間的弔詭關係，施主若是沒有「施」的想法，就無須時時保持「慎勿念」的警覺，反而可以從容、自然、愉悅的去享受「施」的真正快樂。

3

朱老師,晚安*

一顆高貴的心碎了。晚安,親愛的王子,
願結隊的天使高歌護送你安息。

《哈姆雷》,五幕二景

望之儼然,即之也溫

二十六年前,臺大外文研究所碩士班辦理註冊。一個研究生被他的系主任叫住,問他願不願意擔任助教。那個研究生毫不考慮就一口回絕了:他說他想專心念書,早些畢業。系主任聽了淺淺一笑,只說,「那也好。」隔了幾天,那個學生走進外文系主任辦公室,靦腆的、訕訕的從牙縫擠出一句話:「請問還需要助教嗎?」系主任聽了還是淺淺一笑,只說,「你明天來上班。」

那個不識好歹的學生就是我。那位一直保持紳士風度的主任就是朱立民老師。是他給了我這輩子最重要的一次機會。

初見朱老師的人,常常懾於他堂堂的儀表。其實他極易相處——體貼而從來不難為他人。如果你在他面前抱怨別人,他會認真傾聽,然後微笑說,「他大概另有苦衷吧。」他樂於獎掖後進,但絕對不在人前人後提起。他是真正的君子。

---

* 原載《中央日報》副刊(1995/9/8)。

行政與學術

　　朱老師自美國獲得博士學位回來後，到退休為止，幾乎沒有離開學術行政工作。他擔任臺大外文系主任，努力培植新人、引進新的教材教法；擔任文學院院長，協助院內各系各所發展，特別因為提倡中外比較文學，使中文系和外文系建立了密切的合作關係，至今不輟。從臺大退休後，他又應淡江大學之聘，擔任過行政及學術副校長等職位。朱老師數十年成功的學術行政生涯，一方面奠基於他深厚的學術修養，一方面得力於他的行政長才。他努力追求新知，研究的領域也一再擴展。他主持會議時，掌控全場、條分縷析的能力，令人折服；至於幽默風趣，猶其餘事。朱老師的口語英文典雅流利、字正腔圓。他的文筆簡潔有力；明晰之外，常帶著淡淡的幽默。常人愛把語言跟文學一分為二，其實語言是文學的根基，文學是高妙的語言，這一點在朱老師身上得到最佳印證。比較少為人知的是，他的中文其實也一樣乾淨俐落，言之有物。

　　有一次我問到他對行政工作的看法。他略一沉思之後，說，他因此少讀了很多書，少寫了很多文章。言下若有憾焉。這是很可以理解的。無論他在行政方面的建樹有多大，朱老師本質上是一位學者兼教師。他在退休之後，仍然勤教、勤讀、勤寫。他的最後一篇學術論述刊登在今年八月剛剛出版的《英美文學評論》（可惜他自己沒有來得及過目）。與他研究範圍相關的學術會議他絕少缺席。他這幾年在臺大開的通識課程「莎劇精華」一直叫好又叫座；甚至必須對選課同學的資格嚴加限制，以免人數過多。上一學年他應邀到過靜宜、中山等大學以及高雄扶輪社演講。去年也去過臺北中山女高演說。有教無類是他的寫照。這一切都是出於他對學術的執著與熱心。

最後兩堂課

　　從學生時代開始，在臺大這麼多年，受教於朱老師，所獲之多，於此不暇細述，只說我在他辭世之前一個月內所上的最後兩堂課。

　　7月19日，英美文學學會（朱老師是創會會長）在臺大文學院會議室召開會員大會，同時舉行例行的學術研討。這次的主題是「英美文學教什麼？」原本是針對目前英美學術界文學理論引發的論題。多位引言人提出高見後，每一位與會者也發表自己的想法。朱老師很感慨的說，其實不論授課的內容如何，老師的教學態度和方法最重要、最能影響學生。他追憶高中時代對他影響深遠的老師，就是教學認真、教法活潑的老師。前幾年他回大陸，還特地去拜訪這樣一位恩師。朱老師的一席諍言，深印我腦海，因為他自己就是這麼一位活生生的榜樣。

　　8月3日接到則剛兄來電，才知道老師已經於前一日住院。他打這通電話，是因為老師認為自己體力已差，無法參加今年8月18日到20日的「國際比較文學會議」。這項會議本來就是他和顏師元叔等人發起，從民國六十一年起，每四年由中華民國比較文學學會（他是學會的創辦人之一）主辦一次；今年是第七屆，也安排了請他做頭一場研討會的主席。他要我轉告主辦單位，另外找人代理。只這一件小事，已經可以看出朱老師始終一貫的負責與體貼。

朱老師，晚安

　　朱老師從不避諱談死亡。大約四年多前吧，我在牛津的時候，他來信提到自己的心臟病需要動手術，又加了一句說，七十多歲的他即使那時死去已經算「划得來」了。他說得輕鬆，我聽了沉重，就回信訴說我在先父某次手術之後的心情。我引用了狄倫・湯馬斯（Dylan Thomas）的詩，盼他〈莫要溫順的走進那良夜〉（"Do Not Go Gentle into That Good Night"），所幸手術成功，這幾年來他又恢復了往日的輕鬆自在。

灑脫的老師必然會同意他最喜歡的作家莎士比亞在最令他著迷的作品《哈姆雷》裡面提到的世代交替的觀念——雖然戲裡主張這種觀念的人是哈姆雷的母親和叔父。哈姆雷歷經了大風大浪之後，對人生有豁達的看法，認為死生有命，該來的一定會來：他說，「一隻麻雀掉下，也有特別的天意。」因此一切順其自然可也；要緊的是，「總歸要有準備」（The readiness is all），也就是「恃吾有以待之」的意思。朱老師多年來都是成功的經師與人師，對死神的造訪，既是早有以待，必然無所畏懼；而他的典範常存，更無死或不死。他終於溫順的走進那良夜。朱老師，晚安。

4

使命感與使命幹——
一個伙計眼中的顏老闆*

  顏元叔教授回臺大教書的時候,我正在外文系唸書。當時他引進英美文學學術界盛極一時的「新批評」理論,一改前人對文學「外緣」的研究,強調對作品「內在」的探討,講究精讀細品。大三那年,我修了他的「近代英國文學」,主要是讀二十世紀的英國詩;比起其他文學課程,這門課內容豐富而精彩,令人耳目一新。於是大四時又選修了他的「文學批評」。這兩門課引領我進入文學研究的園地。倏忽三十多年過去,顏老師即將榮退。這期間他在教學、研究、社會評論方面傑出的表現,有目共睹;我謹在此略記一些擔任助教期間的印象。

  朱立民老師找我做助教的第二年(民國五十九年),卸除外文系主任的兼職,專任文學院院長;系主任由顏老師接任。朱老師熟慮深思、謹慎幹練;顏老師雄才大略、衝勁十足。辦公室助教同仁稱朱師為「大老闆」,稱顏師為「小老闆」,我們自然都成了「夥計」(而私下則互以「某爺」、「某奶奶」相稱)。這種稱呼乍聽之下似乎庸俗,其實頗能表現外文系當年闖蕩的「企業」精神,而當家的「小老闆」顏主任便是這種精神的代表。

  首先,他把外文系的課程做了革命性的重新規劃。學生不僅必修「英國文學史」兩年、「歐洲文學史」兩年、「美國文學史」一年、

---

* 原載《中外文學》(1998/7)。

還要必修「中國文學史」兩年。這些名為「史」的課程，內容率以作品的研讀為主；加上朱老師引進的「文學作品讀法」，大大加強了文學教學的廣度與深度。就連教材方面，也緊追美國大學英文系。如此一來，學分固然從原來的一百二十八暴增為一百六十四，每一門課的授課內容也豐富許多。當時許多學生叫苦連天，但也造就了今日海內外不少青壯學者；中國文學必修的規定，尤其奠定了他們日後從事比較文學的根基。

顏老師確實是屬於開創型的先驅人物。他參與創辦的《中外文學》月刊持續關注世界學術潮流與本國新生作家，已經邁入第二十七年，成為臺大外文系的寶貴傳統之一；即將三十周歲的英文《淡江評論》（*Tamkang Review*）是首先吸引國外比較文學與漢學學界目光的學術刊物；比較文學學會至今仍舊生氣蓬勃，於引進歐美文學思潮一向獨領風騷；四年一度的國際比較文學會議每次都能吸引知名的學者與會；臺大外文研究所的博士班造就出國內傑出的比較文學、英美文學研究人才；三十年前匯集戲劇學界菁英主編的「淡江西洋戲劇譯叢」至今還沒有新的產品取代……。顏老師對國內的文學創作、教學和研究環境的開拓與水準的提升，影響至深且巨，在他那一代大概無人出其右。

然而，作為外文系教授，顏老師不僅關心文學教育而已，他也注重英語教育，只是這方面的成績不如他在文學教育的成就來得令人矚目。他在擔任系主任期間，曾創辦《英文報章雜誌助讀》，從單張的報紙型發展成每月一期的刊物。內容題材寬廣，每一篇選文都有中文注釋或翻譯。後來甚至開闢專欄，接受讀者的習作，由教授評閱，對普及英語教育有很大的貢獻。可惜這本雜誌在真正的企業（商業）競爭下終於因人力與財力不支而停刊。他創設的「英語進修班」（至今仍舊極為熱門）也開今日大學「推廣教育」及「自籌經費」之先河。

顏老師語、文並重的另一個例子是他對臺大全校必修的「大一英

文」所作的改革。他認為這門課固然是英語的習得場所，也應該用以培養大學生廣泛的現代知識，使他們具備思考與溝通的能力。近年來大家注重的「通識教育」，顏老師在二十八年前就已經利用「大一英文」著手做了。他淘汰了用之多年的老舊教材，組織編輯委員會，另編 *20th-Century English Reader*，內容分為人文、社會、自然、文學幾大類，挑選當代名家作品，以中文詳細註解，還附上討論話題，供讀者思考。這項突如其來的劇變使授課老師倍感壓力；為此系裡特別開設研討會，請來各領域的專家學者為大一英文教師就課文內的專業知識解惑。即使如此，還是有些老師因為適應困難而自動提早退休，遑論高中剛畢業的大一學生。要從簡單的高中英文直接進入英美知識分子的思想，他們的辛苦乃至挫折感可以想見。但是，多數熬過來的人必然獲益匪淺，並能體會到編者良苦的用心。

　　系主任的重要任務之一是遴聘合適的教員。擔任助教期間，我親身經驗到顏老師尊重學術、堅持原則、用人唯才的做法。系裡資深教授退休，顏老師會親自到府拜望、致謝。有一位外籍客座教授對系裡的行政作業有所誤會，一狀告到校長那裡；顏老師據理力駁，甚至不惜與派遣那位教授的外國單位鬧翻，終於由對方正式道歉收場；而至今該單位與臺大外文系依然保持良好的合作關係。有的老師素質太差，他不顧人情，堅持要求資遣；有人透過關係申請教職，他（跟朱老師同樣作風）一律不予考慮；有些年輕人申請助教職，成績雖然不是最好，他因為「這個人有才華」而錄用，而事後也證明他的眼光獨到。

　　顏老師精力充沛過人。甚至在他擔任學術行政，開展文學研究之際，還經常在報紙副刊撰寫專欄。有一陣子，多家報刊為了爭取他的作品，在那沒有傳真機更沒有電子郵件的時代，經常在臺大外文系辦公室外派專人守候，等顏老師隨寫隨發稿。洛陽紙貴，於此可見。

　　回想顏老師許多志業得以在短期內成其功，固然得力於他的學

識、遠見與精力，更重要的因素是他強烈的使命感：凡事只要他認為該做的，說做就做，做了再說。於是一個個刊物、學會、研討會、研究所、出版計畫就這樣奠基、成立、發皇。在這樣的老闆手下當夥計，常常忙得人仰馬翻。但是受到老闆的使命感的影響，眾夥計也都拼著命做活，使命幹。也許這也是一種「強人政治」吧。換成今日，無以計數的會議，足夠癱瘓任何人的意志。他在二十多年前就寫過一篇題為〈我愛開會〉的文章，對此大加諷刺。然而時代變了，喧譁的眾聲隨著社會民主多元而來，淹沒一切。顏老師的退休正式宣告一個時代的結束，一個自有其魅力與成就的「學術強人」的時代。

5

開風氣之先：懷念恩師顏元叔教授[*]

　　顏元叔教授辭世，我國英美文學界凋謝一位大師，我自己痛失一位景仰的恩師。

　　民國五十五年，我就讀臺大外文系三年級，顏老師從美國學成歸國，引領我（以及其他無數人）進入英美文學的領域。畢業後我考入研究所，同時擔任助教；其間有兩年在顏師手下工作。我們一夥助教戲稱時任文學院長、也是外文系前主任的朱立民老師為「大老闆」，系主任顏老師為「小老闆」。這兩位老闆對臺灣的文學研究有極大的貢獻，乃眾所周知。這裡先說我個人印象最深的兩件事。

　　其一：顏老師在研究所開過一門英國詩人密爾頓（John Milton）的專題討論，課程重點自然是《失樂園》（*Paradise Lost*）這首長詩。一向反對基督教的他認為詩中對撒旦的描寫十分精彩，對上帝的描寫則平淡無趣；作者的同情心顯然在撒旦這邊。在期末報告裡，我主張這首詩誠如作者開宗明義指出的，是要為神對人類的態度辯護；同上這門課的高天恩兄則大唱反調。結果，我們兩人得到同樣的高分。可見顏老師雖然對許多事物有定見，做學問的胸襟卻是寬廣的。

　　其二：當年德國文化中心（DAAD）每年選派一位德文教授來臺大，支援德文教學，費用由德方支付，臺大只須提供學人宿舍。有一年，前來的德國客座教授不知何故寫了一封信給校長，大意是抱怨外

---

[*] 原載《文訊雜誌》（2013/2）。

文系官僚、辦事效率差；似乎他自以為是來「援助」臺灣，姿態擺得很高。顏老師收到這封校方批下來的信，在辦公室裡念給大家聽。他認為指責明顯不公，便回了一封信說明立場，特別指出德方與臺大乃互惠關係，要求他道歉，否則不惜停止交流。信的副本寄給院長、校長以及德國文化中心。不久那位德國教授果然回信，說他經過「深切反省」（記得他用的英文是 "after much soul-searching"），發現是自己的誤會，鄭重道歉。

這件事顯示了顏老師對維護校譽國格的重視。這樣的態度也反映在他的種種學術作為上。

顏老師曾經叱吒風雲，引領一整個世代臺灣文壇的風騷，地位有如十八世紀英國文壇的約翰生博士（Dr. Samuel Johnson, 1709–84）。他對臺灣英美文學界的貢獻可以說是全方位的；開創新猷，依我看，至今無人能及。

在課程上，他引進了美國大學的授課內容，並和朱立民教授聯手，合力設計了嶄新的外文系課程。他們除了把「英國文學史」從一學年改為兩學年，還增加了一學年的「歐洲文學史」以銜接原有的「西洋文學概論」、兩學年的「中國文學史」（比許多中文系的要求更高）、加上一學年的「美國文學史」——為了使學生對世界文學有通盤的認識。另外增加了一門一學年的「文學作品讀法」，引進當時英美最新的閱讀方式。這些成了外文系必修的核心課程，合計就是四十八個學分。這麼一來，學生的畢業門檻，從教育部訂定的最低學分數一百二十八倏然提高到一百五六十。而且這幾門課的教材，與美國大學部幾乎相同。

臺大外文系作出如此重大改革之後，其他各校漸漸跟進，臺灣的英美文學教育於是脫胎換骨，一時稱為「朱顏改」。負擔加重了，一般學生自然叫苦連天；但只要通過考驗，日後若繼續學術研究，因為有了比較紮實的根柢，多半能夠卓然成家。這種廣泛閱讀的嚴格訓

練,大概維持了十幾年,造就出許多當今臺灣英美文學界的菁英。(相對的,臺大外文系出身的作家比例銳減;也有不少同學因為壓力過大而放棄原先對文學的熱情。)

　　顏老師體認到當時國際學術界對中國文學缺乏認識,比較文學研究的範圍局限於歐美,乃大力提倡中外比較文學。他的具體作法是:創立中華民國比較文學學會、創立英文的比較文學刊物 *Tamkang Review*、在淡江大學召開第一屆臺灣舉辦的國際比較文學會議、創立臺大比較文學博士班。他甚至和朱立民、胡耀恆、葉維廉等老師上電視介紹比較文學,又和中文系教授葉慶炳、戲劇學者姚一葦等人,到臺灣各地推廣比較文學,執著的精神有如傳教士。比較文學的開拓,也增進了外文系與外系——特別是中文系——的學術交流,影響深遠。

　　除了學術研究,他也關心臺灣本土文學的創作。他鼓勵研究生自辦讀書發表會,選定臺灣作家作品,定期在課餘發表研讀心得(這應該是早期的讀書會吧)。繼《現代文學》之後,對臺灣文學影響深遠的《中外文學》月刊也是在他手中創辦的。該刊內容不僅包括論文、評介、翻譯,也注重創作,鼓舞、發掘了許多優秀的年輕作家。(現在《中外文學》已經改成學報,不再發表創作,令人不勝唏噓。)

　　有感於本國戲劇劇本的缺乏,顏老師集合了當時所能找到的人力、物力,主編了一套「淡江西洋現代戲劇譯叢」,共收錄了四十位劇作家,凡計一百多齣劇本。每一本無論選材、翻譯、出版,都十分嚴謹,且都有本國學者撰寫的學術導論。如此大規模的經典翻譯,不僅在四十年前的臺灣是空前創舉,至今也相當罕見。這套叢書開拓了讀者的視野,對臺灣戲劇界以及戲劇文學教育的發展,功不可沒。

　　以上所述,無論人、事、物,記錄均斑斑可考。另有一些淹沒於時間洪流的,亦可見證顏老師的遠見。如臺大「大一英文」課程的教材,原先一向是薄薄一冊,內容是短小精悍的英美名家散文,雖能

幫助讀者習得文字技巧，卻難以啟發他們的智慧。顏老師認為這門課應當使學生藉著閱讀開拓比較全面的現代觀與思辨力，於是在系主任任內，約集教師，廣收二十世紀論介人文、社會、藝術、科學等的英文散文，由外文系教師詳加註釋，並附討論題目，作為全校大一英文教材，期末考試也是全校統一會考。有些文章連授課教師都是第一次接觸，為此他還辦了多次演講會，敦請外院系的教授，為外文系師生講授各科專長。日後這本厚重的英文教科書不斷更新，成為臺大人的「共識」——最早的「共同通識」課程，長達二十多年。直到後來大一英文鬆綁，才由任課教師自選教材。

　　顏老師不但重視學術研究，也曾致力普及英語。他編過許多字典，學習英語的國人想必熟悉。今天比較不為人知的是他的另一項第一：在臺大外文系編印《英文報章雜誌助讀》，對外發行；既嘉惠廣大讀者，也替外文系增加一些收入。這份刊物最先以報紙大小發行，後來改為月刊。內容如刊名所示，選自美國最新的報刊文章，除了中譯，還有詳細注釋，方便讀者自修。今天我們談國際化、談英語學習的重要、談創收，不能不佩服顏老師這位先行者的高瞻遠矚。因為有這種種業內業外的項目，外文系的工作量比以前增加了不知多少倍。教師、助教、職員都忙翻了，但我不記得有誰抱怨。那是一段努力奮發的美好歲月。

　　我心目中的顏老師是一位有遠見、有膽識、有擔當的開創者。豪氣干雲的他，一旦認定目標便勇往直前，因而締造了許多項第一。懷念恩師，此刻，我想到莎士比亞在《凱撒大將》（*Julius Caesar*）劇中讓安東尼向羅馬群眾說的話："Here was a Caesar! When comes such another?"（哲人日已遠，後繼者誰何？）

6

懷恩師——紀念虞爾昌先生一百週年冥誕*

　　虞爾昌先生曾經執教臺灣大學外國語文學系多年，且曾代理系主任職務，是一位極受尊重的資深教授。他賡續朱生豪先生的遺志，完成了莎士比亞歷史劇及十四行詩等作品的中文翻譯大業，影響士林深遠，並久受閱讀大眾的推崇景仰，此乃眾所周知，無須贅述。比較不為人知的，可能是他的教學熱忱。

　　余生也晚，1969 年考進臺大外文研究所之後，才有幸在「文學翻譯」課上，親炙虞老師的風範。虞師教翻譯，從來不空談理論，而是從實踐著手。當時我對翻譯以及英美小說頗感興趣，於是跟老師商訂翻譯勞倫斯（D. H. Lawrence）的《兒子與情人》（*Sons and Lovers*）。師生每星期見面一次，每次兩小時。見面時，虞師除了殷殷詢問學習狀況外，更細心討論他對譯文的看法以及所做的修訂。

　　其中有一次印象最深。勞倫斯小說中，礦工階級使用第二人稱代名詞 thou/thee，我直覺的以為是古用法，代表尊敬，便把其中一句話翻譯成「您啊您的」，經過虞師指點，才知道和我想像的正好相反：這是下層階級慣用的稱呼，應該翻譯成「你啊你的」才合適。此後我閱讀文學作品，對語言的意涵更加留意，不敢師心自用。一個學期下來，大約翻譯了兩萬字左右吧，頗受虞師謬獎。原擬翻譯全書，但因其他功課而擱置，後來更由於出國進修竟至遺失手稿，實在是一大憾事！

---

* 原載《臺大校友雙月刊》（2004/3）。

然而 thee/thou 的因緣並未就此結束。三十年之後，我寫了一篇 "The Taming of the Jew: Second Person Pronoun in *The Merchant of Venice*"（〈馴猶記：《威尼斯商人》中的第二人稱代名詞〉），在 1999 年 8 月北京舉行的文化與翻譯國際研討會上宣讀。該文析論莎士比亞如何讓劇中人變換使用 you 和 thou，藉以表達各個角色之間的社會關係。歸根究柢，這篇拙文乃是受到虞老師當年的啟發。

虞老師不僅是經師，也是人師。六〇、七〇年代的大學教授，待遇菲薄，生活清貧，但老師會邀請學生到他府上喝茶談天。他談文學，談翻譯莎士比亞的苦樂，越說越起勁，慈藹的容顏也越加煥發，直令人想到一簞食、一瓢飲而不改其樂的顏回！

虞師能夠如此堅定走在文學道路上，成為翻譯大家，與師母勤儉持家、給予精神鼓勵大有關係。印象中的師母為人敦厚慈祥。學生登門打擾，她總是親切招待。我因為家住鄰近，每逢過年，先母會做客家年糕，囑咐贈送虞老師，而師母也會回贈她手製的浙江年糕。如今回想，倍加思念老師與師母的溫煦與恩慈。

7

懷念FRANÇOISE[*]

　　民國六十八年,我在臺大外文系辦公室見到了兩位光頭洋人——在那年代,這場景十分不尋常。後來才知道他們是當時校長閻振興先生特別商請巴黎第七大學推薦的優秀法語教師——畢安生(Jacques Picoux)和施蘭芳講師(Françoise Zylberberg)。兩位時值青年,有的是熱情活力。他們背井離鄉,遠渡重洋,不但為本校培植無數法語人才,更倡導教學的新觀念,為六、七十年代國內法語教學注入新血。校園以外,兩位受邀擘劃華視「伙伴們,來學法文」的教學節目,提供廣大國人學習法語的新管道,於中法文化交流貢獻卓越。我很高興她在生前榮獲法國藝術暨文學騎士勳章,的確實至名歸,當之無愧。

　　Françoise(我總是這樣稱呼她)為人誠懇開朗,因此在臺灣結交了許多朋友,各界都有,特別是藝術文化界。她樂於助人,是朋友熟知的。2002年,臺大戲劇系要演出莎士比亞的《馬克白》。有一天我在新竹看吳興國的戲,巧遇Françoise,她介紹我認識大大有名的服裝設計師洪麗芬老師。當時只有簡短的交談,但透過她的穿針引線,洪老師馬上答應義務替我們擔任服裝製作。戲服是那齣戲耀眼的一部份。Françoise喜愛文化,除了自己開書店,也熱心參與臺北國際書展的籌畫。大概是五年前吧,我在展覽會場看到她引進的一批珍貴的中華文物照片。她告訴我,書展結束後,還會移到臺南展出。我

---

[*] 原載「英千里教授紀念網站」(https://ying.forex.ntu.edu.tw/detail/20/48)。

當時就說：臺大圖書館可以借展嗎？她一口應承下來。後來，在當時臺大文學院長葉國良教授和圖書館館長項潔教授全力支持下，不僅展出成功，還邀請了國際知名的攝影學者來校演講，大大豐富了臺大校園的人文風景。前年，她聽說我和幾位中華民國筆會代表要去達卡（Dakar）開年會，回程會經過巴黎，立即聯繫同樣熱心的Jacques（畢安生老師）提供免費居所。

也是因為她交游廣闊，生活十分忙碌。我們見面，常常只能匆匆打招呼，閒話幾句，然後就說：該找個時間聚一聚了。現在，已經太遲了。Françoise (excuse me for switching to English; you know my French is limited to a few words): thank you for your endearing and enduring friendship; it's a great blessing to me. You'll be sorely missed.

8

敬悼余光中先生[*]

在 2017 年 6 月 29 日香港城市大學翻譯與語言學系舉辦的「2017 翻譯研究、實踐與教學法研討會」上,我提出一篇報告,討論狄倫‧湯馬斯(Dylan Thomas, 1914–1953)"Do Not Go Gentle into That Good Night" 一詩的中文翻譯。該詩寫於 1945 年,但直到 1952 年他的父親過世後才出版。這首詩被譽為「英語文學中對父子關係最動人的歌頌」,而其詩藝方面的高度成就「或可稱為最偉大的英語十九行二韻體詩(villanelle)」。此一詩體分為六節(stanza);前五節每節三行,末節四行,共十九行。首節的第一行重複出現於第二節、第四節以及最末節的第三行;首節的第三行重複出現於第三節、第五節的第三行以及最末節的第四行。各節第一、三行叶韻,第二行及最末節第四行另叶一韻,因此全詩只有兩個尾韻。

也許是本詩內容的關係,論文撰寫期間,余光中老師的身影不斷浮現腦海。老師曾因跌倒住院,雖已在康復中,據說行動已經不如往常矯健。蘇其康兄和其他幾位學長年初即已籌畫出版慶祝老師九十大壽的論文集,本想提交這篇論文共襄盛舉;躊躇再三,終覺不甚妥當。心境或許近似湯馬斯寫作當時。研討會之後,應上海《東方翻譯》之邀,把文章翻譯成中文,也附上該詩的拙譯,全文刊於該刊 2017 年第四期。現在我把譯詩略加修訂,謹以此遲到的祈請,敬悼中

---

[*] 本文原載於《聯合報》(2017/12/27)。

華文壇、譯壇、杏壇的仙品。

絕不溫馴地進入那良宵

絕不溫馴地進入那良宵——
老者應於日暮時熾熱、狂嚷；
怒斥，怒斥光明之漸消。

智者臨終，明知黑暗來得正好，
但因所立之言未如閃電發光，
絕不溫馴地進入那良宵。

善者，最後一波打來，號叫
微德原可於綠灣婆娑蕩漾，
怒斥，怒斥光明之漸消。

狂者捕捉飛奔烈日，頌歌逍遙，
太遲方覺悟，一路徒留哀傷，
絕不溫馴地進入那良宵。

憂者將亡，近盲的炫目見到
盲眼能燦爛如流星，神采飛揚，
怒斥，怒斥光明之漸消。

而您，我的父親，何其悲愀，
求您詛咒、祝福我，熱淚奪眶。
絕不溫馴地進入那良宵。
怒斥，怒斥光明之漸消。

9

胡老師,謝謝您!*

He disappeared in the dead of winter.
他消逝於隆冬之際。

W. H. Auden, "In Memory of W. B. Yeats"
奧登,〈紀念葉慈〉

　　胡耀恆老師在隆冬的時候離開了我們。杏壇、劇壇、文壇頓時失去了一位備受敬重的長者,我個人則失去了一位十分可親的恩師。

　　五十多年前,胡老師剛從美國回來任教臺大外文系,我是系裡的助教兼研究生。有一年歷史系透過傅爾布萊特基金會聘來一位美籍客座教授,外文系遂情商教授夫人義務在系裡授課。當時的文學院院長朱立民老師十分貼心,會不時邀請遠客夫婦到家裡小坐,打打撲克牌解悶。有一次,我和其他幾位助教也受邀加入其中一個牌局,記得遊戲的名字很有趣,叫做 "spit in the ocean"。從來沒有玩過的我,雖然事先聽了解說,還是搞不清楚狀況,一開始就出錯了牌。這時,胡老師立刻替我解圍,說我是第一次玩的生手,這一把算是練習。我因此保住了小小的賭注,更保住了面子。胡老師的及時救援給了我深刻難忘的印象。

　　胡老師擔任外文系系主任期間,有一天找我到辦公室懇談,要我

---

* 原載《文訊雜誌》(2024/4/1)。

準備開歐洲文學課程。他看我面有難色，緩緩解釋說，歐洲文學是西洋文學的重心，教學相長，對我的學術研究會有幫助。了解這是他的苦心，我就勉為其難接受了任務。果然這門課拓寬了我的眼界，日後雖然沒能成為專家，倒是對整個西洋文學的發展脈絡有比較清晰深入的認識。

1985年，我應邀到美國維吉尼亞大學擔任傅爾布萊特客座教授一年。攜家帶眷初到異地，幸虧胡師母介紹她在學校所在地Charlottesville的親戚Aldrich夫婦，他們不憚其煩地帶我們四處找房子、買汽車，解決了最麻煩的事；更重要的是使我們心裡篤定、不覺孤單。那一年是我們全家最愉快的海外回憶。他們的厚恩不敢或忘。

胡老師的英文名字叫John，連名帶姓念起來好像「漿糊」。師友之間常常以此開他玩笑，說他糊塗。他聽了總是一笑置之，從來不以為忤，甚至還會以此自嘲。其實他只是不拘小節而已；大事清楚，絕不糊塗。他機智風趣、學識淵博、心胸寬大，說他「江湖」還比較貼切。

1971年，算起來已經超過半世紀，他從美國學成，回到母校擔任外文系客座教授，主授戲劇。同年回來的還有葉維廉教授（詩學）。連同原來就在系裡的朱立民教授（美國文學）、顏元叔教授（小說、文學批評），都是一時之選，臺大外文系師資陣容陡然空前堅強。他們意氣風發，開創了國內文學界的嶄新局面，影響直到如今。

這陣風潮裡，胡老師的功勞不可磨滅。其中之一是共同墾拓了國內比較文學研究。這一重大學術領域的推手除了他和前述幾位師長，還有中文系的葉慶炳教授、藝術大學的姚一葦教授、臺灣師大的李達三教授等等。其二是他擴張了戲劇教學與研究的範疇。中西戲劇原是他的專長，因此，當顏元叔老師以極大魄力主持空前的「淡江西洋現代戲劇譯叢」計畫，一口氣推出歐美戲劇家四十位，一百

多齣劇本,這時,胡老師接受敦請寫了長篇的評介。也是他,催生了中華戲劇學會,擔任創會會長,凝聚國內戲劇界的力量,並且參與國際交流活動。

他在外文系成立不久的碩士班授課,我有幸躬逢其時,在「比較戲劇」課上跟他讀了布雷希特(Bertolt Brecht)的作品,得以認識史詩劇場,開闊了眼界,也因此能夠參與淡江戲劇譯叢的工程,翻譯布雷希特的《四川好人》和《高加索灰闌記》。他或許不知道這份機緣對我日後的研究方向影響有多大。

1972年6月,外文系創辦了《中外文學》月刊,由朱立民老師擔任發行人,顏元叔老師擔任社長,胡老師是第一任主編。他在創刊號明確指出該刊的三大發展方向:一是「中文創作」,二是「文學論評」,三是「外國文學譯介」。整體目標就是提升國內文學創作與批評的水準,並且開拓視野,與國際文壇接軌。篳路藍縷,創業維艱。他為《中外文學》奠定了穩固的基礎。最感人的是,秉承他的老師夏濟安先生主編《文學雜誌》的熱忱,他會以編者身份邀約一些年輕的投稿者,討論他們的作品。在他的鼓勵之下,這些作者有許多是今日文壇的重要作家。

作為老師,他的熱情也表現在教學上。性情中人的他,在課堂上讀到動人的作品,例如希臘悲劇,會感動得落淚,自然也感染到眾多學子。這是許多受教於他的畢業系友津津樂道的事。他在擔任系主任的時候,經常邀請同事共進簡單午餐,除了表達關切,也會討論系務的發展,聽取他們的意見。

胡老師在臺大的另外一大貢獻是規劃成立了戲劇系所,擔任多年的掌門人,結合學術與實踐,不僅活潑了校園的人文藝術氛圍,更栽培出許許多多當今國內舞臺幕前幕後的重要角色。出了校門,他在國立中正文化中心主任任內做得有聲有色,除了引進國外著名表演藝術家和團體,也創辦了《PAR表演藝術》雜誌,成為國內表演藝術界最

重要的交流平臺。

　　以上種種事業上的傑出成就誠然令人佩服歆羨，但可說都是為人作嫁；奉獻了自己，成就了眾人。對於既有才華，而且深懷學術理想與抱負的他，未免有些可惜。幸而退休之後，他得以回歸研究，終於在 2016 年完成了厚厚兩大冊、五十多萬字的《西方戲劇史》。這是他畢生學術研究的心血結晶，也是海峽兩岸第一部內容涵蓋西方戲劇文學、劇場、以及理論的名山之作，給後學樹立了努力前進的標竿。這本書交由三民書局出版，也償還了他因為公忙而積欠多年、始終念念不忘的人情稿債。胡老師應該了無遺憾了。

　　有幸成為他在臺大的第一屆學生，我在這裡說一聲：胡老師，謝謝您！

其他

1

請李白杜甫搭捷運[*]

今年年初,收到一件郵包,打開來看,赫然是中央社派駐英倫的陳正杰兄寄來的一本詩集。素淨而醒目的封面上,印著標題 *100 Poems on the Underground*(《地鐵詩百首》)(Gerard Benson, Judith Chernaik, Cicely Herbert 三位編輯,倫敦 Cassell 書局 1991 年出版),左上角有一個直徑大約兩公分的紅圈,中間橫貫一條藍帶,帶上反白透出 UNDERGROUND 字樣,正是倫敦地下鐵的標記。我握在手裡,滿心歡喜之餘,更有幾分激動。

1990 年夏,燕生和我到牛津進修,兩個孩子隨行。一年當中,我們去倫敦參觀、看戲不知多少次。搭乘地鐵最為便捷:隨人潮進出車站,上下列車,已很習慣。有一回,擁擠的車廂裡,車身搖晃,車聲嘎雜,我的眼前突然一亮:在菸酒和香水的廣告迷陣中,與莎士比亞同代的詩人德瑞騰(Michael Drayton)和我竟然不期而遇!迎面直奔而來的是他那首馳名的十四行詩〈既然沒有辦法,我們就吻別吧〉。當時那種喜悅,那種興奮,正如他鄉遇故知。此後,倫敦的地鐵裡我們不再是孤獨的旅人;無論乘客多少,無論白晝夜晚,明亮的車廂內,我們都努力搜尋,期待一次再一次的奇遇——而多半也不會失望。

車廂懸掛的詩並不限於哪一個時代,從古英文開始(當然是譯成現代白話)到當今詩家,都有代表人選,甚至有英譯的外國詩。詩的內容多彩多姿,愛情、戰爭固然在列,輕鬆幽默的小品也不少,但限於篇幅,總都是一些短詩。旅客正好在人來人往的混亂和匆忙當

---

[*] 原載《聯合報》副刊(1992/7/2)。

中,迅速捕捉住這一方寧靜和秩序:心靈交會之後,帶著可以咀嚼的靈感,繼續追尋自己的前程。而這些詩進入了地下,由於讀者面的擴大,乃可以更出頭天。

有些詩,看了十分喜歡,想要抄下來,但是所坐的位置並不很方便。為了抄錄尤渥的一首〈冬日一隻十四歲正在復健的貓〉,還錯過了下車的時機。我和喜歡文學藝術的正杰聊過這件事,很想知道是誰主司這樣風雅的工作,以及有沒有函索詩文的辦法。日後雖然從廣告上記下了負責單位的地址,卻始終沒有真的去連絡。不久回國,回到臺北的塵與囂,車上賞詩的雅興成為更加值得回味的往事。沒想到正杰還惦記在心上。

倫敦的第一條地下鐵道早在1860年開工,於1863年全線通車,時間上雖然比布達佩斯(1860年)稍晚,日後的發展和規模卻是許多城市仿傚的對象。但是,在這個出過多少優秀詩人的國度,根據詩集導言的說明,竟也要遲到1986年1月29日才在它首都地鐵車廂內,騰挪出一兩尺見方之地,讓詩人容身。起初還收便宜的租金,後來鑒於乘客的熱烈反應,索性免費招待。正杰寄來這本集子,收錄的正是這五年間穿梭大倫敦,陪伴地鐵旅客南來北往的一百首。

臺北捷運系統第一條線什麼時候可以使用,似乎連主管單位都搞不清楚。反正慢了人家一百三十年,沒什麼好急了。如果要搞什麼「臺北第一」,我倒有個點子。

通車之日,伴隨著迫不及待的旅客的除了沾沾自喜的達官顯要,也要有不占座位的李白杜甫,乃至但丁哥德,一路吟哦。我相信那會是一項新紀錄──而且是意義深遠,足以傲人的紀錄。詩歌走進車廂,也走進現實生活:旅客走進車廂,就走進詩的世界。這是文化。其實,又何必苦苦等待捷運系統完工:目前各家公車都有用不完的廣告空間,火車也大可以設計開發。

問題是,不知道號稱詩的民族的我們,可有愛好詩的主管人員?

2

《尋找歷史場景:戲劇史學面面觀》
編者前言[*]

歷史不僅是記憶;歷史也可以被創造。如何創造歷史是史學研究的重要課題。晚近戲劇(包括劇場)史學的研究逐漸受到重視:由於結合表演、考古、建築、社會、經濟、政治、乃至科技的研究愈來愈多,戲劇史的研究與編寫不再能單單環繞著劇本的考據與批評。

為了倡導這一新興的研究領域,臺灣大學戲劇學系自 2003 年起,在國科會人文中心的支持下,由我主持為期三年的戲劇/劇場史研究推廣計畫,每年舉辦一次 Theater Historiography Symposium,邀請國內外優秀學者,從不同的角度,介紹戲劇史學研究的新方向與新方法。收集在這裡的十篇論文,前面九篇便是這三年研討會上以英文發表的文章,第十篇則是引發這一研討會的一篇演講稿,現在經過部分修訂增補,翻譯成中文。期盼這本論文集能為我們的戲劇研究帶來新的啟發。

1. 創造歷史

Harry J. Elam, Jr. 在〈創造歷史〉一文裡檢視戲劇史學的概念,特別是關於美國非裔劇場的戲劇史學。美國黑人戲劇的演出,由於歷史主體被淹沒,無史可書,因此作者探討「表演」於今昔美國非裔文化傳統裡所扮演的角色,強調史實必須透過詮釋才有意義,而詮釋又是

---

[*]《尋找歷史場景:戲劇史學面面觀》(臺大出版中心,2008)。

每一特定時空下意識形態的產物。他提倡「當下書寫」的歷史詮釋，希望以「批判的態度來研究戲劇史學，既溯及過去，世適用當代。」他說明歷史遞嬗乃想像創造的過程；歷史不僅僅是發現，而是製作。準此，戲劇史學家肩負的使命，係為想像創造的考古學，既致力揭發過去，更實際參與其於今日之建構。

2. 收碎紙、揀破爛：檔案堆裡的戲劇史

Heather S. Nathans 的〈收碎紙、揀破爛：檔案堆裡的戲劇史〉提倡的是「能讓歷史學者從檔案中形塑故事的研究方法。」她娓娓敘述自己研究美國早期劇場歷史的切身經驗，說明故紙堆中碎紙破爛——不相干或無聊的名單、慈善工會會費收據、人壽保險團體成員資料——都可能暗藏研究戲劇、劇場發展的重要線索。最豐富的故事，也許就在那些看似不合理的證據之中。然而故紙堆中的研究者必須隨時警覺，觸類旁通，才能在蛛絲馬跡中掌握到重要線索。

3. 劇場、歷史、意識型態：梵文劇、羅摩節劇與印度劇場史

和其他人文學的研究一樣，戲劇史學無法擺脫各時代的種種意識型態的介入。Rakesh H. Solomon 在〈劇場、歷史、意識型態：梵文劇、羅摩節劇與印度劇場史〉中，聚焦於單一但具概括性的劇種上：羅摩節劇（Ram Lila），尤其是其中最醒目的代表：舊日蘭納加爾王國（Kingdom of Ramnagar）的羅摩節劇。檢驗一百七十五年來十四本主要的印度劇場史，發現它們恰好反應出這期間的主流意識型態——依序是東方主義、國家主義、後殖民主義——因此多半各有偏頗。劇場史跟任何其他歷史一樣，「僅能做出臨時的判斷與暫時的評語，永遠不是最終的論斷」，因為歷史學家受到各自時代不同文化、政治意

識型態影響甚大。

4. 沉默之鐘：唯物女性主義與日本能劇《道成寺》

Carol Fisher Sorgenfrei 的〈沉默之鐘：唯物女性主義與日本能劇《道成寺》〉從另外一種角度出發，歷數《道成寺》這齣始於中世紀日本、強調女性情慾與魔鬼天性的著名能劇，如何隨著社會、文化、經濟的更迭，改變表演形式與內容，同時持續在變遷中維持屹立不搖的地位。作者注意到：(1) 常被忽略的女演員及女性演出劇種對能劇起源的貢獻；(2) 世阿彌時代的社會經濟狀況（以便了解為何許多能劇似乎專在形塑瘋狂、無依、可怕或惡魔般的女人）；(3) 幕府將軍朝廷的權力更迭如何影響世阿彌的美學。文中探討身體、演員的演出、呈現、宗教史、社會史與劇本等主題，指出「沒有唯一不變的『日本』，也沒有唯一不變的表演風格。」

5. 研究中古世紀劇場

中古世紀戲劇的研究一向是冷門，原因在於以往的戲劇研究偏向文學，而中古戲劇的文學成就不高。實則歐洲中世紀劇場是由龐雜多元的表演形式所組成，因此不管在定義上、標示上、歷史定位上，或理論歸納上，都有著難以克服的困難。Ronald Vince 的〈研究中古世紀劇場〉一文敘述「把戲劇視為活動（event）」的概念如何改變了千年來戲劇的典範，把研究重心從文本移到表演。作者進一步主張，要檢視此一時期的劇場，應該有共時性（synchronical），也就是從中古世紀文化整體的觀點，以及歷時性（diachronical），也就是從戲劇演進歷史過程的觀點，把空間和時間的因素一併考量進去。

6. 文藝復興宮廷劇與即興喜劇：
　　對文藝復興義大利社會的兩種回應

　　戲劇既是一門藝術也是一種社會機制，取決於社會活動：一群人聚集起來，在另一群聚集的人們面前呈現自己。沒有人們共同合作，這件事便不能完成，這便是一個小型的社會。這意味著研究戲劇史的方法之一，便是檢視戲劇機制和它所屬社會之間的互動情形。Stanley Longman 在〈文藝復興時期宮廷劇與即興喜劇：對文藝復興義大利社會的兩種回應〉裡強調戲劇藝術乃是社會機構的一種；從劇場建築到劇本題材、呈現方式等等，無一不是社會共識下的產物。他以文藝復興時期義大利興起的的宮廷劇和即興喜劇為例，描述這兩者發生的原因，以及兩者迥異的特色，闡述戲劇如何回應社會的需求。

7. 搬演「詩的正義」：音樂劇《大遊行》中的私怨公演

　　「詩的正義」常常用來解釋文學作品的功能。王寶祥〈搬演「詩的正義」：音樂劇《大遊行》中的私怨公演〉詳細比對美國南方某一歷史事件發生的始末和據此搬演的音樂劇，企圖還原一件法律懸案以及戲劇創作、演出背後的社會、政治、經濟因素，涉及的議題包括戰爭的影響，勞資、階級、種族的對立、情慾等的關係。他的結論是，當司法正義失效時，私了正義就會取而代之，開始以暴制暴的惡性循環。而以戲劇形式呈現的詩的正義，儘管非無可議之處，應加以正視為彌補公冤及傳達私怨的可行方案。尤其音樂劇撩人情感又訴諸場面的雙重特質不但強化了受害雙方的私密情緒，且又映照公眾審判和私刑的觀看本質，使得民怨公憤及個人創痛皆得以找到宣洩的出口。

8. 中國話劇舞臺上的奧尼爾

　　戲劇還有別的挪用方式。中西戲劇交流對華文戲劇產生重大衝

擊，近代的話劇於焉誕生。奧尼爾作品在中國劇場的再現因此既是中國戲劇二十世紀發展變化的縮影，又是一個有著代表意義的跨文化現象。劉海平、朱雪峰合著的〈中國話劇舞臺上的奧尼爾〉，通過奧尼爾這一顯例，簡要梳理中西（美）戲劇在跨文化語境中相遇、碰撞、交流和部分融合的歷史，探討中國話劇和戲曲在迎接或應對西方現代戲劇的介入影響時，其自身產生的跨文化演變和對建立一種有別於西方現代戲劇的求索，以及這些演變、求索對其現在和未來的涵義。本文聚焦於美國重要作家奧尼爾作品在中國舞臺八十多年的演出，從豐富的史料裡，尋找他「承載中國話劇行過的漫長旅程」的蹤跡。文中記述了中國戲劇工作者如何在不同政治氛圍和改變中的社會環境下，以不同方式挪用奧尼爾的文本，藉此進行探討的交流，並碰撞出文化意義。

9. 劇場重建的史學與十七世紀法國劇場

認識歷史上的舞臺及劇院建築，乃是了解戲劇史的重要關鍵；然而，大部分登載於史冊上的劇院原貌早已消逝。西方學者長久以來便試圖藉助於素描、小模型，乃至實物大小的模型，重建昔日的劇院。完善地整理出重建劇場的方法學，一直是此類研究的重要基礎以及背景。隨著科技的快速發展，Christa Williford 在〈劇場重建的史學與十七世紀法國劇場〉一文中現身說法，介紹她自己如何利用電腦繪圖的方式，結合學術研究，重建今已失落的劇場。她首先以眾所熟知的伊莉莎白公共劇院為例，說明在重建劇院時，一般會面臨到的幾個問題，並指出一些應當記取的教訓，以助成功發展重建策略。接著她介紹自己如何將這些策略應用在十七世紀巴黎劇院的部分虛擬重建上。最後，她指出虛擬重建的研究及製作，能為當今的學習環境提供有用的技巧。

10. 劇場史的應用：重建莎士比亞劇院

　　如前所述，「壓卷」的是 Franklin J. Hildy〈劇場史的應用：重建莎士比亞劇院〉一文，其實是帶動這一系列研討論文的第一篇。歷史上存在過、但如今已經消失的劇場或舞臺，乃是劇場史學必須追求探索的重要知識。本文從作者親自參與倫敦國際莎士比亞環球劇院中心的興建談起，說明這一「可說是我此生劇場史應用的最佳範例」，如何逐步地改變著現代劇場的性質。文中他敘述莎士比亞環球劇院整個興建過程的始末，同時也是向那些對於重建工程有貢獻的人士致意：他們都是戲劇史的締造者。

3

跨文化作品的原創本質*

我們閱讀的文本,通常可以畫分為原創、翻譯、改編等類型,其中翻譯又延伸出衍譯,而改編也可延伸出衍創。

「原創」的觀念似乎無須多說。在注重智慧財產權的今日,原創作品受到嚴格保護。然而,仔細考量,真正的原創作品存在嗎?有一派翻譯理論告訴我們,整個宇宙是透過翻譯而成的。根據基督教聖經,世人本來都講同一種語言;因為他們想造一個通天塔,於是神變亂語言,使人無法溝通,塔當然也就建不成了。這塔稱為巴別塔(Tower of Babel)。此後人乃有各種語言;一般人也以此為翻譯之始。然而遠遠在此之前,神創造這個世界時,說了一句「要有光,就有了光」(〈創世紀〉1:3)。這麼說來,神是透過他的話語(Word)創造世界。但祂要講這句話之前,這句話的觀念必先存在祂的腦中,當祂講出來的時候,已經是翻譯了——翻譯祂腦裡的觀念。如果連神造的世界都不算原創的話,我們人能做什麼原創?

美國劇作家查爾斯·密(Charles Mee)指出:沒有原創戲劇這回事,因為任何作品,必然既有取之於他人的,也有自己創發出來的;同時是改編,也是原創。我們所見的文學作品,都是「再製品」——"remake"。他說,從古希臘時期開始,哪一個劇本是全然原創的呢?他有一個網站,名為 "the (re)making project",裡面放了自己的一些作

---

* 原載《文訊雜誌》(2019/12)。

品，歡迎免費「再製」（http://www.charlesmee.org）。莎士比亞固然極富創意，但他也是最會「再製」的作家；他的劇情幾乎悉數取材自他人作品。

本文要把這種（非）原創觀念的思維運用在跨文化文本的討論上。任何文學作品要轉到另一個文化，翻譯通常是第一步。最常聽說的看法是，翻譯必須追隨原著，最好「亦步亦趨」；原作者怎麼寫，譯者就該怎麼翻，這才叫忠實。這種講求「原汁原味」的想法影響許多人，直到如今。

以莎士比亞十四行詩（sonnet）的中文翻譯為例，前賢梁實秋、梁宗岱、施穎洲、屠岸等名家的全譯本都是忠實的代表，尤以施穎洲為最。他翻的每一行都是十個漢字，不多不少，他認為是對應了莎翁的十四行詩的十個音節。可惜這種嚴謹有時造成了拘謹的效果，反而失去了莎士比亞流麗自然的特色。此外，他們也很注意押韻的形式，在翻譯中力求追隨莎士比亞的 abab cdcd efef gg 開放式韻腳。相較之下，現任中國莎士比亞學會會長辜正坤的譯法別樹一幟。他認為莎翁的十四行詩換韻太頻繁，未必適合中文讀者的美感。因此他譯十四行詩，全部都是半文言，每行字數不拘，用很少的韻。這是另外一種翻譯的方法，彰顯了中文詩詞的美，自有其跨文化的效果。

與辜正坤譯法近似，但更為激進——也可說更為保守——的是波斯詩人奧瑪·開儼（1048–1132）四行詩集《魯拜集》（*Rubáiyát of Omar Khayyám*）的某些中文翻譯。透過英國詩人 Edward FitzGerald 的英文譯本（1859）使《魯拜集》跨海來到中土的黃克孫（1952 年出版）以七言律詩的格式翻譯，讀起來中文韻味十足。黃先生稱之為「衍譯」，顯然自認為與一般人認定的「翻譯」不同。近年來梁欣榮出版了《魯拜新詮》（2013）和《魯拜拾遺》（2015），他使用的也是七言絕句，都是屬於「衍譯」。由於格律形式的嚴格要求，他們在內容上放寬了尺度，並不追求形式上亦步亦趨，卻是經過推敲、淬

鍊，取原作的神韻，達到跨越文化的「以詩譯詩」。

詩歌從翻譯到衍譯，爭取更多原創空間。劇本則透過改編，獲得更大自由。赫荃（Linda Hutcheon）的《改編理論》（*A Theory of Adaptation*）討論文類轉換、時代需求、科技影響等如何促成改編的需求。她強調改編是一種「再現」（repetition）而非「複製」（replication）。英文 adapt 的意思是「調整」、「更動」、「使適應」；改編乃是改動原作，以適應新的文化。因此，改編雖然在時間上位於其次（second），其地位卻不是「次等」（secondary）；它與原作一樣，也可以成為他人改編的對象。

如果「翻譯」可以延伸為「衍譯」，「改編」也可以延伸為「衍創」：摘取別人的靈感，創造全新的故事。一個明顯的例子是 Mark Norman 和 Tom Stoppard 的 *Shakespeare in Love* (1998)。這部電影把虛構的莎士比亞愛情故事跟 *Romeo and Juliet*（《羅密歐與茱麗葉》）糾結、並置，形成緊密的互文，卻是一齣全新的戲。它挪用了──甚至可說剽竊了──莎士比亞，已經超出一般認定的改編，而成為衍創──衍生的創作。

更近的例子是英國詩人 James Fenton 應邀為英國皇家莎士比亞劇團寫的劇本 *The Orphan of Chao* (2012)（《趙氏孤兒》）。劇本的上篇大致依照中國歷代各家的寫法，從紀君祥的元雜劇到京劇。令人驚豔的是下篇，重點放在趙氏孤兒的心理：他如何能向養育他十八年的「仇人」屠岸賈下手？另外，也照顧到公主（孤兒之母），以及孤兒復仇之後，程嬰如何尋求與他自己兒子的亡魂和解。這些課題在傳統故事中少有著墨，卻可能是更值得我們深思。Fenton 這樣的衍創，使整齣戲變得非常具有現代意義──而任何文學藝術的創作的對象，必然是創作者的當代；他作品所反映的，也必是他的時代。

新編豫劇《可待》的創作也是如此。它的「靈感源自莎士比亞 *As You Like It*（《皆大歡喜》）」，戲裡引用了這齣莎劇以及其他莎劇許

多臺詞。但最後的成品,與莎劇可說大異小同,是衍創的另一例子。

綜上所述,所謂原創、翻譯、衍譯、改編、衍創,其實都可視為原創,因為原創本身,通常也是透過翻譯、衍譯、改編、衍創而來;後四者乃是跨文化的體現。然則跨文化作品必然是原創。「名字算什麼呢?」信哉!

4

畢業[*]

最近應邀參加外孫女的畢業典禮。

外孫女今年五歲，結束了「學前教育」（preschool），再過兩個月才要進幼稚園，但是畢業典禮正式而隆重：一百多個頭戴方帽的小朋友在樂聲中歪歪斜斜列隊入場、依序就座。典禮開始，小朋友起立唱歌，曲名"Will I Ever Grow Up"（我會長大嗎）。接着，老師一一唱名，學生上前接受證書、花圈。最後以團體舞蹈結束，展開師生家長來賓聯誼，互贈禮物；攝影拍照更不在話下。熱鬧極了。

替她算一算，外孫女今後要參加的畢業典禮還有幼稚園、小學、初中、高中、大學──或許還有碩士、博士什麼的。人生是一連串的學習。

學前兒童的畢業典禮沒有師長說話致詞，更沒有政治人物插花。但大學的畢業典禮就不一樣了。美國大學畢業典禮通稱 commencement，這個字的原意是「開始」：畢業是下一階段的開始。所以校方多半會慎重其事，選擇各界傑出人士來校，頒贈榮譽學位，順便請他們對畢業生發表演說。內容不外乎經驗分享，鼓勵學子離開學校以後，如何面對社會，打造璀璨的人生。

演說主題固然大同小異，表達方式卻各有不同。2005 年，蘋果電腦的執行長賈伯斯（Steve Jobs）在史丹福大學（Stanford University）

---

[*] 原載香港《明報》（2011/7/8）。

畢業典禮上，以三個自身經歷的故事，親切風趣地講出成功人生的大道理。這三個故事都是他的失敗經驗，然而這些失敗正是他獲得成功的契機。

頭一個故事講他進大學六個月後，因為覺得學不到自己所要的，斷然輟學。如此他有了更大的學習自由。他繼續留校十八個月，旁聽自己喜愛的課程。他最感興趣的是書法課（calligraphy），這門課大有助於他日後創發蘋果電腦的美麗字體。

第二個故事講他如何因為與自己手創的公司董事會意見不合而在三十歲時遭到解僱；他們的麥金塔才在前一年風光問世。經歷幾個月的挫折與迷惘，他決定繼續追求他的最愛——還是電腦。五年之內，他另外成立了 NeXT 和 Pixar 兩家公司，而後來因為蘋果併購 NeXT，他又得以回到蘋果公司。

第三個故事是關於死亡。2004 年他得知自己罹患癌症，幸而經過手術，似無大礙。從此他更堅信死亡的必然，並且以豁然的大度面對，甚至認為：「死亡可能是生命中唯一最美的發明。……它剷除老舊，好為新的鋪路。」正因為生命短暫，他勉勵學生走自己的路。最重要的是，要有勇氣追求自己的真愛（follow your heart）；沒找到之前，不要急於「決定」（settle）。

Jobs 不唱高調，沒有美化他的失敗，只是主張不要隨波逐流，必須尋找自己真正喜歡的，並且堅持下去。他這一席話傳為美談。

在臺灣，曾經有一個人打着「有夢最美／希望相隨」的口號，在政壇扶搖直上。他當選總統那年，受邀到他妻子母校的畢業典禮致詞。沒想到他語出驚人，談起自己當年如何幫現在的妻子捉刀，寫畢業論文，並獲得最高分（！）。律師出身的他，不忘提醒聽眾：我現在可以公開，因為已經過了法律追訴期！

國家元首不是聖人，犯錯也是可以理解的，何況在年少輕狂的時候。但是，在畢業典禮的場合坦承作弊，至少應該表達悔意，並且提

醒年輕人不要犯同樣的過錯,才符合一般人的道德期待吧,豈可大言不慚,變相鼓勵學生犯法──只要能躲過懲罰就好?

而且,他如此公開表揚自己,不知把妻子的顏面置於何地?

總統侃侃而談,洋洋得意;臺下的畢業生聽了會不會興起「有為者亦若是」的「宏圖大願」?若說多年來的教育栽培,最後得到如此成果,老師和家長又當作何感想?也許礙於他是新任總統,臺灣輿論對這件事的反應頗為和緩,當作花邊新聞報導的居多,未見大加撻伐。總統夫人就讀的大學也聽若無聞,悶不吭氣。至於被他有意無意間消遣踐踏的妻子,當然更沒有聲音。這個人後來竟也成功連任總統,足見臺灣對政治人物的道德水準要求甚低。不過他因犯了多起涉及貪瀆的大案,如今蹲在牢房裡(這次倒沒有逃過追訴期),不知何時才能畢業。

人生在世,要學的功課很多,每天都是一個新的開始。這個「業」,一直要修到生命的盡頭,那時才是真正「畢業」。

5

寵兒的告白[*]

我念大學的時候,臺大大一英文課本裡面有一篇文章叫做 "If I Were a Freshman Again",是上一世紀一位美國大學教授告訴他的學生,如果讓他重來,他在大一時要做些什麼。其中一個建議是「多聽演講」。當時我並不明白,現在想想,我覺得多聽演講是對的!因為演講人花了很多時間準備,聽的人就省了很多摸索的時間。我希望我花的這些時間,對你們有一點點的幫助。

選擇與機緣組成一生

我覺得一個人的一生,從小到大的一切都是「選擇」跟「機緣」。選擇跟機緣是相通、相輔的。

就選擇來講,有些東西我們可以選擇,有些東西不能;有些選擇不太需要花腦筋,可是有些選擇你要多加思索。我們無時無刻都在做選擇。也有些事情無法選擇,例如原生家庭、天分、智商、環境;這些東西後來可能會有些變化,那就跟機緣有關。

有些機緣使你原本不太能夠選擇的東西,慢慢有了選擇的機會。像是環境不能選擇,但孟母三遷就是選擇,她為了某一些目標做了一個選擇。

要碰到、掌握這些機緣,首先,你要先有預備——也許不是刻

---

[*] 原載《我的學思歷程13》(臺大出版中心,2024/5)。演講稿承郭千綾編輯整理,特此致謝。

意的,而是平常就有準備。就像非洲出了很多長跑冠軍,也不是一開始就預備要長跑,而是先跑了,再把天分發揮出來,使他有更多的機緣、機會。第二,就是有外力幫忙。今天你碰到一個生命中的貴人,或者有人給你一個阻力,可能你的發展就會不一樣,這些就是機緣。

有了機緣、做了選擇,然後呢?任何的選擇,都有「得」也有可能有「失」,這是我們做選擇必須要承擔的後果。不要太計較「得」或「失」。有一句成語叫做「塞翁失馬」,意思是「得」也許是「失」,可是「失」也許是「得」,重要的是不要把「得失心」放得太大。

我今天會特別談自己的選擇跟機緣,就是因為選擇跟機緣使我到目前為止過了一段「平凡無奇」的生涯。這不是客氣。我跟大多數同齡的人一樣,從小很多事情是別人安排好的──這個和現代年輕人可能有點不一樣,年輕人有太多選擇了。

第一志願?

我的一生平凡無奇,可是十分幸運地,出生在我的原生家庭。我們無法選擇自己的出身,不過在原生家庭裡,你可以選擇怎麼適應、學習、改變你和家人的關係。

我是客家人,爸爸從新竹到臺北工作,在臺大當公務員。媽媽是苗栗南庄鄉獅山村人,從小住在山上,不識字。我的爸媽生了十個孩子,五男、五女,我上有兄姐、下有弟妹,擁有一個很普通、和樂的家庭。

我的求學過程和很多人一樣,叫做「順風牌」。「順風牌」現在大概已經沒有了,它在以前是比大同電扇更好的電風扇品牌。「順風牌」指的就是一路順風、運氣很好。我小時候臺北剛開始設立幼稚園,要通過智力測驗才能進去,我沒通過,所以沒有念幼稚園。後來我念了古亭國小、建國中學,再考到師大附中,然後進臺大外文系,

畢業後又考上碩士班。單看這些學校，會讓人覺得就是「順風牌」。但真的這麼「順風」嗎？

當年的聯考，榜單會按成績排序刊登在報紙上。民國五十三年八月二十七日乙組放榜，臺大外文系錄取六十九人，彭鏡禧名字出現在最後，剛剛好擠進去，這就是機緣。六十九這數字不太合理，其實應該是七十名，可是北一女來了三位保送生，所以聯考只能錄取六十七人。但它這一年超收兩個人，我因為超收才能進來。實際上臺大外文系不得不超收，因為當時錄取率比較低，教育部規定公立學校如果有同分就必須要超收。我就靠這個機運進了外文系。

外文系是我的第一志願。那時候外文系的分數在乙組裡面很高（商科在丁組），法律系分數比較低。那一年法律系的最低分數是三百九十一分，外文系是四百零一分，跟現在的情形不太一樣。

為什麼法律系分數比較低？因為法律系出來的人很難有工作。當時的立法委員自己訂了一條法律：凡是做過兩屆立法委員的，就能自動取得律師資格。而這些老民意代表都連任好幾屆，所以他們都是律師，都可以執業。也因為律師已經很多，所以那時臺灣每年律師執照考試大概只通過七個人。

其實我內心的第一志願是法律系。既然我當年的分數可以進外文系，自然也可以進法律系。為什麼不念呢？因為長輩說，你沒有顯赫的家世、沒有後臺，將來做不了什麼事，不如念外文，還可以做生意，不用靠其他的背景。好吧，我很喜歡英文，成績還不錯，也喜歡文學，於是我就這樣進了臺大外文系，從此過了不一樣的生活。

沒走的那條路通往何處？

我做了選擇。我們每個人都必須做選擇。美國二十世紀的偉大詩人佛洛斯特（Robert Frost）寫過一首到現在還廣為流傳的詩 "The Road Not Taken"。佛洛斯特住在新英格蘭東北部，那裡秋天很漂亮。

他喜歡走路，常常跟著朋友爬爬山、走走路。每次去了一個地方，回來的時候那位朋友都會說：「哎呀，我們今天錯過了更好的地方。應該去那裡的。」朋友的話給了他靈感。他寫了這一首〈未擇之路〉：

> 黃葉林裡岔出兩條路，
> 遺憾我一個旅人不能
> 兩條都走，我良久駐足，
> 向著其中之一極目
> 遠眺，看它彎入灌木叢；
>
> 接著選了另一條，同樣合宜，
> 而且理由還可能更恰當，
> 因它雜草蔓生，不見踩過痕跡；
> 雖然即此而言，往來行旅
> 磨損它們的程度其實一樣，

詩人說他走到一個岔路，仔細看了看一條後，決定走另一條。他還講了一個道理：你看，那邊草很多啊！沒人踩過，是一條大家比較少走的路，我就要走一條跟別人不一樣的路。可是他也承認，其實看來看去，兩邊的路都一樣雜草蔓生，他只是勉強給自己一個選擇的理由。或者他已經告訴我們，他是一個喜歡冒險的人，喜歡走跟人家不一樣的路。跟他相比起來，我選的外文系是比較多人走的。

> 而那天早晨它們不分軒輊
> 臥於沒有踏髒的樹葉裡。
> 喔，我保留第一條給來日！
> 然而明知路與路相連不止，
> 我懷疑自己能否重返此地。

樹葉很多，踩多了就變髒了。因為很多人走，路會變得很髒。但這兩條路其實不分軒輊。他說，「喔，我保留第一條給來日！」以後

再走。「然而明知路與路相連不止，／我懷疑自己能否重返此地。」你說你下次要來，你真的能下次再來嘛？

> 很久很久之後的某個時刻
> 談起此事我應會嘆口氣：
> 樹林裡岔出兩條路，而我呢——
> 我選了那條人跡較少的，
> 因而使得結果完全迥異。

你做了一個選擇，然後呢？你需要承擔走了那一條路的後果。也許這個詩人正在面對生命中重大的抉擇，他做了選擇，也用一個簡單的方式告訴我們，選擇的重要。

在法律跟文學之間，我做了一個選擇，放棄了內心的第一志願——法律，選擇了文學。其實法律跟文學很相近，因為都要深刻了解文字背後的意義，在法庭上辯論就是靠文字，讀文學也是要辯論文字，非常敏銳地看到作家真心要講些什麼。佛洛斯特不是告訴你該走哪一條路，他不是一個指路人，他是在思考自己人生的一條路。

生活是無止息的翻譯課

我進了外文系，愛上翻譯。我家裡食指浩繁，只有爸爸一個人上班，所以大家都要打一點工。我在外文系打的就是文字的工——做翻譯。高中時我開始寫文章投稿報紙賺一點錢，大學時我做了不少翻譯工作，多半是翻譯短篇小說、幽默文學。有人說彭老師你很幽默，我不覺得自己是一個很幽默的人，不過我常常翻譯幽默的作品，對我應該有一點影響。

翻譯是什麼呢？翻譯是詮釋、解釋人家講的話。做翻譯的人對語言文字要敏銳。其實每一個人都在做翻譯，只是他不知道那叫翻譯。如果今天聽講時旁邊的人聽不清楚，問你臺上剛剛說了什麼，你講給

他聽,那就是翻譯。甚至是小孩子哭了,他的爸爸媽媽也在做翻譯,解讀他是肚子餓了、該換尿布了等等。我們無時無刻不在做翻譯。翻譯是世界上最古老的行業。

從日常普通的翻譯開始,慢慢到了比較專業的、文學的翻譯,特別要注意文字的正確。法律的文字要非常正確,文學要注意它細微的地方。我開始從事翻譯,就是從沒有選擇到有自覺選擇的過程。

很多翻譯的情境是沒有選擇的,例如到餐廳點餐,要是跑堂的聽不懂你的話,他會去找人翻譯,弄清楚。我是客家人,小時候的玩伴有客家人、閩南人、外省人,外省人又各有南腔北調。我們在多元語言的環境下生長,自然而然地成了沒有選擇的翻譯家,每天都是翻譯訓練。

小時候家裡沒有電玩,我們都在外面玩到很晚。家裡叫我回去吃飯的時候,會用客家話叫我的名字。講閩南話的小朋友就會說,「鹹魚,該回家了」;因為客家話的「鏡禧」[giang-hi]聽起來像閩南語的「鹹魚」([kiâm-hî])。我沒有選擇就學習了翻譯。

還有一個跟翻譯相關的故事,是我不識字的母親。在那個年代,母親家裡重男輕女,男的能上學,女的不能。我媽媽不識字,但這對我竟有很大的幫助。因為不識字,只要有娘家來信,媽媽看不懂,要找一個識字的來讀──就是小學二、三年級的我──我用客家話念給她聽,她聽了再用客家話告訴我該怎麼回信。媽媽成為我的翻譯訓練官,我完全不自覺、沒有選擇;但我進了外文系,就是自覺地選擇加強自己,走到文學翻譯的路。

譯路綿綿無絕期

民國七十六年梁實秋先生過世,他是著名的散文家,也是一位了不起的翻譯家,是到目前為止唯一一位用中文翻譯莎士比亞全集的人。他的學生為他創辦了「梁實秋文學獎」,分散文和翻譯兩組。

第一屆梁實秋文學獎翻譯詩跟翻譯散文的第一名，就是我。這中間也有一些小插曲。當時我四十三歲，已經是臺大外文系的教授了，參加這種比賽是很危險的事情。為什麼呢？因為如果你投稿了卻沒有得名，代表你根本不夠格。不夠格也還好，因為不會公布落選名單，只有少數幾位評審委員知道；最糟糕的是，得了佳作獎，但你的學生是第一名，你這個教授以後怎麼在臺大教翻譯啊！

　　說真的，我是鼓起勇氣才去參賽的。當時余光中先生主持這個翻譯獎，他打電話邀請我擔任決審委員，我只好腼腆地說，「對不起，我自己也投稿了」。

　　那一屆梁實秋翻譯文學獎是由九歌出版社和中華日報社合辦。事後中華日報社副刊主編蔡文甫先生告訴我：「彭先生，你本來不是第一名，因為大家看法不一樣，最後余光中先生指出你的翻譯還是最好的，所以你才得了第一名。」這就是一個機緣，總要有人看出你的優點，你才有機會。在日常生活中，我們不知道什麼時候、什麼地方，有誰幫了你的忙。

　　這個獎對我的影響很大。其實沒有得名不表示你不好，你可能是千里馬，只是沒有碰到伯樂；得名了也不代表你真的了不起，可能是這行的人把真正的千里馬「弄丟了」。所以不要太得意，「得」跟「失」也不要看得太重。不過得了第一名還是不錯的，就算不是千里馬，大概也有百里左右吧。我知道這的確是自覺、不自覺翻譯訓練的成果。

　　事實上，民國五十八年我已經出版了了我的第一本譯書：《非理性的人──存在哲學研究》。民國五十七年畢業後，我去當預官、考上英文教官，到龍潭的第一士官學校教英文。後來分配到軍官班教課。我一個禮拜只要教十到十二小時，也不必跟部隊、學生去操練，有很多空閒時間。我念書的年代，臺灣非常流行存在主義，我就在那邊翻譯了這本書。

到現在《非理性的人》市面還有銷售，每年我還能拿一些版稅。這本書我翻譯完交給新潮文庫，是新潮文庫的第三十一本出版品。二十萬字，稿費每千字五十塊錢，拿了一萬塊錢。現在來看一萬塊稿費根本不算什麼，可是我當預備軍官時一個月薪餉七百塊錢，這筆稿費超過一年的薪水，也不錯。最重要的是，有人給我這個機會。

我的翻譯生涯從小時候不自覺的口譯、筆譯開始，到後來自覺翻譯的時候，我也會找別人的翻譯對照著看，先是模仿，再來就是自己試作。同學們也可以嘗試自己翻譯作品，再對照名家成品，看看差別在哪裡。是他的比較好，還是你的比較好？通常在學習的階段是人家的比較好，那麼是好在哪裡呢？他怎麼使用較為濃縮、精簡的字來表現？怎麼玩跟原文一樣的文字遊戲？這些都是可以學習的。對翻譯來說，多看一些古文是有幫助的，可以練習怎麼精簡文字。

翻譯的好處就是可以一直學習。余光中先生說過，一個作家總有江郎才盡的時候，可是翻譯家不會，因為江郎（原著作者）才華不盡，總是在你旁邊。

初識莎士比亞

我也做了一些詩歌、其他文類的翻譯。我進了臺大念書，就迷上了莎士比亞。大概在初中階段，我看了很多雜書，特別是跟文學有關的，提到文學家名言時，常常出現莎士比亞講的話。我覺得這個人怎麼那麼聰明，講得這麼好聽、有趣。我就想，如果作品翻譯後都這麼有趣，那將來可以讀他的原文豈不是更好？冥冥之中，我自然地朝著那個方向去走。

到了臺大應該有機會念莎士比亞了吧？當時臺大有一位愛爾蘭神父，在四年級講授莎士比亞，三年級的我跑去聽，結果一個字都聽不懂。因為神父講英文有點愛爾蘭腔，他朗誦莎劇，抑揚頓挫的節奏十分有力，我自己聽力不夠好，決定自己看書。

大三暑假我到鳳山接受步兵訓練，體力消耗非常大，可是我隨時都帶著一本莎士比亞劇本口袋書。在體力耗盡、不能用頭腦的時候，一停下來就想看書；我的枕頭底下也墊了一本莎士比亞全集，但這並沒有幫助我理解莎士比亞，只是墊起來睡比較舒服。

　　莎士比亞的作品為什麼讓人著迷？一般歸納起來有四點，第一，他的主題很全面。他寫了三十七齣劇本，還有一些詩，題材包含天文、地理、法學、醫學，還常常講宮廷裡面的事，似乎沒有一樣他不知道。也因為他知道的太多了，常讓人懷疑這些作品應該不是沒有讀過大學的莎士比亞寫的，可是幾百年來都無法證明。總而言之，他討論人生各個面向，愛、恨、情、仇，沒有一樣不曾深入討論。所謂「深入討論」就是具備正面、反面的觀點，也許在這個劇本裡面是這樣講，到那個劇本又講得不一樣，就是這樣才會得到對人事物比較完整的了解。

　　第二，他的故事很精采。有趣的是，莎士比亞的故事都是取材自別人。大家熟悉的《羅密歐與茱麗葉》，是從外國來的故事，不是他的原創。梁實秋開玩笑說過，如果抄一個人的東西，就是抄襲；抄十個人的東西，就是研究。莎士比亞會把不同的類型故事放在一起，而且有本事把故事說得很精采。

　　第三，他的人物很逼真。我們常聽人說莎士比亞是古典作家（其實他是通俗作家），有很多經典作品，所以他的人物一定很高雅嗎？不對。他寫乞丐，就用乞丐講話的方法；寫國王，就用國王講話的方法；研究少女戀愛，說話的方式也不一樣。每一個人都按照角色的身分說該說的話，所以他的人物逼真。

　　第四，語言高妙。我覺得他是語言魔法師，叫我如何不想翻譯他？我常想，當你在任何領域做到一個程度後，你就想要挑戰更難的，直到最難的。我做了很多很多翻譯工作，最後才開始翻譯莎士比亞，覺得以前所做的，都是在為翻譯莎士比亞鋪路。

莎士比亞戲劇所用的語言，最常用的是不押韻的無韻詩。通常古典詩行尾都要押韻，英文的格律詩行尾也要押韻。但莎士比亞的戲劇號稱詩劇，用得最多的是無韻詩。

叫我如何不愛莎？

莎士比亞的無韻詩既然不押韻，講究的是節奏。以《皆大歡喜》（*As You Like It*）為例。戲裡有個著名的段落叫做 "All the World's a Stage"（全世界是個舞臺）。這其實不是莎士比亞創新的觀念，中國也說「乾坤一舞臺」。莎士比亞使用五音步無韻詩體（blank verse），通常每一行有十個音節，兩個音節為一組，先輕後重，行尾不押韻。所以節奏是：

da DUM | da DUM | da DUM | da DUM | da DUM

如果我們把英文字 about 念五遍，about, about, about, about, about，可以聽出它的節奏。當然，這也不是鐵律；畢竟我們說話的節奏不會這麼死板，所以，會有不合律的情形。

下面是〈全世界是個舞臺〉的前五行，粗體處是重音（重音念起來不會都一樣；輕重是相對而言）：

    All the **world's** a **stage**,
And **all** the **men** and **wo**men **merely players**;
They **have** their **exits and** their **en**trances;
And **one** man in his **time** plays **many parts**,
His **acts** being **sev**en **ages**. At **first** the **in**fant,

翻譯的時候，我注意節奏，希望讀者用中文朗誦的時候，也可以產生同樣的節奏：

　　　　　全世界｜是個｜舞臺，
男男｜女女｜不過｜戲子｜而已：
他們｜上場｜下場｜各有｜其時。
每個人｜一生｜扮演｜許多｜角色，
他的戲｜共有｜七幕。｜首先是｜嬰兒，

這是中文的節奏。中文每個字都是單音，我們講話的時候，最常見的節奏是兩字一頓，其次是三個字。

　　莎士比亞的角色講出人生七幕，每一個階段都很形象化：

　　　　　首先是嬰兒，
在奶媽的懷裡又哭又吐。
然後是哀鳴的學童，拎著書包，
臉蛋明亮如清晨，像蝸牛爬行一般
不情不願地上學。
之後是情人，
如火爐般嘆著氣，以哀傷的曲調
頌讚他情人的眉毛。
之後是軍人，
滿嘴外國學來的髒話，豹子般的鬍髭，
十分愛惜榮譽，動不動就吵架，
甚至到砲口裡追求
那泡沫般的名氣。
然後是法官，
圓滾滾的肚子塞滿肥嫩的閹雞，
目光嚴肅，鬍鬚修剪整齊，
一出口就是格言和老生常談。
這是他的角色。
第六幕轉成
穿拖鞋、乾巴巴的老頭兒，
鼻上架著眼鏡，腰間掛著錢袋；
年輕時的長褲，留到如今，套上萎縮的

小腿，寬大得不像樣；
雄渾的嗓門
回到了孩童時的尖細聲音，
像風笛，像吹哨。
最後的一幕，
要終結這多采多姿的一生傳奇，
乃是第二度嬰兒期，失去記憶，
沒牙齒，沒眼睛，沒味覺，啥都沒了。

從小孩吐奶開始，上學、交男女朋友、當兵、做官、變老，到死亡前失去記憶、沒有感官的第二個嬰兒期。這七個階段大家都知道，可是要寫得這樣形象化，又有節奏美感的就不容易。

莎士比亞一方面吸收傳統的養分，另一方面他也是那個時候的文創，把傳統的東西推陳出新，讓大家接受、喜歡。

我舉一首十四行詩為例。莎士比亞寫了一百五十四首十四行詩，這一首編號 130。我們平常想著碰到情人時，就要多恭維他、說他多美多美，但莎士比亞卻是這樣說：

我情人的眼一點兒也不像太陽；
珊瑚之紅遠紅於她的嘴唇；
若說雪才是白色，那她的胸色灰悶；
若說頭髮是金絲，鐵絲長在她頭上。

眼睛像太陽是因為很明亮，但「我情人的眼一點兒也不像太陽」，所以我的情人跟你的不一樣。一般都說唇紅齒白，但「珊瑚之紅遠紅於她的嘴唇」，她的唇也不紅。一般西洋人眼中的美女都是金髮白膚，但「若說雪才是白色，那她的胸色灰悶；若說頭髮是金絲，鐵絲長在她頭上。」所以這個女子跟一般人想像中的美女完全相反。

我見過玫瑰繽紛，紅紅白白，

但她的雙頰沒有這種玫瑰；
有些香水聞起來舒服愉快，
超過我情人所吐露的氣味；
我愛聽她說話，可我心中有數，
音樂的聲響更令人神怡；
我承認沒見過女神款步，
我情人走路腳踏著實地。

所以他的情人普普通通而已。如果你寫這樣一首詩給你的情人，可以博得他的歡心嗎？還是會一巴掌賞過來？但莎士比亞的厲害就在這裡，他在最後兩行說：

然而，蒼天為證，我看我情人絕倫
脫俗，賽似被胡亂比擬的女人。

原來，別人都是胡亂比擬的，我的情人比他們還好、賽過他們的。莎士比亞嘲諷照著傳統寫法寫出來的美人，他問：這真的是美人嗎？我的情人可不是這樣的；她是真正的、活生生、有血有肉的普通人，而因為我愛她，她就是絕倫脫俗的美人。想想看，拿到這一首詩的情人，生氣地讀了十二行，但到了後面一定會很開心。

機緣相助，跨界挑戰

我進了臺大外文系，後來出國念書，回來後在臺大外文系服務，直到退休。但這期間我有一個機緣轉到戲劇系。

2000 年，透過交換計畫，我到芝加哥大學翻譯莎士比亞的《哈姆雷》。我太太是基督徒，那一年每天早上我都會跟她一起靈修、讀一點與基督教有關的書，其中一本是《荒漠甘泉》。《荒漠甘泉》有三百六十六篇，按日每天一篇，每篇開頭都引用《聖經》裡的一、兩句話。這本書的作者 Cowman 女士，在她先生病重的時候，以《聖

經》作為支撐的力量,像寫日記似的,她把一些想法寫成了書。

那年四月,我接到臺大的來電,說是戲劇系系主任胡耀恆教授要退休了,需要有人接替。通常系主任是從系裡面選,可是當時戲劇系成立不久,老師們都很年輕、沒有一位正教授;他們要找一位「老一點」的人去坐鎮。戲劇系創設的時候,我曾經參與課程規劃、師資安排,大概因此就想到我。第二點,我研究莎士比亞,莎士比亞不是個戲劇家嗎?你既然讀戲劇家的作品,應該懂戲啊!這是他們想當然耳的想法。讀莎士比亞跟演莎士比亞是很不一樣的。我一向把莎士比亞當作文學作品來看、做研究,可是演出要考慮燈光、服裝、舞臺設計種種,更不要說演出了,導演我是一竅不通。他們要我去做行政,我覺得很好笑,何況我已經擔任過外文系系主任,算是替母校服務過了。於是一口回絕。

過了幾天他們又打電話來,我還是婉謝。有一天,在《荒漠甘泉》裡讀到這句話:「……是耶和華的手作成的……」我太太是基督徒,她很敏銳地說:他們一再邀你去接系主任,會不會是神的意思?而那天果然又有電話來,我也警覺起來了。第二天,讀到的經文是:「祂就必成全。」像是個鼓勵。第三天:「出去的時候,還不知往那裡去。」不就是我若接了系主任的寫照?再一天:「萬軍之耶和華說,不是依靠勢力,不是依靠才能,乃是依靠我的靈,方能成事。」不要擔心你沒有本事,我可以幫你。如此,不只一天,而是兩天、三天、四天,直到第五天:「滿心相信,神所應許的必能做成。」

我不得不相信,祂知道我所行的路!這一個禮拜下來,我認了、我答應了,但提出一個條件。我說我真的不懂怎麼管理戲劇系,所以要看看學校的態度,可以提供什麼資源。回來之後,我跟陳維昭校長、李嗣涔教務長談,得到他們全力支持的保證。我也跟系裡每一位老師個別地深談。戲劇系的老師都是藝術家,各有想法,想要的東西也都不一樣。我也需要知道學生、研究生、大學部代表的想法。談完

之後我還是不知道要怎麼做，我沒有見過真正的戲劇系啊！

而機緣就是這樣：我有一位外文系的學生，當時是教育部派駐華府代表處的祕書，負責聯絡美國東區的大學。於是我寫信給他，說你的老師要接戲劇系系主任，請幫忙找一所跟臺大差不多的學校，讓我去拜訪、了解戲劇系是怎麼回事兒。

他說附近就有一間馬里蘭大學（University of Maryland），剛剛蓋好一座超大的表演中心，裡面有各種劇場。他安排我拜訪博士班的主任 Franklin Hildy 教授，讓我稍微知道他們對老師、對學生的要求，也因此認識了 Hildy 教授，世界首屈一指的戲劇史學者。我回臺以後在臺大連續三年組織國際戲劇史研討會，他幫了大忙，邀請知名學者參加。

另一個機緣是，戲劇系的李賢輝教授，他的藝術碩士學位是在芝加哥西北大學（Northwestern University）得到的，那一年他正好回西北大學做研究。透過他，我也到那邊拜訪，那裡的戲劇系在美國數一數二。

這兩次拜訪對我後來當戲劇系主任有很大的幫助。我從外文系轉到戲劇系，居然還能存活下來，就是靠著機緣。戲劇系的老師都在戲劇界工作，有的是做服裝設計、有的是做燈光設計，我也因此開始跟戲劇界有了接觸。

很少人知道，我還在戲劇系開過導演課呢。我當然沒這能耐，但是我去找李國修先生來開課。國修先生很熱心，願意幫忙，可是我回國時已經錯過了臺大的提聘日程，所以他拿不到聘書，就掛了「彭鏡禧」的名字開課。李國修是非常了不起的導演，也是極為認真負責的好老師。這一切都是機緣，而這些機緣事實上早有預備，只是當時我並不知道。

從戲劇系到了戲劇界，我自己也從翻譯莎士比亞，到改編莎士比亞為傳統戲曲。當然我對傳統戲曲也是一無所知，所以就找精通傳統

戲曲的師大國文系陳芳教授合作。目前改編到第五齣，前面四齣曾到大陸、英國、美國演出。

在外文系的時候，我是從文學的角度研究戲劇，尤其重視文字。現在的戲通常文字不怎麼樣，但戲劇張力卻很強。這是我到美國念書的時候才慢慢發現的，國外的戲劇研究方向逐漸轉向表演，也是在這個時候。我到了戲劇系，從文本到舞臺，對我個人的成長非常有幫助。

寵兒

說到這裡，各位看得出我的人生處處碰到貴人。從小學講起，陳照明老師是我在古亭小學一年級的導師。入學第一天，教室裡面亂哄哄一片，導師進來以後大家才安靜了。陳老師就對我微笑說：你，你來做班長。他不認識我、我不認識他，但他一進來就叫我當班長。從此我小學六年裡不是班長就是副班長、模範生。這是我第一次得到這麼大的信心。

我在建國中學初一的導師是國文老師韓廷賢。因為我的國文不錯，老師也就滿喜歡我的。當時的音樂老師非常兇，全校都稱她母老虎。音樂課本來應該很愉快，但上她的課讓我很緊張，站在她前面唱歌都會發抖。有一天下了課，我的心情大為放鬆，很自然地哼了幾聲「母老虎」。要知道，音樂老師耳朵特別好，她叫住我，問我剛剛唱什麼？我一說「母老虎」，她一巴掌就打過來！還叫我把名字寫下來，說要把我退學。回到家，吃晚飯的時候，我說出今天發生的事情。結果我大哥馬上把碗放下來，「啪！」又一巴掌。這是我在初一一段慘痛經歷。

可是韓老師很疼我。當時建中有壁報比賽，我負責主編，得了初中部第一名，所以老師名正言順記我一個大功。功過相抵，使我有機會留下來。

進了臺灣大學，也有好幾位老師對我很好。一位是李本題老師。

他的英文很好，但發音有山東鄉音，有些同學不喜歡他，或是常模仿他的發音。他對我非常好，給了我很多介紹西洋文學的原文書，因為他知道我高中時不曾接觸過。那些書大概每一本書我都只翻了前面五、六頁，就看不下去了，因為當時認識的字彙太少、看不懂。但李老師的愛護我印象深刻。

另外一位是我大一的英文老師劉藹琳。她上課非常認真。有一次考試我的成績稍微差一點，她在考卷後面寫：You could have done better。這給我很大的正面刺激，讓我覺得老師很看重我，覺得我應該是一個好學生，怎麼這一次會考得不好呢？所以我加倍努力。

到了研究所，臺灣研究美國文學最知名的朱立民老師，是系主任兼研究所所長。那時候註冊不像現在方便，而是所有人都要到現在的舊體育館辦理，系主任坐在那裡，等學生到他面前讓他審核蓋章。他看到我就說：「Mr. Perng，我們系有一個助教的缺，你要不要來做助教？」我不加思索就回說不要，因為我想早一點畢業。

當時有一個規定，碩士兩年就可以畢業，但若是兼任助教至少要三年。只要拿到碩士學位就可以擔任講師，我想拼兩年畢業，早點出來做事。回到家裡，我跟家人講起這些，在臺大當職員的爸爸說：「助教你不要？助教也是一個教員的缺，做幾年、寫篇著作申請，通過了就可以升講師；再讀幾年、寫點東西，就是副教授。助教是可以升到教授的，你根本不用念博士學位。」原來有這麼好的一個機會，我做了錯誤的選擇。

那個週末很難受，巴不得第二天馬上就是禮拜一。禮拜一我跑去敲系主任的門，他看我來，笑著問有什麼事。我說，老師，還有助教缺嗎？他說：好啊，你明天來報到。

朱老師可以奚落我或嘲笑我，可是他沒有。這樣恩慈的風範，影響我很大。

另一位讓我的生命產生很大的轉折的是顏元叔老師。他是一位雄

才大略的人,對臺灣的文壇、文學界、學術界、英語教學界,都有過很大的影響力。其中一項貢獻是,他發現臺灣戲劇沒有什麼成績,主要是因為沒有好的劇本,於是他推動了一個大型計畫,要把一百多齣西洋劇本翻譯成中文。翻譯劇本的人大部分都是教授、副教授,或至少是講師,可是顏老師也找我這個助教研究生翻譯好幾齣戲。

很多人說,老師怎麼都對你那麼好?我說,因為我只記得對我好的人。真的,對你不好的人就不必記得了,可是好的老師一定要記得。這些老師的肯定,對我的生命有很大的影響和幫助,他們是我的貴人。

即之也溫

我處處逢貴人,在密西根大學時(University of Michigan)也是。我在此時遇見的貴人,一位是 James Crump 教授,中文名字是柯潤璞;一位是 Charles Witke 教授,中文名字是魏大可。

我拿了美國政府獎學金去念比較文學,比較文學那時算是新興學門,密大研究所幫我找一位東方語文系研究詩的趙教授做我的指導教授。我拜訪了趙教授之後,他說:「既然你的興趣在戲劇,我不適合指導,不過我們系有一個全美知名的戲劇專家 James Crump(柯潤璞),你去找他」。我見了柯潤璞教授,相談甚歡,便請他擔任指導教授。等到註冊的時候,我碰到一位也是學比較文學的中國學生,是我的學長,他說絕對不要找柯潤璞教授指導,他特別歧視中國學生。我聽了心裡一涼,但已經來不及換人。

可是我後來發現柯潤璞教授人非常好。如果我一、兩個禮拜沒有給他一小篇研究論文進度,他會在我的信箱裡面留條子說:「有什麼問題嗎?我們來談一談。」老師主動替我著急。

有一段時間,我沒有什麼進展,柯潤璞教授就說你大概碰到「寫作障礙」(writer's block)了。他帶我去坐滑翔機,而且這滑翔機是

他自己做的！他買了材料，在自家裡地下室製作，做好了要怎麼拿出來？把地下室敲了！教授還考了執照，這樣就可以自己駕駛。我坐在他旁邊翱翔，一邊想著怎麼有這樣子的老師，一邊想哭。

柯潤璞教授退休之後，把他的著作清單給我，交代我做他的執行人。朱立民老師過世的時候也是，他把他所有有關莎士比亞的書都交給我。我當然不敢接受，也覺得不必這樣，於是轉送到臺大圖書館朱立民教授的專櫃。

另外一位魏大可（Charles Witke）教授，是比較文學研究所的所長，也兼任文理學院的副院長。他接待我的時候說：「因為你跟其他學生背景不同，我們會有一些特別為你安排的課程」，讓我放心。

美國政府給的傅爾布萊特獎學金為期兩年，第三年要自己去找補助。有一天我收到學校的信，說我得到了獎學金，不需要工作、不用交學費，還給了充裕的生活費。我心懷感恩地去辦公室向替我寫推薦信的魏大可教授當面道謝。他站起來笑著說："Oh no, Mr. Perng, we ought to thank *you*!" 他說我們要謝謝你，因為這個獎學金名額有限，你能拿到是替比較文學研究所爭光啊！一下子我從受益人（beneficiary）變成施恩者（benefactor），明明是我受益，卻好像使他變成受益人。我碰過很多貴人，沒有碰過這麼恩慈的。

那天大概是三、四月之間，我和教授見完面、走回去的時候，路上結著冰，陽光下特別明亮。我潸然淚下。世上竟有這樣的貴人啊！

魏大可教授後來做了聖公會的牧師，他這麼好的人就應該做牧師啊！2011年，我帶著從《威尼斯商人》（*The Merchant of Venice*）改編的豫劇《約／束》到美國演出，在母校劇場見到了魏大可教授跟師母，也見到柯潤璞教授的夫人，可惜柯潤璞教授已經過世了。

以上舉出部分學術、學業方面的貴人。事實上我能在志文出版社新潮文庫出版《非理性的人》（*Irrational Man*），也是遇到貴人。新潮文庫可謂引領了我們那一代人的思想風潮。文庫的老闆張清吉先生

懂日文、不懂英文,他知道思想的重要,正好遇到當時臺大醫學院的學生林衡哲,建議他出版國外的經典作品。張先生的長榮書店就開在臺大旁邊,羅斯福路和新生南路交會的地方。我當時住在學校附近,常常去翻書,久了就認識了,他知道我是外文系學生。他看我很喜歡《非理性的人》這本書,問我要不要試著翻譯?我就回去試譯了幾頁。張先生覺得文筆還算通順,於是讓我繼續譯。那時他也不知道我叫什麼名字,可是願意信任我,讓我去做。這本書在我研究所一年級的時候出版,後來變成暢銷書。我真心感激他。

我從美國回來以後,因為新潮文庫版《非理性的人》一印再印,版面已經有一點模糊了,所以立緒出版社想要重新出版。我問張先生可不可以給我這個版權。其實當初這本書是用一萬塊錢賣斷的,但張先生非常慷慨地同意了。無論在學術界或其他領域,我總是碰到貴人。

天生我才必有用

我獲得臺大傑出校友榮譽時,有人來訪問。其中一題問我有沒有受過挫折?怎麼度過挫折?我想了一想,我沒什麼挫折啊!這是真的,人生雖然一定有多多少少的挫折,你只要把它忘了,繼續往前走就是了。

另外一題,要我對現在的學生說幾句勉勵的話。我說,我要藉蘋果公司創辦人賈伯斯(Steven Jobs)受邀在史丹佛大學畢業典禮上說的話。他說 Follow your heart,「順著你的心意走」。因為不按心意去做,很可能會做得不滿意、不高興,那樣怎麼能做得好呢?每個人都可能有多方面的天分,你不做甲,也可以做乙、丙,但是做最合心意的事,結果才可能最好。

我要另加一句:不但 Follow your heart,你還要 Follow through(完成),要向著標竿直跑,把它完成。設定了目標,就對準目標努

力。也許中間碰到挫折,但這恰可以讓你停下來思考,是不是選錯了?是不是還有其他可能的選擇?

如果找不到方向,也可以從兩個方面思考:第一,別人對你做的什麼事情給予肯定?第二,你有沒有在做 A 時,一直想著 B;一旦做了 B,就完全不想停下來?這可能就是你喜歡的方向。

天生我才必有用,我認為人生在世的責任就是發揮才華,完成目標。不要自滿,一旦自滿,就無法接受新的;不要自傲,因為沒有一樣不是別人給你的;出身、智商等等,都不是你我能選擇或改變的;也不要抱怨,在過程中做好所有準備,有一天就能派上用場。機會總是留給有準備的人。只要懷著感恩的心,我們碰到的每一件事情,都會是美好的。祝福各位。